Since Spring 2016

麵攤的面癱男

A Spring Night

Presented by
KiNO with Zuohsuan

麵攤的面癱男

菜單 麵食滷味

營業時間｜早上11:00－凌晨01:00

小菜 Appetizer

麵食 Noodles

2016 春

店家推薦｜熟客最愛｜調味辛辣

無低消，免服務費　加麵需加價　僅此一家，絕無分店

MENU OF A SPRING NIGHT

麵食 Noodles

2016 夏

2017 春

榨菜肉絲麵

餛飩乾麵

麵食 Noodles

店家推薦
熟客最愛
調味辛辣

麵食 Noodles

2018 秋

- [ ] 第 45 章　小吉　$218
- [ ] 第 46 章　在意　$222
- [ ] 第 47 章　結果與結局　$226
- [ ] 第 48 章　夜遊　$231

2019 春

- [ ] 第 49 章　第二封信　$236
- [ ] 第 50 章　就是了　$238
- [ ] 第 51 章　夢　$242
- [ ] 第 52 章　說好了　$245
- [ ] 第 53 章　第七百四十八碗榨菜肉絲麵　$249

湯品 Soups

- [ ] 番外 1　夢裡見　$256
- [ ] 番外 2　項圈與新鮮感　$267
- [ ] 番外 3　他朋友　$285
- [ ] 番外 4　你的誰　$296
- [ ] 番外 5　我先生　$304

甜點 Dessert

- [ ] 後　記　願我們深信不疑　$318

內用桌號	外帶	總金額

序章　一百分的那天

預感這種東西真是神奇。

那是一個陰晴不定的春日午後，他們在堤防上散步。

陳澤良忽然說：「那天是我太過頭了，對不起。」

鍾子悅輕輕地說：「沒關係。」

這句話讓陳澤良放下心中大石，鬆開出汗的手心。

才走到一半陳澤良的鞋帶就掉了，鍾子悅幾乎是沒有遲疑的，立刻蹲下身去幫他綁鞋帶。

陳澤良凝視鍾子悅頭頂的髮漩，是逆時針的方向。就在那時，說不上的感覺讓他心跳加速。說也奇怪，陳澤良從大二第一天穿上這雙運動鞋，繫好鞋帶固定位置後，就沒再綁過鞋帶了。偏偏就在那天、那一刻忽然鬆脫。

這是個不尋常的現象。

陽光穿過淺灰的雲朵，從樹林中過篩出一縷縷金色絲線，照亮空氣中飛揚的塵埃，整個場景像糖粉一樣地閃亮著。

鍾子悅整個人在陽光下，看起來閃閃發亮，如同兩年前的春天，他們相遇的那個夜晚。陳澤良看著看著恍惚了。

鍾子悅幫他綁好鞋帶，轉身往前走，還沒發現陳澤良停下腳步。

前頭的鍾子悅邊走邊說：「這裡很像我第一次帶你去的堤防，不過海岸的顏色不一樣，這邊比較偏灰藍色——」他的聲音被風吹得有些模糊，熟悉的木質淡香水與海的味道隨風而至。

一切都像慢動作，香氣、海風、鍾子悅隨風揚起的頭髮。他聽見鍾子悅開始哼歌：「無法抗拒……妳藍色的眼睛……」[1]聲音跟著風聲撫過他的耳朵，撓得陳澤良有些癢，不知是耳朵癢還是心癢。

1 展翼〈藍色眼睛〉（2004）。

鍾子悅從口袋裡摸出一顆巧克力，陳澤良喜歡的那款巧克力，鍾子悅總是常備在自己的口袋裡。他把那顆巧克力鋁箔紙包裝拆下，幾乎是反射性動作遞給陳澤良。

這一刻，這一秒，這一切。天地之間都靜止，只剩下他們。那股預感越來越強烈，讓陳澤良揪緊了心，心跳的聲音劇烈到足以遮掩天地間所有聲響。

他忽然領悟，現在，就是那個「一百分」的時刻。

不動聲色地接過巧克力，放入口中。含著糖口齒不清地說：「鍾子悅。」只有他知道，說出這三個字時有些顫抖。

他知道有大事即將發生，悄悄摸上口袋裡小巧底片機。

鍾子悅嘴角緩緩揚起，「嗯?」雖然今天戴著墨鏡看不到眼神，但陳澤良覺得墨鏡後肯定是像以往那樣，笑笑的眼睛看著自己。

陳澤良捨不得眨眼，想把那模樣牢牢刻畫在眼底。拿起底片機，按下快門，畫面就此定格。小小觀景窗內的鍾子悅，已經習慣陳澤良隨時拿著鏡頭按快門，對他微笑著。

陳澤良用相機遮掩自己已經紅透的臉，壯膽開口：「我愛你。」

鍾子悅那優美的唇形輕輕開啟，「我們分手吧。」

二零一六春

第01章　辣椒醬與夜晚

鍾子悅與陳澤良的相遇，從一罐辣椒醬開始。

X大後門對面巷口的無名口麵攤，早上十一點就在騎樓擺起白鐵桌椅，直至凌晨一點收攤。沒有人知道麵攤阿姨在那邊擺攤多久，阿姨看起來總不顯老，在不同時期的學生記憶裡，都是一模一樣。

內行的都知道，判斷一家麵攤是否美味，關鍵在於辣椒醬。若使用市售辣椒醬，那可不行，便宜行事的意圖先扣四十分。如果連辣椒醬都沒有只有豆瓣醬充數，無需討論，根本不及格。但若是店家的辣椒醬是自製，不用問，百分之七十不會踩雷。

無名麵攤阿姨炒的花椒辣醬是鎮店之寶，不是死鹹庸俗的辣，而是麻香激爽有餘韻的辣，光是聞到花椒的香氣，就能勾引味蕾分泌唾液。

無名麵攤的辣椒遠近馳名，全店只有一瓶，宛若全攤最紅頭牌，不斷在各桌往返坐鎮。

深夜十一點，正是一波晚班下班潮，年輕男子捧著一束花來到攤前，對煮麵中的阿姨朗聲：「阿姨，好久不見！」

正在等外帶的客人們瞄了一眼，眼神立刻移不開。他手上捧著黃玫瑰，讓雜亂的街頭多了一抹亮眼色彩。彷彿是深夜降臨的發光物體，男子身形高眺，飽滿白皙的手臂肌肉線條與挺拔的身形，站在那就很招搖。他有著一雙燦亮清澈的淡褐色眼睛，嘴角往上揚像是一直都含著笑意，當他笑起來時周遭的氛圍舒服爽朗。

空氣好像都因為他清朗的聲音跟著柔和起來，浮動著細碎光芒。

客人們腦中開始搜尋這是哪個明星，甚至有人偷偷打開相機拍照。

麵攤阿姨聞聲抬頭，綻開笑容，對他說：「小帥哥來啦！」

禮拜五下班後，鍾子悅偶爾會婉拒友人的邀約、違背減脂計畫，任性地決定要去阿姨那邊吃麵。他捧著店內替換下來的花束直奔麵攤，麵攤快收了，希望還能搶到一點肝連肉。

鍾子悅還沒開口，阿姨就知曉他的心思，「一碗餛飩乾麵加滷蛋？」

他笑彎了眼，「阿姨記性超厲害！我還想要切豆乾、海帶，肝連還有剩嗎？」

「當然有，幫你留的！」阿姨快手快腳地從滷味櫃裡拿出豆乾跟海帶，快速剁切盛盤上桌，「麵一下就好。」

「感謝阿姨！」他不顧自己一身名牌西裝，拉起白鐵椅入座。隨之遞上桌面的小菜上還多了一份豬耳朵，他說：「阿姨，我沒有點——」

「請你吃的啦！」阿姨豪邁地笑著，「你來看阿姨，阿姨心情很好！」

「謝謝阿姨！」

鍾子悅大方展露迷人的微笑，心情極好地抽出免洗筷，正要夾取，想起攤上的鎮店之寶。左顧右盼，一罐辣椒醬忽然移至他面前。

「謝謝你。」他朝對面遞辣椒醬的人微笑，那人淡淡朝他瞥了一眼，點了點頭，繼續專心吃麵。

第一眼覺得這個人眼睫毛好長，與纖細感相反的是粗獷的身形與黝黑的肌膚。而那雙厚實手掌拿筷子的姿勢十分端正，十分專心地吃著那碗湯麵。

街邊路燈描繪出那人壯碩的身形，眼睫毛落下影子在臉上像翅膀。吃相很好看且有規律，鍾子悅忍不住嚥了嚥口水。那不是因為辣椒醬撲鼻的香氣。他的目光太露骨，那人抬起頭望向鍾子悅，眼神困惑。

鍾子悅一頓，忘記手裡拿著辣椒醬。儘管街上人聲喧囂，那一瞬間在他耳裡寂靜無聲。

下一秒，他揚起笑容，「謝謝你。」那個笑容太燦爛，燦爛到那人不自在地別過視線。雖然那個人沒有說話，但鍾子悅卻能感覺到對方害羞了。

他厚著臉皮跟對方搭話：「也是剛下班？」

對方搖頭。

「大學生？」

對方搖頭。

「研究所？」

對方點頭。

像是對著一堵牆打乒乓球，一個問題一個沉默回應。對方的眼神流露出「好困擾」，那人的身體還不自覺往後靠，如同被無形的視線壓迫。

此時阿姨端麵過來，「小帥哥你的餛飩麵，啊，這個壯壯小帥弟也是你學弟啦，幾乎每個晚上都來，你們今天剛好遇到了。」

鍾子悅依舊興致高昂，「X大的研究所都不好念，學弟你很厲害呢。」

劃線筆記：幾乎每天都來吃麵。

注意到對方有些怕生，立刻巧妙地結束對談。感覺對方大大鬆了一口氣，起身買單。

鍾子悅看著對方站起來的身高，目測跟自己差不多一百八十初，洗到泛白的舊牛仔褲穿在他身上就是很有型。手臂漂亮凝練的肌肉線條，讓短袖袖口飽滿渾厚，上衣雖然寬鬆但感覺結實，果然跟長相一樣可口。是顆未加工的天然原石啊！

鍾子悅對自己今日膨脹的痴漢之心感到訝異，太不尋常了，以往就算被帥哥環繞，他也能處變不驚。

那人戴上安全帽，走到一旁的老舊的一二五機車用力踩發，盯著對方露出一截焦糖肌的腳踝戴著一條腳繩，鍾子悅視線愉悅地品味那一截性感，感覺自己此刻雷達在響。

有那麼一瞬間，他差點要上前要連絡方式，但他忍住了。一股直覺即時遏止自己的衝動，告訴自己，這樣的人不宜躁進，越是謹慎小心的類型，越是不能操之過急。

他們總會再見的。

鍾子悅咀嚼著豆乾，望著那人疾馳的身影消失在夜晚的路口，喉間猛然被竄升的辣椒嗆出一個噴嚏——這個辣，後勁好強。鼻尖嗅到風裡一點潤潤的潮溼氣息，春日的午夜容易飄雨。

鍾子悅覺得這是一個充滿詩意的開端。

第02章　沒有百分百不如不要開始

第一盞路燈熄滅時，鍾子悅才剛抵達家。脫下被夜店氣味沾染上的外衣，走進浴室沖個澡，卸下整個夜晚的疲憊。對著泛起霧氣的鏡子，認真地告訴自己要減少這類夜晚狂歡的邀約。

畢竟也三十歲了，豔遇什麼的像被嚼爛的口香糖，了無新意。現在的他，只想下班後回家躺平。望著鏡中自己略現疲態的臉，他抬起手擦拭鏡面上的水痕。

忽然就想起那一張臉，路燈下，埋頭垂著睫毛吃麵的臉。

這樣的他，這個夜晚難得因為萍水相逢的路人而失眠。

「雖然我知道你是帥哥，但這種邪惡的笑容真的很扣分。」一旁整理貨物的副店兼多年好友肯恩冷淡提醒，接著詢問：「你就這樣把你的菜放走了？」

鍾子悅一邊清點配件，一邊篤定回應：「他常去我喜歡的那家麵攤，我覺得我們一定會再見面。」

「我才不相信什麼直覺，你就是太相信這種沒根據的東西才單身這麼久。」肯恩攏攏自己束起的馬尾。

鍾子悅沒有承認也沒有否認，過去的經驗讓他理解，與其花很多時間認識、交往，然後花很多時間吵架、分手。為什麼不一開始就遇到對的人呢？

如果沒有百分之百喜歡，不如不要開始。

鍾子悅對愛情非常宿命論，寧缺勿濫的程度與其說是固執，不如說是越來越怕麻煩。

他知道這想法很天真，也被朋友嘲笑過是清朝末年的想法。但他相信自己絕對有那個價值，值得遇到跟自己一樣好的人。

鍾子悅很好命。

他長相英俊、家境富裕。上有姊姊下有弟弟，身為老二的他本該容易被忽略，然而上從祖母下至小弟，每個人都對他疼愛有加，連弟弟有什麼好的都往他那邊進貢，他儼然是最受寵的么兒。

他在備受關愛的環境下長大，向來隨心所欲。喜歡縫縫補補於是去念了服裝設計系，大學畢業被老師推薦至法國服裝設計研究所攻讀兩年，同時在當地精品專櫃實習，他就是在那裡認識前輩肯恩，畢業後回臺經由肯恩引薦到一線精品品牌當銷售。

因為長相紅利加上親切周到的服務，逐漸累積好幾個穩固的大戶，三十歲不到便加入年薪百萬一族。想要的東西，還沒開口就有人雙手奉上；想追的人，一個招魂似的燦笑，對方心甘情願上鉤。在鍾子悅一路順遂的人生裡，至今沒遇過什麼阻礙。富裕的環境沒養出嬌氣與傲氣，他卻天生自帶貴氣，所有難事都臣服在他的嘴角之下。

朋友們幫鍾子悅寫了人生slogan：追男隔紗，天生贏家。

整理完手上的工作，鍾子悅問：「還有什麼需要幫忙的嗎？」

「有，手機給我。」

鍾子悅乖乖照做，接著肯恩按了按畫面，對著鍾子悅的臉掃了一下解鎖，一個「FOXX」粉紅色狐狸icon的APP出現在手機桌面上。

「這是？」

「麥的公司最近上架的APP，我已經幫你開好帳號了，你這兩天幫我測試一下。」麥是肯恩的男友，去年剛成立新創公司。肯恩已經跟圈內朋友推廣過一輪APP。

「等等，所以肯恩你是要我……玩交友軟體？在我遇到天菜之後？」

肯恩瞪著他，「你怎麼知道對方是不是圈內人？」

「我的雷達有響！」

「靠雷達沒用啦，滑一下APP比較實際。」肯恩戳了戳鍾子悅壯碩的手臂，「你等等下班回去就給我滑起來，我會問你體驗心得。」

「好啦，答應你。」鍾子悅好人做到底，決定敷衍了事。

下班後去健身房重訓，練完以後回家洗澡。從冰箱中拿出無糖豆漿，邊滑手機邊喝豆漿。不知道昨天那個面癱男，明天會不會去吃麵？

鍾子悅拿著豆漿紙盒貼上臉頰，想要冷卻自己躁動的心情。很久沒這麼衝動了啊，自從上一段戀情結束以後，他就過著如修行者一樣的平淡生活。

無聊地滑IG，看著周圍的朋友豐富燦爛的夜生活，還滑到前任瘋狂晒車晒腹肌晒男友晒狗都無動於衷……等等，晒狗？

鍾子悅盯著那個聲稱對寵物嚴重過敏，差點要把自己養的胖橘丟掉的前男友，居然抱著一隻吉娃娃在親親。

胖橘彷彿感應到他此刻的震驚，跳上沙發，毫不客氣趴坐在他腿上。

「胖橘，選妳果然是對的，好險我沒有把妳送走。」鍾子悅撫摸著胖橘肥美溢出的肉肉，胖橘回以響亮的呼嚕聲。肯恩曾譏笑鍾子悅對胖橘的愛近乎變態，他不在乎。

想起前男友討厭貓討厭到要丟掉的地步，還佯裝很喜歡胖橘但依依不捨的樣子，他差點相信了。直到對方說：「貓跟我只能選一個，有貓，就不能有我。」此時，鍾子悅才稍微清醒過來。一個會指使別人拋棄動物家人的人，他完全無法接受。原來都是騙他的啊，好過分。

他心煩地關掉IG，躺在沙發上打開那個交友軟體準備交作業，隨便挑一張自己看不清楚臉跟身材的照片。一個個周圍附近的使用者跳出與他配對，鍾子悅一邊放空一邊滑掉，當做手指運動。

滑到拇指都快抽筋時，一個熟悉的畫面讓他真的手滑了，手機脫離掌心「啪」地砸在臉上。

「好痛！」鍾子悅從沙發中坐起，正在打盹的胖橘一驚，抱怨地「喵」一聲，跳下沙發。

他緊盯螢幕，不可置信。

那是一張只有腳的照片。

沒錯，只有腳，在各種晒臉晒肌的人海中顯得特別突兀。

讓鍾子悅停下手指的是照片中的腳踝，可口的焦糖色肌膚上掛著一截紅色的編織腳繩——那個人的身影，牢牢刻畫在驚鴻一瞥的記憶裡。

鍾子悅的心開始狂跳，雷達大響。

個人資料頁面幾乎空白，加入會員時間是今天，可能就是這一兩個小時內。

真的是他？

暱稱上面寫著陳澤良。

本名？

鍾子悅手忙腳亂地滑了愛心，沒過多久，系統響起提示音：配對成功。

鍾子悅從來不覺得自己「很好命」，頂多是比他人幸運一點點。

然而此刻，他認真覺得上天待他不薄。

「請問，陳澤良是你的本名嗎？」

鍾子悅丟出這句話後，對方已讀但沒有回應，懊惱的情緒萌生，他開始反省自己是不是太唐突。

浮現「正在輸入文字中」的泡泡，等待讓鍾子悅心急如焚。

「啊！！！好丟臉！！！！！我現在改！！！！！(ಥ_ಥ)」

這一排風格強烈的驚嘆號宛若哀嚎，讓鍾子悅愣了一下。

「我！！！沒有注意到！！！抱歉！！！！好丟臉๑Д๑」

每個字，都像是來自靈魂深處的大聲哀鳴。

鍾子悅大笑，想像陳澤良正面無表情地在手機上刷出一排驚嘆號以及表情符號。

沒想到面癱男在網路上是另一種人格，耿直焦慮還有點……神經質？

真是可愛、可愛、可愛到讓人要融化了！

鍾子悅發揮自來熟技能，雙方有來有往聊了一小時多，是個很好的開始。閒聊之間，他已經蒐集天菜的基本資訊。

面癱天菜陳澤良，X大研究生二年級，住在X大附近，與同學分租一層公寓。平時興趣是運動、看電影與登山。之所以會用交友APP，是因為偶然看見公開出櫃的同學在群組大方分享這款同志交友APP，說是在上面找到真愛。

——不就跟他一樣嗎？這不是命運，什麼是命運？

面癱男當然也有問他從事什麼工作，他含糊地說普通業務。

面癱男說：「我不想在學校出櫃，又想多認識一點圈內人。」

察覺對方的訊息中透露並非想尋找砲友，鍾子悅回：「交個朋友也不錯。」

「好的。」感覺對方鬆口氣，「很高興認識你，Caro，晚安。」

Caro是鍾子悅亂取的外號。鍾子悅不打算揭露自己的身分，他想認識這個情感豐富的陳澤良久一點。

「晚安。」鍾子悅發送訊息後，抱著手機笑了好久，他有預感今晚會做個好夢。

位於信義計畫區精華百貨地段一樓的精品店面，此刻正湧入人潮，都是趁百貨週年慶來櫃上消費的有錢妹仔。

幾位大戶剛踏入門，資深前輩便上前接待，鍾子悅深知店內不搶客的默契，安安分分回應每個過路客的詢問，就算他們看起來消費力不高。

一個男聲猶豫且小聲地說：「不好意思，我想看男用皮夾——」

鍾子悅反射性地說：「當然沒問題，請跟我來這邊。」抬起頭一愣。

天下有這麼巧的事嗎？麵攤上遇到，APP上遇到，今天上班也遇到了。

如果這不是神的暗示，什麼才是？

面癱天菜陳澤良就在眼前，一身快時尚的平價穿搭，黑色尼龍飛行外套看起來有點舊了，袖口有脫線。腳上的運動鞋雖然老舊卻沒有髒汙，看起來是用心在維護。他的裝扮與其他人儼然雲泥之別，他自己也意識到了，因而十分不自在。

陳澤良沒認出麵攤上一面之緣的鍾子悅，只是目光低垂，視線飄忽聲音微弱，非常緊張。

鍾子悅想起昨晚，面癱男在APP上以另一個人格發出宛若靈魂吶喊的驚嘆號海嘯，頓時內心被這個人的反差萌到小鹿亂撞。

那張面無表情的臉孔下，好像醞釀著暗潮洶湧的思緒。像是某道令人興奮未解之謎，讓鍾子悅心跳不已。

鍾子悅努力維持專業笑容，冷靜地問：「想看什麼款式呢？」

對方打開手機給他看參考圖。鍾子悅對應著照片，拿出店內熱賣的一款皮夾，黑色小牛皮粒面質感，鑲嵌一小塊金屬名牌在上，簡約俐落。

「你品味很好呢，這款是我們品牌最熱銷的男夾，你可以摸摸看。」

看著他小心翼翼拿起皮夾打開又闔上。鍾子悅覺得，對方認真翻著每一格鈔票夾層的模樣真可愛。

「覺得怎麼樣？」

對方蹙著眉頭認真端詳，看了良久才結巴地說：「很、很好看。」

好可愛。

陳澤良抽出價格吊牌後一愣，臉上沒有表情，但看得出來手指在發抖。

啊，被嚇到了。

「有沒有比較，呃，比較——」

鍾子悅快速領會對方的細微表情。

他機靈地說：「先生要不要也參考一下我們這一款，跟你手上這款很像，也是賣超好喔，目前可以搭配百貨週年慶活動優惠。」

看到另一款皮夾的價格後，面癱男手沒有抖得那麼厲害了。

然而猶豫片刻後，還是聲音顫抖地指著原來那一款，「還是這個吧。」

鍾子悅神色如常，笑咪咪地說：「好的，幫您包裝喔。」仔細地把皮夾包裝好，打上漂亮蝴蝶結，噴上品牌香水，裝入精緻紙袋。

「陳先生，這是我的ＬＩＮＥ，後續若有什麼保養問題，都由我為您服務，而且現在加ＬＩＮＥ還送……名牌巧克力喔！」

他抽出原本要買給朋友的名牌巧克力，神色不變。

對方眼裡有著困惑，但還是不疑有他地加了ＬＩＮＥ。

「非常感謝您，有任何疑問歡迎來找我！」鍾子悅雙手奉上名片，「我叫鍾子悅，能跟您再次見面真的太有緣了！」

陳澤良一愣，此刻才認出他是麵攤上相逢的陌生人，黝黑的臉頰立刻微微泛紅。有些慌張地推開玻璃門，差點撞到門口的保全。

鍾子悅微笑送客，內心瘋狂地繞圈奔跑吶喊：「這就是命運啊！」

「你笑到嘴都快裂了，請冷靜。」肯恩神出鬼沒出現在背後。「那位同學，是來買禮物的吧。」

「咦？」

「我覺得你沒戲了。」肯恩拍了拍他的肩膀，「他看起來心有所屬了，你不要去騷擾客人喔！」

鍾子悅褪下手套，鬆開領口。

「我說真的，不要追客人，風險太大了。」說這句話時，肯恩瞄了他一眼。

鍾子悅想起初次在麵攤上見到陳澤良，人高馬大的模樣只吃一碗湯麵。加上方才看見標價就手抖，猜測經濟狀況並不充裕。就算沒有餘裕也要咬牙送對自己而言很有負擔的名牌，顯然是很重要的人。

熾熱高昂的情緒瞬間低盪了下來。

一旁的肯恩彷彿看見此人周邊的空氣從粉紅色泡泡瞬間變成憂鬱藍，正想說些話安慰他，卻迎上鍾子悅閃爍的目光。

「既然命運讓我遇到他，說明我有機會，他可能就是我的真愛啊！」

聽完這番話，肯恩翻了個白眼。

正能量大師鍾子悅充滿樂觀地相信命運之神站在自己這一邊，他的笑容彷彿陽光滿溢，陰影無所遁形。

下班後，鍾子悅迫不及待打開FOXX，主動敲了那個暱稱改名為「東良」的人。

「嗨，我剛下班，你呢？」

陳澤良很快地回：**「嗨Caro，我剛回到家，正在準備報告。」**

「感覺你心情不錯，今天有發生什麼有趣的事嗎？」

「買了一個禮物，發現原來名牌那麼貴，一個皮夾也要三萬多塊。服務很好，還送名牌巧克力。」

鍾子悅微笑著回：「確實不便宜呢。」又問了一句：「你要送誰，這麼大手筆？」

陳澤良回：「一個同學。」

「有好感？」

「嗯。」

鍾子悅盯著那個「嗯」很久，耳邊迴盪著上午肯恩那句「你沒戲了」。

他出神太久，對方傳來，「怎麼了？」

「沒事，覺得你很有心。」鍾子悅慢慢輸入字句，「你之前說沒出櫃，那就是暗戀囉？對方是異男？」

「嗯，他有女友了。」

與陳澤良結束聊天後，鍾子悅躺在床上快速評估目前狀況：三種可能，一、情敵可能是異男不可能回應陳澤良的感情，毫無疑問自己勝。

二、情敵有雙性戀傾向，有可能回應陳澤良，那也無妨，他對自己可是很有自信的。

最後一種可能性，情敵是隱藏得很好的深櫃，沒關係，他的魅力可是不分異同，絕對大勝對方。不管幾種可能，答案呼之欲出——鍾子悅絕對勝券在握！

鍾子悅對著鏡子觀察自己的精緻帥臉，他揚起唇角露出一個迷倒眾生的微笑。好看，真的好看。這個笑容，就算是陳澤良掰直了變成異性戀，也足以再讓他彎回來。

怎麼看都他贏吧。

唯一的考驗是，純情天菜暗戀同學多年。所以，他要對抗的是這幾年的距離。那就以時間換取機會吧，他可是很有耐性的。

鍾子悅追起人來連自己都怕。

因此，雖然得知陳澤良心有所屬的當下受到不小打擊，然而經過理性對比，他對自己內外兼具的優秀實力信心大增，再次志在必得地含笑入夢。

隔日晚班下班後，鍾子悅立刻前往麵攤，心心念念的當然不只是阿姨的辣椒醬。

宵夜時段人潮眾多，幸運搶到一張空桌。他望穿秋水地凝視路口，沒一會兒，鍾子悅就看見陳澤良騎著那臺GP一二五出現在另一端路口。

今天的陳澤良穿著上次進店的黑色尼龍外套，下半身是休閒短褲，露出焦糖色的長腿。鍾子悅看著腿上的肌肉線條，垂涎三尺。

瞄到陳澤良以視線搜尋空位，鍾子悅很「自然」地迎向他，並且對他展開一個燦爛無比的微笑，「我這桌還有空位喔！」

那笑容實在太耀眼喜悅，不知情的人還以為他倆是久別重逢的生死之交。

陳澤良看起來非常猶豫，鍾子悅直接拉開一旁的白鐵椅，朝他招手。

「謝謝。」陳澤良說。

鍾子悅努力克制臉上的表情，怕自己笑得太張揚。

他們之間的距離，不到三十公分。桌面下的雙腿，只要再靠近一點點，就能感覺到體溫散發的熱度。

餐點上桌。鍾子悅點的一桌小菜與餛飩乾麵幾乎放滿桌面，而陳澤良依舊是一碗榨菜肉絲湯麵。

鍾子悅對陳澤良說：「我不小心點太多了，可以麻煩你跟我一起吃嗎？」

陳澤良望著滿桌的小菜無言，幾乎是麵攤上有的品項都點過一輪了，眼神寫著「好浪費」。

「不好意思，拜託了，我不想浪費食物。」鍾子悅放軟語氣。

陳澤良糾結幾秒後，點頭。

鍾子悅開心極了，看著陳澤良咀嚼肝連肉，微微挑眉的樣子，他的面癱翻譯機已然啟動：陳澤良果然非常喜歡吃肉，卻礙於費用不敢多點。

「皮夾的保養如果有問題，一定要來找我喔！」鍾子悅說。

陳澤良點頭。

「巧克力吃了嗎？」

點頭。

「覺得如何？」

點頭。

儘管又像是在跟一堵牆對話，鍾子悅還是笑彎了眼，因為他們距離很近。

他說：「你送這麼有品味的禮物，對方一定很開心。」

陳澤良愣了一下，「我有跟你說過那是禮物嗎？」

換鍾子悅愣住，他想起陳澤良是在FOXX上告訴Caro那是要送人的禮物。

鍾子悅冷靜地微笑，「你沒說過，是我猜的。」

陳澤良盯著他幾秒鐘，低頭繼續吃麵。

只有鍾子悅知道自己手心都是汗，感謝自己的處變不驚，總是能用帥氣微笑把慌亂遮掩過去。

眼見陳澤良吃完麵要起身，鍾子悅趕緊搶先買單，說：「感謝你讓我沒有浪費食物下地獄。」

陳澤良說：「謝謝。」那雙深邃的眼神凝視自己時，鍾子悅感覺心臟被爆擊。

陳澤良轉身離去，鍾子悅不自覺喚住他。

「學弟。」

「？」

「下次再一起吃麵吧！」

「為什麼？」

「為什麼？」鍾子悅一愣，沒想過陳澤良會回問自己，面不改色地說：「就，覺得跟你很聊得來……」

陳澤良一臉「我們有聊得來嗎？」的神情，轉身離開。

望著那個騎車身影消失在路口，鍾子悅嘆了一口氣。面癱男看起來很單純，卻是戒備心很重的小朋友啊。

但是，晚上在交友軟體FOXX上遇見的陳澤良就不是這樣了。APP上的面癱男宛若第二人格上身，總能跟他一來一往交談。

「今天早上打工回來後，忽然有點想睡，吃過午餐後回家睋一下，差點睡過頭，好險教授自己也遲到。

d(・∀・)b」

鍾子悅看著陳澤良滔滔不絕地講自己所上的事，唇角揚起，手上快速回應：「一邊打工一邊上課很辛苦吧。」

「從大學就這樣了，我是希望可以早點把學貸還完。幸虧同學幫我介紹一個時薪不錯的家教。」

鍾子悅內心敏銳的天線豎起。「你說的同學，是你暗戀的那位嗎？」

「嗯。」

「是個好人呢。」輸入這段文字的鍾子悅面色凝重。

「先不跟你說了，我等等要幫忙搶票。」

「搶票？」

「阿妹的小巨蛋演唱會，等等十二點整我要幫同學搶票。」

陳澤良匆忙離開，留下鍾子悅獨自品味今晚的聊天內容，這是他的習慣。他忽然想起肯恩的朋友是演唱會活動公司高層，肯恩經常在群組發送公關票。

他敲了肯恩。

「肯恩大大，你那邊會有阿妹的公關票嗎？」

對方瞬間已讀，秒回：「你要帶天菜去看？」

「……」沒有，比那還慘，幫天菜做嫁衣。

「好啦我有啦，看在我們交情上我只給你喔！不多不少，剛好兩張。」

鍾子悅熱淚盈眶，「肯恩大大好人一生平安。」

「欸，鍾子悅。」

「嗯？」

肯恩那端停頓了十秒鐘都沒有訊息浮出，鍾子悅再一次發問：「怎麼了？」

過了幾秒，對方回：「算了，你欠我一個人情，請記帳。」

「好，沒問題！」

他滑起臉書，發現阿妹演唱會門票已經秒殺，臉書上一片哀嚎。鍾子悅打開APP問陳澤良買到票了嗎，對方很快地回：「(╯^╰)」

哎呀，機會來了。

「我有票喔。」

「！！！Σ(ﾟДﾟ;」成串驚嘆號襲來。

「但是，是有條件的喔。」

「……你該不會要賣黃牛票吧？」

「NONO，我們一起吃個飯、看個電影吧。」

對方沉默片刻，問：「真的只要吃飯看電影？」

鍾子悅如果此時照鏡子，就會看見自己一臉如沐春風。「只有吃飯看電影，還是你……有特別期待什麼？」

「當然不是！但是你……人也太好了吧。」

不先累積分數，怎麼把你追到手？鍾子悅回：「謝謝，先別發卡給我好嗎？」

陳澤良很積極地與他約了見面的時間與地點，他主動建議約在信義威秀，一起去看他們都想看的小說改編科幻片，然後一起吃頓好的。而陳澤良堅持要請客。

陳澤良不斷地道謝，而鍾子悅內心無比愉悅，喜孜孜地想設計一個最完美的約會行程。

直到胖橘用力跳上他的肚子，重壓使他瞬間清醒，想起一個嚴重的問題。

——與陳澤良見面，不就等同暴露自己的身分？

——不就是在告訴陳澤良，自己一直以來都在假裝是網友？

生平第一次，鍾子悅有搬石頭砸自己腳的感受。

第05章　全世界的美麗都在他身上

人潮從市政府捷運出口手扶梯湧出，在出口旁等待的鍾子悅還在忐忑不安中。他在出發前傳了訊息給陳澤良，「**東良我今天臨時有事，先請朋友轉交演唱會門票給你喲！**」

爛，這理由真的爛透了，但他想不到不被抓包自己就是Caro的辦法。

「請問你是Caro的朋友嗎？我是東良。」背後響起熟悉的聲音，鍾子悅視死如歸地緩緩轉身，迎上陳澤良愕然的視線。

「嗨，好巧啊，原來你就是東良啊。」鍾子悅擠出他最擅長的燦笑。

陳澤良盯著鍾子悅沉默，那幾秒鐘真是漫長。鍾子悅趕緊拿出演唱會門票，乾笑，「來，這是你的票。」

陳澤良默默接過，「謝謝。」

陳澤良望著他，此時鍾子悅無從得知對方的情緒。氣氛又陷入膠著，鍾子悅內心焦急，神色卻很鎮定，「我們還要看電影嗎？」

陳澤良像是思考了一個世紀那麼久，說：「好啊。」

兩人安靜地步行到威秀，在詭異的氣氛中看了科幻片，全程鍾子悅心不在焉，毫無甜蜜感覺。偷瞄陳澤良，感覺對方真的不是很高興，內心默默懊悔，早知道就不要見面了。

失策，大失策，這步走錯了。

儘管陳澤良看似無表情，卻還是跟著鍾子悅走進附近的咖啡廳，繼續他們的約會行程。

信義區巷弄內的特色咖啡廳被週末情侶占據，剩下一組醒目的窗邊沙發座位，茶几上擱著「已訂位」的立牌。鍾子悅微笑地告知自己的預約訊息，服務人員領著兩人走到沙發座位。當鍾子悅邁開步伐穿越其他座位時，有好幾雙眼睛盯著鍾子悅，一時間失了神。

陳澤良小聲嘀咕：「就跟麵攤那時一樣……」

「什麼？」

「……沒事。」

罪魁禍首早已習慣自己讓全場靜音的氣勢，從容就座，一雙長腿優雅交疊。

陳澤良瞄向菜單，瞳孔有〇．〇一秒緊縮，對坐的鍾子悅發現了。

鍾子悅面不改色地說：「Caro 說他很抱歉，所以午茶跟晚餐由他買單。」

陳澤良的眉頭糾結起來，而後道：「不用，我說我要請客的。」

「Caro 很堅持。」鍾子悅只好使出最萬用的情緒勒索招式，誠懇地說：「拜託你，不要害我被 Caro 罵啊！」

陳澤良勉為其難點頭。

兩人同步啜飲端上桌的咖啡，鍾子悅抿了抿唇，率先提及電影想讓氣氛輕鬆點。

「你覺得剛剛那部好看嗎？我覺得還不錯，很哲學。」

只見陳澤良說：「還不錯。」

講完，句點結束。

鍾子悅不屈不饒地接續道：「你喜歡哪個部分？我喜歡裡面探討生命的觀點。」

陳澤良的視線從對方熱切的眼神移開，像是無法忍受過於炙熱的視線。

他悠悠吐出三個字：「外星人。」

「嗯？」

「外星人跟主角對話的語言，那個非線性文字的概念我很喜歡。」

啊，原來是這樣。

就旁人看來，鍾子悅可能也像在跟外星人陳澤良對話吧。

鍾子悅感覺到陳澤良那沉默如金的表情下，其實湧動著許多思緒，只是與不熟的人聊天，無法坦然說出口。

此時店員端上草莓鮮奶油蛋糕，鍾子悅瞥見對方的眼神亮了一下，雖然只有〇．〇一秒。

「一起吃吧。」鍾子悅要了兩個小盤，微笑地說：「既然 Caro 說要買單，我們當然不要客氣。」

陳澤良看著對方遞過來的盤子，猶豫著。

「順便幫我分擔熱量嘛！」鍾子悅說，果然讓陳澤良勉為其難接過。

眼前人小心翼翼切一小塊草莓沾著奶油放入口中，而後微微瞇起那雙深邃的雙眼皮眼睛。僵硬的神情瞬間柔和起來。

鍾子悅好像聽見陳澤良內心在大喊：「好好吃啊！」附加成串的驚嘆號。

這個小朋友啊，沒說出口的情緒，通通都大寫在空氣裡了。

他努力按捺住想拿手機拍下此刻畫面的衝動。

今天的蛋糕似乎特別甜，盯著陳澤良萬分珍惜，一小口一小口吃蛋糕的樣子，感覺自己的眼睛也跟著吃了蜂蜜蛋糕。

「請問，你們點的是什麼蛋糕？看起來很好吃。」隔壁桌的長髮女孩忽然問，表情羞澀。而她身邊的兩個閨蜜互相興奮小聲地咬耳朵。

糟糕，被打斷了，而且還是最老套的方式。

鍾子悅掛上營業用的微笑，「是這家店的招牌草莓蛋糕喔，很好吃呢。」

「這樣……」女孩一臉慌張地想找其他話題接續下去，「我們剛好在附近逛街，等一下要去吃晚餐，請問你知道這附近有什麼好吃的嗎？」

喔，用詢問丟球搭訕。

「隔壁巷有一間麻辣鍋滿好吃的，推薦你們。」

平常經常被搭訕，今天為什麼不放過他呢。鍾子悅瞥見陳澤良又恢復成一臉不自在的模樣，內心感到懊悔，可惡，他還想多看一點天菜吃蛋糕啊。

女孩終於鼓起勇氣說：「那等一下要不要一起——」

「不好意思，我們等等有其他行程喔。」鍾子悅拿起紙巾，溫柔地替陳澤良擦拭嘴角，對他說：「沾到了。」

陳澤良呆若木雞望著他。

女孩一愣，瞬間尷尬，「啊……這樣……」

鍾子悅微笑朝她們點頭，一切盡在不言中。

鍾子悅俯身向陳澤良耳邊小小聲地說：「我們出去走走吧，這裡人越來越多了。」

陳澤良好像還在衝擊中，木然地點頭，但是耳朵開始泛紅，看得鍾子悅內心癢癢的。

鍾子悅對這一帶熟到不能再熟，光是聞街道上的空氣就知道在哪一個街區。他領著陳澤良走過安靜的巷弄，轉角小公園樹林間，粉色羊蹄甲盛開。陳澤良拾起地上一朵完整的花瓣，陽光自叢林間跳躍而下，光斑在身上游移。

真好看。

透過光閃爍如黑曜石般的眼睛，焦糖蜜色的肌膚，就連穿在身上簡單的黑色素面T都隱約描繪結實飽滿的肌肉線條。因為專注而微微開啟的薄唇，還有那凝視花朵的模樣。

全世界的美麗都在他身上。

陳澤良回望他，鍾子悅感覺時間瞬間慢了下來，他此刻的心跳聲像立體音響環繞播放塞滿了全世界，碰碰碰碰的。實在太大聲了，陳澤良一定會聽到吧。

會聽到他的心跳在說：**喜歡你**

時間好安靜，靜到相望的視線裡，細微的挪移都會驚擾對方。

兩人視線相交不到三秒，卻好像看了很久很久，陳澤良霎時慌張地轉移目光。

鍾子悅感覺自己的臉頰在發燙，用微笑掩飾了，「等一下陪我去挑個禮物吧，朋友剛搬家，想送個入厝禮。」

陳澤良微微點頭。

鍾子悅知道，陳澤良不適合喝咖啡促膝長談的模式，那會讓對方不自在。最好的方式是帶他走走逛逛，用導向性任務取代留白。

他們來到百貨區的家電專櫃，鍾子悅問：「你覺得我送掃地機器人好，還是無線吸塵器好？」

陳澤良一臉認真地研究起兩項商品的規格表，還轉過頭問自己：「你朋友家坪數多大？」

鍾子悅歪著頭故作可愛，「我不是很清楚呢。」向來他做這個動作都會讓人臉紅，陳澤良卻冷靜地指著掃地機器人，「我會選這個，每天自動定時清潔很省時間。」

「這樣啊，那就買掃地機器人吧。」鍾子悅結了帳，接著又拉著對方去樓下的音樂館聽黑膠。

鍾子悅挑了一首歌，喚陳澤良過來聽。

「如果沒有遇見你，我將會是在那裡……」[2]陳澤良聽歌時，眼睫毛會微微顫動，很細微，卻讓他的呼吸都會放輕。一首歌播畢，他還在恍惚。

「我媽很喜歡這首歌。」

陳澤良看著鄧麗君的封面，好像陷入回憶裡。

2　鄧麗君〈我只在乎你〉（1987）。

鍾子悅差點要說：「跟我多聊一點。」然而他忍住了。

他正學著對應眼前人的頻率，亦步亦趨，一切都得慢慢來。

天色向晚，他們離開熱鬧的百貨區，來到附近巷弄的平價燒肉店。

坦白說，鍾子悅已經很久不踏足這種充滿油煙與油膩氣味的地方，他習慣跟朋友去有包廂的高級燒肉店，每餐動輒破萬元。眼前這家平價烤肉店，可能是陳澤良勒緊褲帶，為數不多能夠請客的選擇。

「吃燒肉可以嗎？」

鍾子悅當然燦笑，「當然！」

陳澤良鬆了一口氣，領著他走進店內。

看著陳澤良在他對面專注烤肉的模樣，他捧著雙頰熱切凝視。只見陳澤良略微尷尬地拿起帶著焦黑的肉片，「這片給我吃好了……」

鍾子悅眼明手快以盤子接過那塊肉，「給我給我！」他不想要天菜吃燒焦的肉。

吃了第一口，內心就大喊不妙。

過焦的肉片苦味、濃厚的甜辣醬調味，和著甜膩的廉價紅茶在嘴裡發酵。這諸多暗示，讓鍾子悅有種不祥的預感。

「好、好吃！」鍾子悅的笑容僵了，陳澤良再度鬆開糾結的眉頭。

一旁路過的店員詢問要不要幫忙烤，鍾子悅正想點頭說好，陳澤良卻擺擺手說不用了。

啊，真是體貼的小朋友。鍾子悅含淚想。

陳澤良認真烤肉的樣子實在太可愛，他捨不得打斷，只得痴痴望著對方一臉認真地為自己夾來一片又一片的肉。

這個晚上，鍾子悅第一次遇見烤焦與帶生，在同一片肉上兩面一體的奇異之作。陳澤良卻完全不覺得奇怪，照吃不誤。

吃到最後的茶凍甜點時，鍾子悅是有點感動的，畢竟那是唯一不焦不生不苦不甜辣的食物。

兩人走出店門，陳澤良一臉「好好吃」的滿足表情，鍾子悅想著下次無論如何一定要讓店員來烤。

快到陳澤良機車停放處時，陳澤良開口：「Caro……」

「嗯？」

「Caro有跟你說過我嗎？」

從陳澤良緊張的神情看來，這個問題他擱在心裡大半天了。

鍾子悅笑瞇了眼，「有喔，他說你是一個相處起來很舒服的人。」

陳澤良一臉「真的假的」。

鍾子悅自動補充，「Caro很喜歡跟你聊天，每天都很期待你上線。」

陳澤良停下腳步，小聲地說：「真的嗎？」鍾子悅望向對方，然而對方卻低著頭，沒在說話。鍾子悅卻更確定剛剛自己沒聽錯，連聲說：「真的、真的！」

對方沉默，明顯泛紅的耳根，讓鍾子悅悸動不已。

陳澤良走到自己的機車停放處，低頭開啟後座，拿出安全帽套著，遮住發燙的耳朵。

鍾子悅柔聲說：「路上小心喔！謝謝你請我吃晚餐！」

陳澤良點點頭，啟動機車離去。

鍾子悅臉上的笑容，直至陳澤良的身影已然消失在路口，都還沒消退。

他看起來有這麼好騙嗎？看電影的時候，陳澤良一直在想這件事。

鍾子悅很明顯就是FOXX上的Caro。

之前在麵攤，鍾子悅指出自己買的皮夾是送人的禮物時，陳澤良就起了疑心。

畢竟陳澤良只有跟Caro說過那是要送同學的，而今天見面時，又看見鍾子悅以拙劣的謊言說自己是Caro的朋友，讓他更加確信：鍾子悅就是Caro，那個他每晚聊天的對象。

那麼，回到最開始的問題：為什麼要對自己說謊？

電影結束，他們步行到附近的咖啡館。咖啡已經端上，陳澤良還是想不透為什麼鍾子悅要這麼做。怕被自己罵？不過，講一個顯而易見的謊有比較好嗎？

他望著眼前人，一踏入店內就引起側目，就跟那天在麵店時一模一樣。那陽光俊朗的五官、那結實高壯如模特兒的身材，捧著一束明豔的黃玫瑰，王子般華麗登場，真是賞心悅目。鍾子悅宛若發光體，走到哪總能瞬間變成焦點中心。而在一旁的自己只是光芒下的一團暗影，忽然迎來這麼多注目感到很不習慣，就算那些視線並不是看向他，還是感覺很有負擔。

不同次元的人類，不應該有交集。

陳澤良想起鍾子悅俯身幫自己擦拭嘴角的畫面，當他靠過來時，有一種很高雅的柑橘香氣，一如整個人的氣質，清爽陽光又高貴。

陳澤良的臉頰溫度上升，他把這反應歸類為單純的費洛蒙影響。

畢竟他是凡人，有帥哥逼近，誰不心跳加速？

小鹿亂撞過後，還是要冷靜下來秉持原則：鍾子悅是陳澤良退避三舍，能離多遠就離多遠的那類人。醒醒吧，他們不在同一個世界。

那Caro呢？

每晚親切與自己聊天的網友，隔著螢幕的距離給他一張安全網，他很珍惜有這樣一個人，是他在這世界裡珍藏的樹洞。對著那個暱稱他可以毫無顧忌地暢所欲言。那些平時不敢也不知道能跟誰傾訴的情緒，累積在內心悶到發霉的陳年往事，都有一個出口可以輕鬆傾倒。

要是自己拆穿鍾子悅的謊言，Caro還會存在嗎？他們能回到以往的相處模式嗎？

鍾子悅……是不是也跟自己一樣，在戴上名為「Caro」的面具時，才能坦然說出自己的心裡話呢？

他想起在小公園裡，鍾子悅看著自己的表情，淡褐色眼珠好清亮，彷彿看透他內心所有祕密，炙熱得讓人心慌。

「陳澤良你回來啦？」門口輕敲兩下被推開，露出一張和氣的笑臉，勾起唇角，「你是去約會嗎？呵呵。」

「不是。」陳澤良迅速否認。

「很少見你發呆成這樣，好像在思春哈哈。」

「我沒有。」陳澤良反射性望向鏡子，只見自己緊蹙著眉頭。

他忽然想起包裡那兩張票，連忙拿給對方，「宋純亦，票給你。」

「啊啊啊啊你怎麼拿到的，太好了我昨天動員全家族的人幫忙搶票搶到崩潰都搶不到阿妹的票！」宋純亦像捧著聖旨般捧著票，接著衝上前擁抱陳澤良。

「陳澤良，超級感謝你！」

感受對方傳遞來的體溫，以及緊抓自己的後背的手，這一切都讓陳澤良覺得暈眩，差點喘不過氣來。

「放開我，很熱。」

「澤良澤良澤良——」宋純亦含淚連喊好幾聲：「陳澤良，你是我這輩子的大恩人！」

陳澤良低頭笑著，想掩飾自己爆紅的臉頰，雖然知道對方肯定看不出來。

看著宋純亦雙手捧著票，立刻打電話給女友說有演唱會門票了。陳澤良無視心裡一抽抽的疼痛，默默打開FOXX。

猶豫片刻後，還是朝Caro丟了訊息過去，謝謝他今天請客。

對方顯示不在線上，實在難得，向來都是Caro掛在線上等他。

陳澤良隨便滑了一下附近的其他網友，覺得無趣準備下線時，Caro的訊息跳出，**「抱歉，回晚了，剛剛有事。今天跟我朋友的約會好玩嗎？」**

承認吧，你就是你朋友。陳澤良很想這麼回，但他忍住了。回：「還可以。」

Caro明顯開心起來，**「我那朋友人不錯吧，長得帥又很好相處，這種天菜千年一遇啊！」**

你這是老王賣瓜自賣自誇啊！陳澤良腹誹。

「東良，你要不要考慮一下？單戀久了傷身又傷心，不如試試看新的關係？」

陳澤良瞪大眼。

「東良，要不要跟我朋友試試看？他很喜歡你。」

他很喜歡你。

他很喜歡你。

——鍾子悅喜歡我？

像是感覺到他的震驚，Caro方才積極的態度有些龜縮，**「不要有壓力啦……可以先當作交個新朋友啊……」**

「你……」修修改改，他終於艱難地打出一句話，「你朋友那麼帥條件超好，怎麼會喜歡我？」

對方安靜了一會，陳澤良開始坐立不安。

Caro的文字浮現，「你不知道你有多好，你是我看過最漂亮的男孩子。」而後補了一句，「以上都是我朋友鍾子悅說的，他說，他很喜歡你，你要不要考慮他一下。」

陳澤良凝視那一行字，有瞬間他忘記了宋純亦帶給他的酸痛，世界只剩下那一行字，彷彿聽見鍾子悅俊朗好聽的聲音說著：「很喜歡你。」

鍾子悅到底喜歡他什麼呢？他只是黯淡不起眼的邊緣人，承受不了太多關注。

恍惚只是一瞬間，直到宋純亦的女友可兒甜美軟軟的聲音再次打破他的次元壁。

「好棒喔，我們可以一起去聽阿妹了，要好好請陳澤良吃飯！」

那對情侶的聲音好像帶有腐蝕性，總能侵蝕他的心。陳澤良默默關起房門，急促的心跳慢慢沉了下去。

他想起鍾子悅在暗夜裡抱著一束黃玫瑰，自帶光環降臨在麵攤前，閃亮的氣質華麗得不可思議，這樣一個堪比偶像的英俊男人，眼神裡滿滿的都是自己，只有自己。

他深吸口氣，拿起手機。

鍾子悅送出那句類似告白的「你要不要考慮他一下」後，整個人把頭埋進沙發靠枕內，不敢看向手機，他從來沒這麼緊張過。胖橘在旁淡定地舔著身上的毛髮，訊息回覆的震動聲響讓牠一頓，而後繼續動作。

鍾子悅閉著眼睛抓起桌上的手機，感覺手心要出汗了。

他看到陳澤良的回覆，霎時整個人從沙發上滾下來，而後抓起手邊抱枕，把亢奮的大叫埋進抱枕裡，在地毯上毫無形象地滾來滾去。胖橘默默遠離那個對著手機又笑又叫的奇怪主人。

對話框只有兩個字，「好啊。」

第08章　只要享受過程就好

陳澤良忽然想起一段與此毫無關聯的童年往事。

上小學前，他每天開口說話的字數只有幾個單字，上小學後一天開口三四句。大部分時間像一堵牆默默地待著。

陳澤良知道媽媽一直很擔心自己吃虧，不過，有個小祕密是她不知道的。

那是發生在陳澤良小學二年級時候的事，妹妹還沒上小學前，有段時間只有陳澤良自己走山路去鎮上的學校。

在山路聯外道路旁，有間三合院，某天忽然出現一隻黃金獵犬。

每次陳澤良經過時，狗狗聽見他的腳步便會開心地衝上前，在他身旁打轉，搖晃那蓬鬆的尾巴。那隻狗有雙好清澈的眼睛，成犬的體型比小二生的他還巨大，每次當陳澤良叫喚牠時，就會舔舔他的手掌，臉上彷彿帶著笑容。

狗狗會跟著陳澤良慢慢走一段山路，沿途上，陳澤良會跟牠說學校發生的事。那隻狗都用溫潤無害的眼神凝視著他，偶爾會隨著他的笑聲跟著歡快吠叫。走到自己家前，狗狗就會掉頭回去了，就像守護他的導護隊大哥哥。

升上三年級後的某一天放學，他看見那隻狗被帶走了，他記得狗狗上車前與他對望，嗚咽了兩聲。他忍著即將奪眶而出的眼淚，好想去問那些大人為什麼要帶走牠。

其中某個女人注意到他，說：「你是不是那個很常找阿金玩的小弟弟？抱歉呀，牠只是暫時來爺爺奶奶這邊玩的，現在要回我們臺北的家了。」

家？陳澤良不懂，狗狗要回哪個家？

如果是家人，為什麼讓牠在這裡待那麼久？

臺北好遠好遠，他還有機會看到牠嗎？

另一個男人催促著女人上車，不耐地說：「這種狗養在鄉下太可惜了，根本亂養一通，漂亮的毛色都被糟蹋了，跟土狗沒什麼兩樣。」

陳澤良永遠記得那男人嫌惡的語氣，彷彿說著這裡配不上那隻狗。

他握緊拳頭，一句話都說不出口。在胸口翻滾的哀求，硬生生被壓制下去，變成滾燙的液體在眼眶聚集。

說的是狗，卻讓陳澤良第一次體會到，什麼叫被看不起。

狗狗在模糊的視線裡消失不見。自那之後，陳澤良明白了，過於美麗的東西，他天生就配不起。

拿鍾子悅來比喻黃金獵犬好像有點不倫不類，不過，他一時間也想不到更好的譬喻。

對方只是圖個新鮮，總有一天也會回到自己的世界。

他不過是觀光客偶遇的風景，人家下來玩一玩，之後就回去了。

Caro那邊顯示正在輸入文字，跳動的點點點頑皮地逗弄他的心，忽然對方停止輸入。LINE訊息通知響起，看見鍾子悅的大頭貼跳出，陳澤良才想起之前有加過「本尊」的LINE。

陳澤良內心噗哧一笑，心想：剛剛鍾子悅肯定是差點忘記自己還有Caro這個自創角色了。

本尊帳號傳了一張大狗狗搖晃尾巴的貼圖，然後是兩個字，「嗨嗨。」外加一堆愛心emoji。

陳澤良瞬間不知道該怎麼回，離開APP以後就是以真面目示人，他該用什麼語氣對話呢？

彷彿感應到他的糾結，對方很快地回：「**等我十分鐘，方便撥電話給你嗎？**」

「嗯。」

十分鐘後手機準時響起，他聽見鍾子悅清朗柔亮的嗓音，「嗨，你喜歡我叫你東良好，還是澤良？」

「……澤良。」

「好。」對方的聲音在笑，「澤良你好，我是鍾子悅，以後請多多指教。」

「……」

「這禮拜六下午有空嗎？」

「……」

「如果方便，我想帶你去一個特別的地方。」

「……」

陳澤良不知該回什麼，此刻滿腦子都還是「我真的要跟這個人交往了嗎？」是不是答應得太快？現在拒絕來得及嗎？

對方很有耐性地等待他漫長的糾結，這片沉默讓陳澤良焦躁不已，情急之下脫口而出：「你其實就是Caro吧，幹嘛騙我？」

說完，陳澤良又後悔了，他幹嘛非得現在拆對方的臺呢？這樣可好，交往不到一分鐘就把氣氛搞僵了。

手機那端的鍾子悅安靜三秒，而後發出大笑聲，「被你發現了，對，我就是Caro，從一開始，我就是想追你。」

陳澤良被鍾子悅坦然承認的態度給驚呆了，完全不知道該接什麼。

鍾子悅說：「在麵攤上第一眼看到你，我就愛上你了。」

不、不要再丟直球過來了！

「你真的好好看，是我看過最好看的男孩子。」

你瞎了嗎？要不要照照鏡子看看自己啊？

「雖然我知道你心裡有人，沒關係的，我們順其自然就好，謝謝你給我這個機會。」

陳澤良尷尬地說：「交往的事情我看還是算了——」

「不行喲，食言會變胖喔！」鍾子悅語氣溫柔卻很堅定。「我啊，不求你一定要愛上我，但至少，我會讓你知道被人喜歡，是件多麼幸福的事。」

陳澤良已經滿臉通紅，天啊怎能有人大言不慚講這種話，好羞恥。

「所以啊，你只要享受過程就好。」

「所以，對方答應了，然後你們交往了？」肯恩一邊擦拭桌面漫不經心回應。

「沒錯！」

即便不抬頭，也能感受到某人全身上下散發著粉紅泡泡，隨時都要捧臉花痴傻笑，談戀愛真的會讓人變笨。

肯恩目光淡淡地望了鍾子悅一眼。鍾子悅邊哼著歌邊整理檯面。

肯恩說：「我第一次看你這麼開心，你跟小吉交往時也沒這麼幸福的感覺。」

鍾子悅一臉你大錯特錯了，「雖然我知道每一任都是獨特的，但我這次真的有正中紅心的感覺。空窗那麼久，就是在等待澤良的出現啊！」

肯恩拿起清潔劑作勢要往他身上噴，「我要清掉戀愛的臭酸味。」

鍾子悅邊閃躲肯恩邊對肯恩手比愛心，「把我的好運分給你，祝你幸福～」

「看在你送的掃地機器人很好用的分上，勉強接受。」

「我要感謝兩位月老牽成。」鍾子悅雙手合十做祭拜狀，「幫我跟麥說，FOXX就像是戀愛神助攻，促成一段好姻緣。」

肯恩皮笑肉不笑，「我們還沒死，不用拜。」

鍾子悅笑嘻嘻地打卡下班。

禮拜六的下午是個很完美的晴天，鍾子悅開著嶄新的斜背轎跑抵達陳澤良的租屋處路口。陳澤良看著車頭掛著星芒LOGO的車款，感覺整條灰暗的街區都因這臺名車而發光。鍾子悅下車，為他打開副駕的車門，笑著說：「小心頭。」

陳澤良覺得這場景好像他妹在看的偶像劇情節，才剛坐下，鍾子悅就側過身幫他繫上安全帶。木質調的香氣帶著淡淡花香，很高雅的氣味在鼻尖縈繞著。

這一連串男友操作，讓陳澤良的臉熱了起來，儘管黝黑的肌膚看不出來，但他知道自己臉紅了。

鍾子悅戴著墨鏡，臉頰上漾出酒窩。「座位旁有熱美式跟冰拿鐵可以喝，不知道你喜歡哪一種就都買了。車程大約一個小時，如果覺得很累可以先瞇一下。」

陳澤良拿起冰拿鐵，說：「謝謝。」

鍾子悅流暢地轉動方向盤，駛向出城的道路。

「有想聽的音樂嗎？」

陳澤良搖頭。

鍾子悅播放起Adele去年發售的專輯，跟著音樂輕哼：「Send my love to your new lover ~ Treat her better ~」[3]

鍾子悅的聲音很好聽，念英文時聽起來格外低沉溫柔。隨著一首首Adele渾厚的嗓音過去，窗外的風景從擁擠水泥叢林漸變為遼闊的北海岸風光。

當轎跑駛向石門方向，陳澤良知道他們要去哪了。果不其然，目的地是熱門的觀光景點老梅石槽。視野所見，一片濃綠的石槽像抹茶地毯，綠絨絨地布滿海岸。

鍾子悅領著陳澤良走到觀光客較少的地方，邊走邊說：「雖然很沒創意，但我真的很喜歡這邊。因為一年只會綠一次。」

兩人站在遠一點的堤防上，看著綿密的綠意與雪白的浪花交織，偶有小孩的笑鬧聲從遠處傳來。

「我第一次帶人來這邊。」鍾子悅說。

3　Adele〈Send My Love (To Your New Lover)〉（2016）。

陳澤良看著鍾子悅頰上的淺淺酒窩，問：「為什麼是我？」

「你是指，為什麼喜歡你嗎？」

「嗯。」

「為什麼不能喜歡你？」鍾子悅拿下墨鏡，反問。

「我們才見面兩……三次而已，根本還不了解對方。」陳澤良內心默數：麵攤、精品店、看電影，對，一共三次。見面三次，怎能確定這是愛情？

鍾子悅拿下墨鏡，露出晶亮的眼神，「所以，我們更需要多多約會，好好了解彼此啊。」

陳澤良微皺眉頭，「……像你這種條件，絕對有更好的選擇。」

「就算你問我一百次，我還是會回答你：你就是那個最好的選擇。」

感覺到陳澤良的無言，鍾子悅收起戲謔的神情，慎重地說：「喜歡你，是因為你太好看。」

這人怎麼一臉正經地講這種不正經的話？

鍾子悅一臉認真，「你都不知道你有多好看。」

為什麼這個人一直講這種話，都不會害臊啊？陳澤良尷尬地轉移視線。

「我是認真的。你的外型是我的菜，面癱的你更可愛。我一開始是喜歡你的外型，後來喜歡你充滿反差的個性。看起來是面無表情的冰山，但其實是內心戲很多的火山。」鍾子悅炙熱的眼神凝望著陳澤良顫抖的睫毛，彷彿能感應到對方內心小鹿亂撞的緊張情緒。

陳澤良聽後吐出三個字：「你好怪。」

「換我問你了。」鍾子悅問：「澤良，你為什麼答應跟我交往？」

「……」

「因為想忘記心裡的那個人嗎？」

陳澤良點頭。

鍾子悅微笑，「那我知道了。」

兩人安靜半晌，陳澤良開口：「你不繼續問？」

「為什麼要？」鍾子悅淡淡地笑著，「想忘掉一個人，也不需要理由，想忘就忘吧。」

天色逐漸暗了下來，夕陽染紅抹茶綠的石槽，看起來就像淋上一勺糖漿。有對新人正在拍婚紗照。海邊風大，新郎與攝助手忙腳亂幫新娘拉著張狂的長裙襬。

「我還有個問題想問。」鍾子悅說。

陳澤良望向他。

鍾子悅瞄向陳澤良的腳踝，問：「你的腳繩，是那個人給你的嗎？」

陳澤良一愣，遲疑片刻，「跟那個人有關，但不是那個人給我的。」陳澤良給了個「怎麼了？」的眼神。

鍾子悅想：如果有機會，我希望某一天，會是由我在你漂亮可口的腳踝上繫上新的腳繩。

「很適合你。」鍾子悅只是微笑。

他們接著去了附近的富貴漁港吃晚餐，鍾子悅在日式料理餐廳訂好了包廂。陳澤良偷瞄一眼菜單內心在吐血，更別提上桌的菜色明顯比菜單上寫的還要豪華。

當店員送上一艘華麗的生魚片船時，陳澤良忍不住說：「我、我覺得有點太……」

「不用擔心，真的。」彷彿早就知道他會顧慮價格，鍾子悅老神在在，「我是社會人士，照顧學生是大人的責任。」

……有股自己被包養的錯覺。

雖然鮭魚大腹真的是好吃到讓人想流淚，但陳澤良內心充滿罪惡感。

鍾子悅望著陳澤良的表情，忽然說：「這樣好了，你講一句『鍾子悅是我男朋友』，我們就互不相欠了。」

陳澤良吃進嗆辣芥末，一陣猛咳。

鍾子悅笑著把一塊厚切鮪魚放在他的盤子裡，「講不出來就罰你一塊喲！」

只聽過罰喝酒，沒聽過罰吃生魚片的。

陳澤良紅透了臉，張望著周遭是不是有人經過。接著極小聲且結巴地說：「鍾、鍾子悅，是、是——」

「再罰一塊！」海膽被放進碗裡。

「是我、我男——」

「再罰！」去殼的軟嫩蟹腳被放進碗裡。

「男友——」

「沒聽清楚喔。」眼見鍾子悅又夾了一塊大干貝，陳澤良心急之下說出：「子悅是我男友！」

「好棒喲！做得很好！」鍾子悅微笑輕輕拍手，「你已經做到第一步的告白了，進步很多喔！」

陳澤良彆扭地抿唇，小聲道：「還不都被你逼的——」

鍾子悅托著下巴，欣賞青年的害羞神情。

回到市區接近十點，轎車停在白日的路口。陳澤良下車後，轉身對鍾子悅道謝：「謝謝你的招待。」

鍾子悅叮嚀：「澤良，到家後報個平安喔。」

陳澤良直言：「我家就在旁邊，走路一分鐘。」

「我知道啊。」鍾子悅眨眨眼，「我想收到男朋友的訊息嘛。」

陳澤良手足無措地離開，他的背影看起來，有點狼狽。

他才跟這個人見面三次（加上今天是第四次），他們就是情侶了。陳澤良看著手機上的對話，思考著。

今天一整天讓他好困惑，鍾子悅無疑是個大帥哥，被這樣的人追求說不虛榮是騙人的，然而一切都迅速得不像話；好像他還在前一個路口猶豫該選哪條路走，鍾子悅這隻大狗就咬著項圈朝自己奔來，拉著自己往前衝。

他是不是太快答應跟對方交往了？

「**晚安，明天見。**」

鍾子悅傳了一張黃金獵犬入眠圖。那模樣跟自己想的很像，陳澤良嘴角抽動。

「陳澤良居然在笑？」

陳澤良猛然抬頭。果然看見宋純亦大爺站在自己敞開的房門口探頭，露出想聽八卦的神情。

「有什麼事嗎？」陳澤良直問。

「有，有件事想請教我的恩公。」自從給宋純亦演唱會門票後，宋純亦有時候會這麼稱呼他，「你覺得這兩個款式，哪一種女生比較喜歡？」

接過宋純亦遞過來的手機，網頁上是最近在女性社交圈話題度很高的某輕珠寶品牌。一款是硬式手鍊搭配一顆玫瑰金的愛心縷空珠子，另一款是白銀手鍊搭配獨角獸吊飾。陳澤良有看過系上的學妹在戴類似款，一個環上串了七八顆珠子，每顆都要上千塊。

「……」陳澤良不懂這東西好看在哪，看著宋純亦，「你要送這個？」

宋純亦說：「很像佛珠對不對？我知道。」續道：「因為可兒最近的搜尋記錄都是在看這個牌子的珠寶，想說之後七夕情人節就當驚喜送給她。」

果然是馬子狗宋純亦，看著對方沉浸在粉紅泡泡裡，儘管心裡有點酸酸的。陳澤良還是盡責地指了玫瑰金那款。

「你覺得這款比較好看？」

他給了一個很直男的理由，「因為另一款是軟鍊子，看起來會夾手毛，這款看起來比較安全。」

「安全啊……」直男深感認同，「恩公果然很有遠見！」

宋純亦喜孜孜地走出房間，忽然一個轉身，眼露精光，「陳澤良，你剛剛是不是在笑？」

突擊式提問讓他支吾其詞：「我沒有。」

「雖然你的面癱讓外人看不出情緒，但我可是你肚子裡的蛔蟲。」宋純亦笑嘻嘻地說：「有什麼好事要記得跟我分享喔！」

陳澤良對著關上的房門嘆了一口氣。

這隻肚子裡的蛔蟲能讀懂他所有情緒，卻偏偏讀不出他這麼多年的感情。

廊道裡的人潮往捷運站方向湧去，店門擺上今日結束營業的紅龍柱。肯恩邊key單邊問鍾子悅：「你下班後還要去找那個同學？」

鍾子悅哼著歌清理檯面，「當然，而且他不是『同學』，是男朋友。」

肯恩拿下眼鏡，揉揉眉心，「那你男朋友原本喜歡的人呢？你有辦法讓他忘掉嗎？」

「開玩笑，我是誰？我是鍾子悅。」鍾子悅捧著一張帥臉到肯恩面前。

肯恩敷衍地「是喔」一聲。

整理完畢，鍾子悅小跳步地去更衣室換衣服，光速換好衣服準備下班。肯恩沒抬頭都能感受到空氣中飄著甜甜的氣味。

其實，今天鍾子悅沒有約陳澤良，但他知道對方會在哪出沒。不想因為找停車位而浪費時間，他招了計程車前往麵攤。

麵攤依舊越晚越熱鬧，果然一下車就看見陳澤良停在路旁的老舊一二五，眼角瞥見陳澤良坐在騎樓柱子旁的老位置。走向正在煮麵阿姨點了幾盤小菜與餛飩乾麵後，逕自替整桌買了單，走到陳澤良身邊，拉開凳子坐下。

「嗨。」

「……」正在埋頭吃麵的陳澤良被嗆到。

鍾子悅連忙抽了幾張面紙遞上，「吃慢一點。」

還不是你忽然出聲……陳澤良眼神哀怨。

「你好！」一個開朗聲音插入他們之間，鍾子悅才發現對面是一名穿著鬆垮T恤（領口還是微皺荷葉邊）的青年，向他微笑問好。

「你好，你是澤良的同學嗎？」

「我是他室友，你是？」

鍾子悅瞄到陳澤良的神情，雖然依舊是面癱，但感覺到他正在緊張。

鍾子悅沒有說明自己與陳澤良的關係，微笑說：「我是他朋友。」

對方立刻雙眼發亮，用手肘碰了碰陳澤良，毫不掩飾地小聲驚嘆：「陳澤良，你怎麼認識這麼帥的朋友！」

鍾子悅掛上自己最優雅的微笑，問：「嗨，我是鍾子悅，怎麼稱呼？」

「我叫宋純亦，你好你好。」宋純亦又補了一句，「第一次跟帥哥講話好緊張喔。」

陳澤良逃避似的繼續低頭吃麵。

宋純亦問：「你們怎麼認識的啊？」

瞄到陳澤良再度一僵，鍾子悅面不改色說：「剛好有共同朋友。」

「陳澤良，這麼帥的朋友怎麼不介紹給我——啊不行，可兒看到帥哥肯定瘋掉，啊對了，你看起來比我們大，我可以叫你子悅哥嗎？」

「可以。」鍾子悅始終維持營業用的笑容，恰好自己的麵與小菜也上了。

宋純亦大方地把自己的小菜往鍾子悅的方向推，熱情道：「來來來，子悅哥，一起吃啊。」他還從別桌拿走辣椒醬添在盤邊。

鍾子悅夾了一塊豆干，說：「謝謝。」

陳澤良已經吃完麵條，正撥弄著碗裡一根根榨菜，鍾子悅把自己剛剛點的肝連肉推到陳澤良面前，「一起吃啊。」

陳澤良一驚，抬起頭看向鍾子悅，又看看宋純亦，「我、我吃飽了。」要起身離開。

宋純亦「咦」了一聲，看著陳澤良慌張站起，連問：「這麼快就吃飽了？」

陳澤良匆匆應了聲，掏出零錢給宋純亦，轉身就要走。

宋純亦連忙拿出錢包去結帳，阿姨笑著說：「剛剛那位帥哥已經幫你們結了。」

陳澤良看向鍾子悅，而後一語不發地離去。對陳澤良的動作滿頭霧水的宋純亦，連連對鍾子悅道謝：「這怎麼好意思。」

鍾子悅一派輕鬆地擺擺手，「澤良的朋友就是我的朋友。」

「子悅哥下次換我請啊！」

陳澤良發動機車，叫了聲：「宋純亦。」

宋純亦嘟起嘴，「好啦別催了，陳澤良你很沒禮貌，子悅哥請客你也不說謝謝……」邊碎念邊戴上安全帽，跨上機車後座時頻頻向鍾子悅道歉：「拍謝啦子悅哥，這傢伙就是很悶騷……」

鍾子悅默默看著陳澤良不等宋純亦說完，載著人飛也似的逃離現場。

回想宋純亦方才付錢時，從口袋掏出的名牌皮夾——他非常熟悉那個款式，幾個禮拜前才在櫃上精心包裝成禮物，打上蝴蝶結噴上香水，遞給陳澤良。

他懂了，宋純亦就是陳澤良喜歡的那個人。

鍾子悅曾設想過會是怎樣的人，讓陳澤良如此死心踏地。不知是否比他更帥、更美，或是有更獨特的魅力？

他沒想過會是這麼，普通的一個人；自然鬈髮、戴著眼鏡小眼睛、臉上長著雀斑、瘦小不堪一擊的模樣。穿著荷葉邊的T恤，罩在身上晃蕩。

普通到讓他無從比較，像是命運開的玩笑。

二零一六夏

第11章　差七歲

夏天來臨前，他們又見了幾次面。鍾子悅才理解，前兩次能約到陳澤良真的是感謝老天。

原因是陳澤良的時間表有別於一般研究生，除了白日待在實驗室，晚上時間幾乎滿檔；週一、三有家教，二、四有助教課程，週末偶爾會去搬家公司打工。一週唯一有空檔的時間是禮拜五，因為那天有重要的研究課程不能排開。

他理解陳澤良這麼拚命地打工不只是為了生活費，還希望畢業後能盡快付清學貸。吃麵攤是晚上打工結束後的宵夜，點一碗便宜的榨菜肉絲湯麵果腹。

「是個苦命的好孩子。」鍾子悅想著就要拭淚。

肯恩端著一鍋湯，冷道：「要哭哭請到角落，不要妨礙我上菜。」鍾子悅連忙拿著白酒閃一邊。今天是圈內好友在肯恩新家的聚會，除了恭賀肯恩入住新家，同時慶祝麥的新創公司甫推出第一個APP「FOXX」就大成功。

「聽說鍾子悅的男友，是在麥的交友APP上認識的？」最近開始學習經營YouTube頻道的小灰八卦。

肯恩面無表情說：「我要跟鍾子悅收媒人費。」

小灰的YT頻道剛起步正缺素材，他立刻大喊：「我要拍一集實測桃花的體驗影片！」

肯恩聳肩，「網路交友有風險，姻緣全憑個人造化。」

麥通常不多話，在一旁靦腆地笑著，他性格內向，是聚會上安靜的固定班底。

另一個好友利夏說：「下次帶他來啊，我很想看看他跟阿吉有什麼不一樣？」

鍾子悅的前男友自從開始養吉娃娃後，這群損友都以「阿吉」代稱。

鍾子悅微笑，「我捨不得我們家澤良被你們汙染。」

其他人吵著想聽他們認識的細節，肯恩翻了個白眼，說：「鍾子悅的戀愛事蹟，我已經聽到耳朵快爛了，我們先吃飯吧。」

麥非常自動地幫肯恩去魚刺與剝蝦殼，一群人被閃早已見怪不怪。鍾子悅盯著麥絲毫不在意手指被弄髒，多年練就嫻熟的剝殼手法。他對眼前兩人發問：「你們兩個是不是相差快十歲？」

肯恩回：「差七歲。我三十六，他四十三。」

鍾子悅轉向麥，問：「你覺得，年齡差距會影響你們之間的相處嗎？」

麥吶吶地說：「我覺得還好……」

「廢話，我們都磨合十幾年了。」肯恩優雅地挑起蝦肉吃，說：「三十歲以後，個性通常會比較穩定。」

小灰插嘴：「像成貓一樣老神在在。」

利夏問：「那三十歲以前呢？」

「就是屁孩貓啊。」

鍾子悅想起家裡那隻胖橘，不知道自己在陳澤良眼中，是不是也是這副情場老屁股的模樣？

麥問鍾子悅：「你們相差幾歲？」

「也是七歲。」

眾人露出微妙的神情。

鍾子悅挑眉，「幹嘛露出這種表情？」

小灰點頭，扳著指頭算，「你小學六年級的時候，對方幼稚園大班——」

鍾子悅神色淡定，「今年 Family Sale 的優惠折扣，看來有人是不想要了。」

小灰收拾起浮誇的演技，正色，「子悅，我幫你剝蝦好嗎？」

歡騰的笑語從餐廳蔓延到客廳，鍾子悅笑得太多有些微醺，其他人吵著要看陳澤良的照片，鍾子悅婉拒了。

他拍下聚餐畫面傳給陳澤良，道：「下次介紹朋友給你認識，他們都是很好笑的人。」

等了一陣子，對方都沒回訊。鍾子悅想回家再連絡好了，收起手機。

陳澤良拖著疲憊的身體爬上公寓四樓的租屋處，客廳一片漆黑，開燈，走進廚房從儲藏櫃拿出一碗杯麵拆開包裝。等待泡麵泡好的時間，他打開網路銀行APP，把剛剛才領到的家教費即刻轉給媽媽。

外婆請看護的費用一個月要兩萬，加上看病的交通費與營養品少說也要三萬。媽媽在休息站打工的費用只夠付生活費與雜支。

媽媽長年手痛的物理治療要自費，一次一千五，一個禮拜要去一次……

外婆家的熱水器最近也壞了，想換新的，一直用柴燒也不是辦法……

妹妹年底要去日本交換的生活費也該幫她準備……

想著想著，本來想換新自己那臺舊機車的輪胎，又默默推移到下個月了。

陳澤良在備忘錄裡刪刪改改所有開支，對著紅字緊鎖眉頭。此時新訊息跳出，鍾子悅傳了一張與朋友的聚餐合照，說下次介紹朋友給自己認識。

看見訊息的當下其實沒有特別感覺，有一瞬間他甚至還在想：這是誰？而後才想起是自己才見面幾次的，男朋友。

照片裡擺了滿桌精緻餐酒食物，紅酒白酒香檳、牛排、海鮮。鍾子悅旁邊兩個年紀看起來也是三十出頭的友人一身名牌，而另一邊的一對年長情侶穿著簡單，氣氛歡樂。

那裡是跟自己截然不同的世界。

可能是看見他已讀，鍾子悅立刻來電，「嗨，到家了？」

「嗯。」

「晚餐吃了嗎？要不要我帶一點超好吃的海鮮燉飯給你？」

陳澤良瞄向快被泡爛的泡麵，說：「不用了。」

「這樣啊。」鍾子悅忽然說：「三分鐘後你下來一樓。」

從話筒那邊好像聽見附近街道的狗吠聲，陳澤良走到陽臺探頭，看見一臺眼熟的轎車。該不會是……

他走下樓，開門，看見鍾子悅正要按鈴的樣子。收回手，笑盈盈地遞上一個午餐袋。

「想跟你分享聚餐的美食。」

陳澤良正要拒絕，卻又承受不了此人散發著「拜託」的鞋貓劍客眼神，只得接下。

鍾子悅的眼神在暗夜裡熠熠發亮，「澤良，你很累嗎？」

陳澤良看著鍾子悅，沒說話。

鍾子悅又露出鞋貓劍客的眼神，「我好累喔。陪我去繞繞吧。」

手裡拿著別人給的東西，一時間很難拒絕，就被拉到車上了。

車室內的空間好像另一個宇宙，關起窗，鍾子悅播放爵士樂。吵雜的世界瞬間緩下節奏。城市的燈光如水般流淌過車窗，遠方的燈火像電影一樣掛在夜幕上，駛上橫跨河面的高架橋，在路燈的探照之間穿梭，彷彿置身在一隻巨大昆蟲的背脊上，漫無目的往前。

從車窗倒映出自己的臉，還有專注開車的鍾子悅。陳澤良發現，這個人就算不笑的時候，看起來也像是在笑。

鍾子悅一路上一反常態地沒有說話，陳澤良卻不覺得尷尬，他知道這是鍾子悅的溫柔。

「那個……」

「嗯？」

「那天在麵攤，看到你出現，沒打招呼就走掉，抱歉。」

鍾子悅隨即瞭然是遇到宋純亦那次。他笑著說：「沒關係。」

陳澤良靜默一會，說：「宋純亦，就是我想忘記的那個人。」

「嗯。」

「他跟學妹交往三年多。」

「嗯。」

「他知道我家裡的狀況，讓我住他們家的公寓，收很便宜的房租，還介紹打工給我。」

「嗯。」

「上次買皮夾就是想送他，搶阿妹演唱會的票就是為了幫他。」

「嗯。」

陳澤良也不知道自己怎麼了，他可能真的是太累了，平時像蚌殼一樣緊閉的自我，在這個夜晚不自覺舒展開來。在鍾子悅面前好像可以稍微卸下一點點防備，攤開那些不輕易告訴他人的心情。無邊的黑夜沉澱了混亂的情緒，緊繃的心逐漸平靜。

鍾子悅聽著他說話，像是在等待一個合適的頓點，而後開口：「我很好奇，你們是怎麼認識的？」

「大一開學第二天我發燒，他跟我同宿舍，照顧我一整晚。」

「就這樣？」

陳澤良墨黑的眼珠凝視著窗外，「除了我媽，沒人這樣照顧我。」才照顧一晚就此愛上？這是雛鳥效應嗎？鍾子悅酸溜溜地想。

他又問：「為什麼會決定要忘記他？」

提出疑問的同時，他們行駛在安靜的環河道路上，鍾子悅降下些許車窗，讓夏日晚風竄入車內，混入夜來香的甜美。

陳澤良的聲音很低沉，在風裡有些飄忽，「你有過『什麼都還沒開始，一切卻早已結束』的感覺嗎？」

這句話像一把鑰匙擱在那，宛若能打開陳澤良緊閉的心房。可是，對情場得意的鍾子悅而言，他無法回答這個問題。怎麼答，都無法抵達陳澤良的內心。他只能靜靜地聽。

過了一會兒，陳澤良說：「回去吧。」

回到公寓樓下，陳澤良對鍾子悅說：「謝謝你送吃的來。」

鍾子悅湊近車窗，眨眨眼，「那我可以要求一個回禮嗎？」

「……」鍾子悅轉動的眼神，讓陳澤良害怕起來，他張望著四周，確認沒有路過行人後，以氣音小聲問：「什麼禮物？」

「七夕情人節那天空給我。」鍾子悅說：「要空出來喔！」

陳澤良不曉得他在打什麼算盤，點點頭，「我盡量。」

學生期末考結束，請了幾天假。陳澤良趁這個空檔回家一趟。

從臺北轉運站出發搭上客運，再從客運總站換公車，公車到村莊口後，再徒步走約十幾分鐘才抵達。陳澤良早晨八點出發，到家時快中午十二點。

小黃先從坡道那端搖著尾巴，像道閃電奔來，在他腳邊興奮打轉。陳澤良爬上坡道，走進三合院，看見外婆在院子裡晒太陽，看護阿眉正在洗衣服。

陳澤良跟阿眉點個頭招呼，隨即走到外婆面前，蹲下身體平視，「外婆，我回來了。」

「澤良啊。」外婆含笑看著他。

陳澤良的母親阿慧聽見聲響，從屋內走出，「下次我去市區載你啦。」

「我自己可以回來。」

陳澤良帶著行李走進房間，風拂過窗外的竹林，沙沙的聲音像極了一波波海浪，偶爾傳來「雞狗乖、雞狗乖」的竹雞叫聲。

他躺在床上看著光線映照出竹葉的形狀，斑斕地投影在牆上，才有種真正脫離城市的實感。

手機震動，是鍾子悅的訊息，問他到了嗎？

他鬼使神差地拍下那一片光影傳過去，對方很快地回了好幾張「好羨慕」的貼圖。「你房間好有意境。」

他回：「鳥有點吵＝＝」

「是鳥叫的立體環繞音效！」

「……」

「空氣一定很好吧！」

「確實很好。」

「幫我多吸兩口芬多精！」

陳澤良認真地深呼吸，沒兩下就因為灰塵太多而咳嗽，太久沒回家，房間裡充斥霉味。

「哥，老媽說要去拜拜！」妹妹陳詩盈在門外喊。

他猛然回神，回覆鍾子悅自己要出門了。

許久沒見的妹妹，頭髮染成霧面灰綠色漸層，就陳澤良眼裡看來很詭異。他不留情地拆臺，「這顏色看起來好像白粉病的病兆。」白粉病是常見的植物病害，在葉片表面形成大量灰斑。

陳詩盈翻個白眼，「真是謝囉，植病所碩士，這是我男友幫我染的。」

這世界上唯一可以跟陳澤良抬槓的人，只有妹妹。他們以互嗆代替關心，兩人鬥起嘴來沒完沒了。跟妹妹互相吐槽，是陳澤良覺得自己最像哥哥的時候。

阿慧催促：「走了走了。」

陳澤良開著老舊的中華菱利廂型車——那是過去果園還在時，外公專用的載貨車。車內空間塞進五個大人剛剛好。

宮廟在離村五公里處的邊界，從家出發開車幾分鐘就到了。

坐落鄉間小路的廟宇近年香火鼎盛，祭祀關聖帝君，也有文昌君。去年全面翻新過。正對著遼闊的田野風光。從小到大，從年節到考試、健康、財務等人生大小事，陳澤良家都會找關公聊聊。

一行人在神桌前排開，外婆也由阿眉攙扶著，唯獨阿慧堅持跪在跪拜墊上。陳澤良聽見阿慧念念有詞：「……保佑我們一家大小平平安安，兒子陳澤良國考順利，開朗一點，不要太內向……女兒陳詩盈健康快樂……」陳澤良盯著前方的她灰黑白參雜的髮，想著回家要幫她染一下。

阿慧的祈禱語，最後幾乎都是一樣，「……保佑陳澤良交到女朋友，身邊有人照顧，我也比較放心……」

又來了。陳澤良視線垂向地面。

大三之後每一次來到這裡，阿慧對著關公道出的願望多出一條——希望陳澤良盡快交女友。

他知道這是媽媽這輩子，可能沒辦法理解自己的一部分。然而每次聽見心裡總會難受。

收拾好祭拜的水果，阿慧忽然說：「要不要去吃豆花？」

豆花店在衛生所旁邊，是一間不起眼的民宅，掛著手寫的豆花招牌，冬天加賣燒仙草，夏天只有豆花。配料四種：紅豆、綠豆、粉圓、花生等基本款，店家自己熬的糖水甜而不膩，豆花紮實綿密。

他們踏入店內，顧店的阿姨親切招呼，都是認識的鄰居，她們聊著家中老人的狀況。白瓷碗上擱著鐵湯匙，舀一勺白嫩豆花與碎冰糖水，童年回憶都湧上來。每當他或妹妹考得好，就能有豆花吃。那時顧店的是阿嬤，現在是她媳婦，阿嬤前兩年走了。

陳澤良看著外婆顫抖著手吃豆花，露出饜足神情。

阿慧說：「這家豆花店，在我國小時就在了。」她伸手擦了擦外婆嘴角的殘渣，「我小時候考得好，你外婆就會帶我來吃豆花，那時候配料只有綠豆一種，沒有現在這麼多。」

即將進入夏天的午後，空蕩蕩的村落了無人煙，只有幾隻流浪狗相互追逐，小村凝滯的時空有些寂寥。不知為何，陳澤良忽然很想把此刻記錄下來，順手拍下碗內的豆花，以及豆花店門前的街景。順手放上ＩＧ限時動態。

可惜當景物被收進照片裡，都變得平淡了，好像少了什麼。

「哥，你不是很喜歡ＰＯ些有的沒的？這給你。」

他們回到外婆家，陳詩盈拿了一臺底片機給他，說：「我們在社辦撿到的，一個學期都沒人認領，裡面還有底片，看起來完全沒有拍過耶。」

陳澤良拿起，上面印著Olympus，他記得這是個大品牌，「妳不用？」

「我有啦。」接收到陳澤良責難的目光，陳詩盈立刻澄清：「不是我買的喔，是我男友送的。」

陳澤良看著那臺銀色小巧的底片機，猶豫著。陳詩盈看透他的顧慮，補充道：「底片是不便宜啦，所以只有在該留下的時候我才會按下快門，拍出來的感覺真的很有味道。」

「該留下的時候？」

「就是當你感覺到，『好像有重要時刻要發生了』，按下快門就對了。」陳詩盈強調，「這種事只能靠直覺。」

陳澤良看著那臺小巧的銀色相機，想起宋純亦，以及鍾子悅的臉。

第13章　山中的情人節

情人節前一晚，鍾子悅興沖沖到麵攤與陳澤良「假裝巧遇」。果然看見陳澤良在老位置，唏哩呼嚕吃著榨菜肉絲麵。

鍾子悅把辣椒醬放在面前，陳澤良低聲說：「謝謝。」

鍾子悅雙手托著下巴，眨眨含情脈脈的眼，「明天情人節呢。」

陳澤良埋頭挑著肉絲「嗯」了一聲。

鍾子悅的餛飩乾麵與小菜們上桌，今天不是由麵攤阿姨端來，而是一個國中生模樣的少女。

阿姨在一旁喊：「小端，這邊還有一盤沒端到。」

陳澤良聽見少女應聲，一愣，他以為眼前剃著俐落平頭的青少年是男孩。

鍾子悅老神在在，「我一看就知道是女孩子啦，偶爾會遇到這麼帥氣的女客人。」

然後把一塊肝連肉夾進陳澤良的碗裡，又說了一次：「明天情人節呢。」

陳澤良深吸口氣，說：「對不起我——」

「我不接受對不起三個字喔。」鍾子悅做出要哭哭的神情，「你跟我約好的。」

恰巧這一幕被端小菜上來的少女聽見，她尷尬地轉身就走。

陳澤良更窘了，小聲道：「不是……我忘了我要去……」

「要去哪？」

「去、去林場追蹤一下實驗結果。」陳澤良硬著頭皮說：「我忘了還要去追蹤最後一次森林病害……」

「林場？森林？」鍾子悅像是聽到什麼驚喜，表情由陰轉晴，瞠大雙眼，「我可以跟嗎？可以嗎？」

「也沒有不可以……」

鍾子悅歡呼：「太棒了，森林約會好浪漫！」

瞧眼前人興奮的模樣，反而讓陳澤良開始擔憂了，不斷強調，「很無聊喔。」

鍾子悅的好心情一覽無遺，結帳時（這次陳澤良堅持買單），他對阿姨讚美妹妹很乖巧。阿姨說這是她的孫女，最近女兒搬過來跟她一起住，就近照顧。

阿姨說：「小端，這是我跟妳說過那兩個很帥的客人，一個大帥哥一個小帥弟，是不是很養眼？」

小端怯生生地說：「嗯。」

鍾子悅笑得太大聲，陳澤良很想立刻逃離現場。

嚴格來說，陳澤良不用再跑這一趟。他的研究論文已經完成，下個月就要口試，之後就畢業了。這次去林場意義不大，比較像是最後告別學生時期。

大學的林場就在近郊，騎機車過去約四十分鐘。鍾子悅自願當駕駛，開著他的百萬名車載著陳澤良前往。

「你從小就很喜歡植物嗎？」

「還好。」

「怎麼會想去念植物病理？」

陳澤良一頓，「我外婆家以前開觀光果園，我本來想幫忙照顧果園的。」

鍾子悅眼睛一亮，「好棒喔。」

陳澤良淡淡地說：「都是以前的事了。」

兩人抵達林場的停車處，從步道上山前，陳澤良瞥了一眼一身嶄新運動裝的鍾子悅欲言又止。果然才剛上坡沒多久，鍾子悅不幸踩到泥沼，亮白的褲子與球鞋立刻被泥巴波及，成為狼狽的大地色系。

陳澤良眼明手快抓住鍾子悅的手臂，讓他不至於滑倒。

陳澤良意識到這是他第一次觸碰到鍾子悅，掌心下是厚實的手臂肌肉，他像是被燒灼到立刻鬆手。鍾子悅立刻抓著陳澤良的手不放，無辜地說：「可以抓著我走嗎？我怕滑倒。」

陳澤良說：「抓著你會更不好走。」

鍾子悅態度謙卑，「那，遇到不好走的路時，可以請你扶我一把嗎？」

陳澤良點點頭，這裡有些山路確實不好走。

接下來的路途，不曉得是不是錯覺，鍾子悅偶爾會「不小心」抓著他的手過溪，或者有意無意觸碰到他的手臂。瞧那人每一步都小心翼翼的模樣，陳澤良困惑，這個一身精實肌肉的城市人，為何到了森林就變成弱雞。

坦白說，這是鍾子悅第一次如此「深度」走入山林。他是在城市長大的孩子，習慣秩序、文明與人群。自然裡有太多未知的變數，平時對友人的露營邀約也興趣缺缺。

只要攸關不可預期的事物都讓他猶豫，溫度、氣候、林地以及動植物，都是不同的陷阱等待伏擊，還有他最討厭的昆蟲——蜘蛛。（對，他以為蜘蛛是昆蟲。）

就在他眼前。

鍾子悅瞪大眼，前方一張大而完整的蛛網掛在兩棵樹之間。中間盤據著一隻成人手掌大的蜘蛛，身軀有著鮮黃與黑色相間的縱斑紋路。

巨大的蛛網在正前方猶如對他張開血盆大口，他努力壓抑內心成串的尖叫。

陳澤良微微彎腰越過蛛網前行，身後瞬間沒了聲音，回頭看見鍾子悅臉色不太對勁站在原處，順著鍾子悅的視線，他發現蜘蛛。

「這是人面蜘蛛，非常溫和，不會攻擊人類。」

鍾子悅聽到名字後，更想尖叫了，「為什麼蜘蛛的名字會那麼像鬼片……」

陳澤良耐心解釋：「因為牠的頭胸背板很像一張人臉，所以叫人面蜘蛛。」

不，我不想聽解釋。鍾子悅臉色發白，盡量把視線散開。深吸一口氣慢慢地往前移動，偏偏一陣微風吹動蛛網，僅是微微的晃動，就讓鍾子悅往後退一大步。

陳澤良啼笑皆非，向來從容不迫的鍾子悅，此刻優雅蕩然無存。他神色驚懼，卻又一次次深呼吸喃喃自語：「我可以、我可以、我可以。」

覺得他很可愛，陳澤良下意識就掏出背包中的相機，對著自我喊話的鍾子悅拍了一張。

鍾子悅聽到快門聲，看見陳澤良拿著一臺底片相機對他拍照，嘴角還隱約有些揚起。立刻大喊：「太過分了，怎麼可以拍我的醜照！」

正要上前理論，看到蛛網在風裡飄盪，立刻又縮回邁開的步伐，連退好幾步。陳澤良內心忍著笑意，越過蛛網走向鍾子悅，伸出手。鍾子悅抓著陳澤良的手，幾乎是閉著眼睛彎著腰走過。此刻的鍾子悅，不是他認識的那個自信非凡的精品銷售，而是灰頭土臉的都會菜雞。

鍾子悅身上有淡淡的木質香氣在鼻尖，撩得陳澤良心跳有點快。直到他感覺鍾子悅抓得有點太久了，正要放開手，就看見鍾子悅委屈的表情。

「我真的很害怕那個鬼片蜘蛛。」

「……」算了，再提一次人面蜘蛛鍾子悅會哭出來吧。

「澤良，牽手好不好？」

「……好。」他無法拒絕鍾子悅哀求的表情。

鍾子悅牽起他的手，從手心那端傳遞而來的溫度起初讓陳澤良有些慌張，而後回歸冷靜。他們沉默地在林間行走，就算遇到窄小的山路，鍾子悅依然牽著他不放。

終於抵達目的地，鍾子悅依依不捨放開手。當陳澤良在記錄樹木褐根腐病的情況時，鍾子悅在旁對著森林一陣猛拍。

陳澤良問：「會很無聊嗎？」

「你看我剛剛拍到的蝴蝶，美吧？」鍾子悅秀給他看自己剛剛拍到的蝴蝶。翅膀是黑褐色搭配青色的條狀斑，停駐在花上時，青藍色的斑紋格外醒目。

「小青斑蝶。」

鍾子悅發出驚呼：「澤良，你好厲害喔！」

陳澤良困窘地別過頭，「小青斑蝶很常見，下雨後會比較多。」

「你真的好厲害，我只知道叫蝴蝶。」

「每個人專業不同。」陳澤良不習慣被讚美，別開視線，「我對精品也叫不出名字。」

鍾子悅笑咪咪地說：「我可以教你呀。」

「反正也買不起。」陳澤良想起之前買給宋純亦的精品皮夾，當時還是鍾子悅為他服務的，不禁懊惱。

鍾子悅平和地笑笑，「我買得起就好啦。」他對陳澤良眨眼，忽然從後背包拿出包裝精美的禮物，「這次，換我送你。」

陳澤良看見熟悉的精品LOGO就想推拒，鍾子悅以水光盈盈的眼神施加無形壓力，那是一雙讓人無法拒絕的眼睛。

陳澤良勉為其難收下，又在對方充滿關愛的神情下，只得拆開包裝。是一條黑色小牛皮編織手鍊，中間有簡約的銀色鎖釦。

陳澤良愣愣地說：「謝謝。」鍾子悅還來不及幫陳澤良繫上去，就看到他小心翼翼地擺回盒內，放入自己的包包。鍾子悅沒有要逼他的意思，只是有些遺憾，沒能看到禮物戴在陳澤良好看的手腕上。

回去的路途上，鍾子悅一臉哀怨，「今天讓你看到我很糗的一面，你就忘記吧。」

陳澤良瞥了眼他淒慘的大地色的衣著，說：「好。」

鍾子悅問：「經過這次約會，我在你心中的分數是幾分呢？」

「滿分一百？」

「一百。」

陳澤良認真沉思片刻後，謹慎回答：「……大概，七十五吧。」

鍾子悅立刻說：「太棒了！」

陳澤良還沒開口，鍾子悅篤定地說：「你在我心裡是絕對的一百分！」

又在浮誇……陳澤良別過頭，道：「謝謝你的禮物，我欠你一個。」

「那我可以許願嗎？」

陳澤良緊張起來，「不、不要太貴……」

鍾子悅微微笑，「我希望你叫我親愛的。」

「……」

「開玩笑的啦，我怕你直接把禮物退回。」

「……」上一秒陳澤良確實有飄過這念頭。

「現在開始，叫我子悅。就像我叫你澤良那樣！」

陳澤良小聲地說：「子悅。」

鍾子悅眼神都亮了，雙頰漾起酒窩，「你這次很棒！完全不彆扭了。」

「開車專心！」不要轉移視線一直看我！

「謝謝澤良，這是我收到最棒的情人節禮物了！」鍾子悅眼睛笑瞇成月牙，在一旁的陳澤良都覺得過於耀眼。

第14章　不打擾

「下一次約會，就是一百分了，我有信心。」鍾子悅信誓旦旦跟肯恩說。

中午的休息時間，肯恩一邊輕吐煙圈，停不下滑手機的指尖。

鍾子悅對他敷衍的態度不滿，「你有在聽我說話嗎？」

肯恩彈了下菸灰，說：「我在抓快龍。」

「你們都加入抓寶殭屍大軍，只有我是邊緣人。」鍾子悅大嘆氣，自從寶可夢手遊登陸臺灣，他身邊從客戶到朋友，幾乎所有人都沉迷在抓寶的世界裡。信義區的逛街人潮，過往聚集在品牌活動，而今紛紛跟隨櫻花與道場。現在的人潮不是在追星，而是堵稀有寶可夢。

「麥最近工作還好嗎？」

「老樣子，不，比之前更忙。」肯恩擲出一顆寶貝球，被快龍無情打掉，「我跟他好像一個日間部一個夜間部，已經好幾個禮拜沒有在正常的時間點看到他。」

鍾子悅說：「創業的哪一個不忙？生意興隆啊。」

「但願如此——Yes！抓到了！」肯恩握拳。

他盯著肯恩的臉，「你今天看起來狀態不好，是不是半夜都去抓寶啊？」才大中午的，肯恩看起來像熬了好幾天夜，臉色發白。

「我是真的很想要小火龍——」

「你是國中生嗎？都要四十歲了還在瘋手遊。」

「誰說中年人不能玩手遊？」

「你走火入魔了！對了，你有要去看明晚阿妹演唱會嗎？」

「麥抽不出時間，我只好把票都送出去了。兩張給你那位陳同學，兩張給麥的客戶。」
鍾子悅虧回去：「懂幫男朋友做人情，果然是副店～」
「人脈就是這樣循環的。」肯恩抬眼看了鍾子悅一眼，「你晚上還要去找底迪？」
鍾子悅原本眉飛色舞的表情瞬間黯淡，「他今天畢業典禮，媽媽上來臺北參加典禮，我就不打擾了。」
「喔，他還沒出櫃？」
「沒。」
「喔，那，加油。」也不知道這個加油是指陳澤良，還是他們兩人。
點開陳澤良的IG，個人頁面裡都是些風景或是意義不明的模糊特寫，外表高大的他有顆纖細的心。
鍾子悅在陳澤良最新的限時動態裡，看見他與母親的互動，掌鏡者應該是他妹妹，一直對陳澤良吐槽。
「先生，到了。」計程車司機提醒，接著指著鍾子悅身旁的提袋問：「先生，你那個花是要送給X大畢業生嗎？」
提袋內裝著六大朵金黃濃豔的向日葵，配上溫柔色系的粉色與白色桔梗的花束，集高雅、華麗與繽紛於一束。
「是啊。」
「哇，是我今天載到最漂亮的一束花！」
「不用找了。」鍾子悅對這恭維相當滿意。
在麵攤的對面街角下車。不確定今晚會不會遇到陳澤良，但已經養成下班以後，三不五時來這邊吃宵夜的壞習慣。
悄悄捏了捏肚子，腹肌形狀還在，但是不是有一點點軟？該增加訓練強度了。

當鍾子悅踏進麵攤，自動吸引周圍目光聚集，他見怪不怪。朝阿姨點了餛飩乾麵，小端立刻上前為他清出一張桌，他微笑。「小端，謝謝。」

小端看起來酷，其實只是外冷內熱，心思單純，是很好聊天的可愛孩子。

小端拿了一張空椅，讓他放花。低聲問：「這花是……給澤良哥的嗎？」

「對呀，他今天畢業典禮。」

「今天還沒看到他……」

「可能跟家人有其他的行程吧。」鍾子悅滑著陳澤良的限時動態，說：「看來我要直送到他家樓下了。」

「喔……」小端默默收走碗盤。

他拍了張餛飩乾麵的照片傳給陳澤良，「**桌上只有一碗餛飩乾麵，沒有小菜，青蔥看起來沒那麼綠，聞起來也不香，那碗麵在桌面上看起來孤零零。**」

他又傳了一句，「**一個人吃麵真是寂寞呀。**」對方沒讀。

快吃完時，正在收鄰桌麵碗的小端忽然小聲對他說：「澤良哥來了。」

鍾子悅立刻心情大好，抬頭就看見陳澤良正在停放機車，旁邊跟著一位穿著粉色連身裙的矮小婦人，應該是他媽。

鍾子悅原本欲站起的身體又坐回原位。

鍾子悅的位置恰好在騎樓柱子後方，他下意識縮在柱子後，看著陳澤良與媽媽兩人在較遠的一處坐下。母子倆各點了一碗麵，難得看見陳澤良點了三盤小菜。

陳澤良的背脊挺得很直，穿著全新T恤跟褲子，依舊是面無表情。

鍾子悅想了想，朝往此處看的小端使眼色，小端立刻不動聲色跑到他旁邊。

「小端，等他們吃完麵，妳可以幫我把這束花給澤良嗎？這邊是麵錢，剩下的不用找了。」

「子悅哥你不親自拿給他嗎？這麼漂亮的花……」

他微笑，「我還有事，就不打擾他們了。」起身，悄悄離開。

回到家才剛躺在沙發上，就收到陳澤良的訊息。

「謝謝你的花，怎麼不打個招呼就走了？」

「不打擾是我的溫柔。」

他向來是最不怕「打擾」陳澤良的人，今天卻講了好幾次「不打擾」呢。鍾子悅想。

過了五分鐘，對方才回：「明天中午我媽就回家了，晚上一起吃個飯？」

「好啊，你煮給我吃，我幫你準備食材。」

「你確定？？？」

鍾子悅笑了，完全感覺得出來陳澤良此刻的內心劇場，肯定是手足無措，在內心慌張亂竄。

約一分鐘後，對方回：「可以。」

鍾子悅一愣，手機又差點掉落打臉。

他先被一波狂喜淹沒，冷靜下來後，伴隨而來的是一連串疑問。

陳澤良的「可以」有包含別的意思嗎？他們現在是在交往吧？陳澤良對於「去男友家做菜」的理解，跟他的理解是一樣的嗎？

還是這個「可以」就只是單純的「可以去你家做菜」而已？

一堆問題自腦海深處連環爆出，惹得鍾子悅越想越緊張。一方面告訴自己不要想太多，另一方面又開始揣測推敲對方的心思。

最後他反問自己：是不是真心想發生其他事情？

答案當然是的，只是他不確定適不適合在此刻發生。若是以前的他才不會想這麼多。情投意合的情況下，順其自然就做了。只是現在對象是陳澤良，與他交往過的戀人非常不同，在心中的分量也格外不同。

第二天一早，鍾子悅就去百貨內的高級市場採買食材，高級牛肉、當季水蜜桃、龍蝦、蔬菜、紅白酒……還打電話騷擾自家母親怎麼料理鮭魚。自己率先燉了一鍋牛肉湯等著。胖橘對著忙進忙出的鍾子悅不耐叫喊，鍾子悅才想起從中午到現在都還沒放飯，連忙道歉奉上食物。

晚餐時刻來臨，陳澤良並沒有出現。無論鍾子悅傳了多少訊息、打了多少電話，陳澤良彷彿進入一個斷訊的黑洞裡。

直到一個陌生的聲音接起。

陳澤良盯著醫院餐廳內的電視，已經重播七七四十九遍的《大長今》。直到店員說：「同學，你的皮蛋瘦肉粥不要芹菜好了。」才回過神。

「謝謝。」他提著粥，又到旁邊的超商買了宋純亦愛喝的麥香紅茶。來到病房宋純亦跟他買粥前的狀態一模一樣，依舊眼神木然地盯著窗外。

陳澤良說：「吃點東西吧。」

「我不餓。」聲音沙啞。

陳澤良把粥放在邊桌上，宋純亦的眼睛還是紅的，氣若游絲地說：「你如果有事可以先走沒關係，讓我靜一靜。」

陳澤良瞥了眼宋純亦打石膏的腿，說：「我沒事。」

今天中午在轉運站，前腳才剛送老媽上車，下一秒就接到宋純亦的電話，對方是醫護人員，說宋純亦出了車禍，正在救護車上前往醫院。

當時他整個人都慌了，腦中一片空白，他甚至不知道自己怎麼騎車抵達的。不顧機車停在紅線上，直衝急診室。確認宋純亦意識清楚，不幸中的大幸只是骨折跟輕微腦震盪。

他要回租屋處拿住院換洗衣物時，才發現機車被拖吊，只得路招計程車回家，然後就把手機忘在計程車上。

待陳澤良想起跟鍾子悅的晚餐之約時，已經是晚上九點。

他心急如焚，卻找不到連絡鍾子悅的辦法。最後頹然放棄。他現在真的沒有心力去想鍾子悅，光是看到宋純亦失魂落魄的表情，內心就隱隱抽痛。

「陳澤良，你覺得可兒知道我車禍會來看我嗎？」

陳澤良削著蘋果沒回應。

「她說她跟學長很對不起我，我聽不懂那是什麼意思，如果她真的覺得對不起我，那幹嘛不要我？」

陳澤良把切好片的蘋果放在碗裡。

「她怎麼可以這麼自私，今天是我們交往三週年……」

「是你太傻。」陳澤良聽見自己的聲音微微發抖，他竭盡所能地穩住怒火，「她都出軌了，你有什麼好放不下的？」

宋純亦摀著臉，過了一陣子，有氣無力的聲音從指縫中溢出：「不說了，你回家休息吧。」

陳澤良知道他又哭了，因為自己戳中他的痛處。

看著眼前人連視線都不跟自己對上，內心是無處發洩的悶痛。

為什麼，到現在你還不願意面對現實？

早就知道可兒與學長過從甚密，還傻乎乎地幫她搶演唱會門票、買禮物，噓寒問暖，假裝看不見這一切。

在旁邊心疼你的我，比你更白痴。

返家的途中，陳澤良把臉埋進掌心，覺得為宋純亦擔心的自己好傻好天真。車停在巷口，他下車走沒幾步，看見一個熟悉的人影在樓下公寓大門前，像融進夜色裡那樣靜靜地等待。

路燈下的飛蛾彼此糾纏著，夏天晚風吹來黏黏的，讓人心情煩悶。

「你……」你怎麼在這？

鍾子悅微微一笑，說：「你的手機掉在計程車上吧？那個司機剛好接起我打過去的電話。」他從口袋裡拿出手機，遞給陳澤良。

陳澤良連聲道歉：「對不起！因為宋純亦出車禍，所以我……」

「沒關係的，我能理解。」鍾子悅真摯地拍拍他的肩膀，「真的。」

陳澤良看著鍾子悅疲憊的臉，內心有一絲絲異樣的苦悶。低著頭說：「對不起，真的很抱歉。」

鍾子悅溫和地說：「那，要不要陪我一下？」

依舊是熟悉的夜景，熟悉的空間。陳澤良望著窗外流逝而過的景色，一路上鍾子悅的沉默讓人有些不安。

車內串流音樂響起一首舊歌：「能不能讓你清醒，愛是快樂的事情，我只有真心而已，世界末日我都不會離去……」[4]歌詞字字句句好像一把小刀，扎得陳澤良心有點疼。

鍾子悅忽然問：「宋純亦還好嗎？」

「還好，骨折跟腦震盪而已。」

「怎麼會發生車禍？」

「他女友跟他提分手，說自己喜歡上學長，然後宋純亦自己騎車回家時沒注意到紅燈，就被直行的轎車撞飛，汽車的鈑金凹了一大塊。」

「真是驚險。」鍾子悅說，忽然拋出一句，「那你呢？你還好嗎？」

陳澤良差點說，受傷的又不是我，問我幹嘛？但陳澤良不說話。他聽見鍾子悅輕輕的嘆息聲，這還是他第一次聽到鍾子悅的嘆氣。

他回過頭，迎向對方溫柔似水的目光。

「澤良，你還好嗎？」

那雙淡褐色的眼睛好晶亮，又好深邃。彷佛能容納一切所有似的，湧動著讓他心慌意亂的溫柔。

4 任賢齊〈我是一隻魚〉（1998）。

陳澤良說：「還好，反正，讓他傷心的都不會是我。」

當車窗外的景色從喧囂燈火轉為沉靜夜幕，他們正往城市邊緣移動，從四線道逐漸轉換為縣道，四周的風景像通過一片寂靜曠野，而這臺車是散發微光的小星系。

鍾子悅說：「但我知道你傷心了。」

車子停靠，在陳澤良眼前是一覽無遺的盆地夜景，像燦爛的一盆寶石，在夜色中熠熠發亮。

這是鍾子悅私藏的夜景地點，每當心情煩悶時就會來這邊冷靜思緒。

只是現在，開闊的視野也沒能稀釋陳澤良內心濃稠的幽暗。他望著遠方，似看非看的神情，彷彿靈魂不在現場。

鍾子悅說：「年輕時，有過明知結果會很慘烈，卻還是陷進去的戀愛。如果你問我想不想再重來一次，我會說：『想。』」

「愛情就是這麼自虐卻又讓人樂在其中，我很珍惜那些感情，就算沒辦法成真，但那些經歷過的，都是真的。」他說：「我很羨慕被你喜歡的宋純亦。」

鍾子悅像變魔術般，從前座置物箱掏出幾顆巧克力，遞給陳澤良。那是陳澤良喜歡的牌子。

陳澤良望向他，他笑著說：「先吃點甜的，我們再一起吃個宵夜，然後，我送你回醫院吧。」

陳澤良斂下眼，拆開包裝放入口中，讓苦甜的滋味消融心情的苦澀。久久才道：「謝謝。」

他們來到老地方麵攤，今天的生意比以往冷清些。阿姨向他們親切招呼後，提著水桶到街角洗碗。小端已經可以獨當一面了，站在攤後俐落地舀料、燙麵、裝湯，動作一氣呵成。

「好厲害！」鍾子悅說。

小端對他們害羞一笑。

此時隔壁正在喝酒的阿伯客人喚她加點，她記下小菜後正要返回攤車，醉醺醺的阿伯說：「妹仔啊，妳這頭髮為什麼要理成這樣？男不男女不女的，很難看啦！」

小端一愣，囁嚅道：「會嗎？」

「不好看啊！妹仔啊妳不要學電視上那些不男不女、亂七八糟的噁心同性戀啊，妳外婆會很難過喔。」

一旁的陳澤良全身僵硬，捏緊筷子。

鍾子悅起身，微笑對小端說：「妳先去忙吧，我來。」

阿伯看見隔壁的食客過來，對著鍾子悅說：「帥哥你也這樣覺得齁？」

「不覺得。」鍾子悅臉上皮笑肉不笑，「她想要什麼髮型就什麼髮型，跟你有關嗎？你一個大人對小朋友指手畫腳丟不丟臉？」

滿身酒氣的阿伯，拍桌大怒，「我是在教她，你算哪根蔥？」

「教個屁，你根本就是歧視，我就是你剛剛說的亂七八糟噁心同性戀，請問哪裡礙到你？」

「你、你、你是同——」

「我就是同性戀，對，怎樣？我問你，我哪裡礙到你？」

「我、我就是不能接受啦！」

鍾子悅冷笑，「你不能接受可以滾啊，請你離開。」

他瞥了眼桌上的酒瓶，說：「還有這裡的規矩是不能喝酒，你偷帶酒，還在這邊喝醉造成困擾，是不是該跟店家道歉？也要跟小端道歉？」

阿伯漲紅著臉，拿起酒瓶，手卻被牢牢牽制住。高大的陳澤良用冰冷的視線盯著阿伯，抓著阿伯的手，面無表情的氣場形成強大的壓迫。阿伯的同桌友人眼見不妙，一邊道歉一邊把人拉走。

鍾子悅大喊：「沒付錢想吃霸王餐啊？」阿伯友人連忙掏出鈔票放在桌面，順帶把嚷嚷「噁心同性戀」的阿伯拉走。

小端幾乎快哭出來，「子悅哥，謝謝你。」她低頭扭著衣服下襬，說：「其實那個阿伯不只講過一次，我都假裝沒聽到。」

鍾子悅緩道：「他下次如果再來鬧妳就打給我，我最會對付這種垃圾。」

小端連聲道謝，子悅示意她快去忙。回頭看見陳澤良表情不太對，雖然還是面癱，但眉頭用力糾結，緊握的雙拳微微發抖。

「澤良，你怎麼了？」

陳澤良低沉道：「那老頭喝醉了，很危險。你幹嘛強出頭？」

「他連路都走不穩了，沒辦法對我怎麼樣啦。」鍾子悅對陳澤良笑了，試圖和緩氣氛。

陳澤良轉身拿了包包就走，鍾子悅頓時無措，他連忙買單，跟著陳澤良走。走了約三分鐘，來到附近無人的小公園，陳澤良猛然轉身。

鍾子悅即時煞住腳步，只見陳澤良瞪著他，眼裡隱隱有些淚光，「你是笨蛋嗎？萬一那個酒瓶砸在你頭上呢？」

鍾子悅一愣，隨即握住陳澤良的手，「不會的，我會閃開。」看見陳澤良的眼淚，他比剛剛還緊張。

陳澤良依舊沒說話，鍾子悅感應到他的低落，上前輕輕把陳澤良擁在懷裡。

陳澤良悶聲說：「看到那個阿伯抄起酒瓶，我心臟都快停了。」

鍾子悅拚命安慰他，「我不是好好的在這嗎……」

「我以為你很理性，沒想到這麼衝動。」

「抱歉，讓你擔心了，但是我不後悔。」鍾子悅輕聲說：「我不能忍受這種人渣詆毀任何人。」

「我沒辦法……像你那樣有正義感挺身而出——」陳澤良緊緊抿唇，說：「剛剛，聽到那個阿伯說到家人，其實我非常害怕……」

想起外婆與母親，想起在宮廟對著神明企盼他交女朋友的母親，他是不是終將讓他們失望，甚至感到羞恥？那些話語像刺骨的冰刃直戳心窩，是赤裸裸的惡意。

「澤良啊，」鍾子悅輕拍他顫抖的背，語氣溫柔地像哄個孩子，「你千萬千萬不要這樣想，要相信自己是被愛的。」

你要相信自己是被愛的。

他聽過很多類似這樣的安慰，唯獨這個人特別真誠，他所說的每句話都像溫暖的流水，在心裡蔓延，讓他慢慢地停止顫抖，也浸溼他的臉頰。

陳澤良止不住地哽咽，「我真的好討厭這樣的我……」

鍾子悅緊緊抱住他，直說：「我很喜歡你啊，不管你是什麼模樣，我都很喜歡。」

陳澤良在鍾子悅的懷裡，激動的心情慢慢穩定下來。

鍾子悅冷不防說：「我這樣有一百分了吧？」

陳澤良想起上次他們出遊時，鍾子悅要求他為自己打分數的情景，不禁無言。

知道是想讓氣氛緩和一點，陳澤良吶吶地說：「九十一分。」

鍾子悅扼腕，「英雄救美居然沒有一百分？」

陳澤良糾正，「是我救你！」

「OKOK你對……」見他已經恢復冷靜，鍾子悅輕輕擦去他臉上殘餘的眼淚，給他一個溫暖的笑容。「下次一定一百分！」

陳澤良扶著宋純亦一步步上樓梯，宋純亦困難地抬起打石膏的腿，一階階往上爬。嘴裡抱怨：「住在公寓五樓真的很想死，爬完大概半條命都沒了……」

陳澤良語氣認真，「要不要我扛著你上去？我很會扛東西。」

宋純亦猛搖頭，「不要！我知道你體力好，在搬家公司打工，但讓你扛上去太丟臉了。」

陳澤良打量他的身形，評估道：「你的重量應該跟雙門冰箱差不多……」

「我拒絕！幫我留點面子吧！」宋純亦繼續與樓梯奮鬥。

陳澤良在後面默默地提著行李，深怕某人一腳滑倒又得進醫院。

終於來到最後一階，滿身是汗的宋純亦歡呼，打開大門，發現室內整理得異常整潔，特意打造讓輪椅得以順暢行動的空間。

「欸，陳澤良我沒走錯吧……」宋純亦驚得說不出話，「這我家？」

「就是你家。」

想也知道是誰這麼用心。宋純亦坐上輪椅，舒了一口長長的氣。對他說：「對不起啊，那天對你有點凶。」

「我知道你當時心情很不好，沒關係。」

宋純亦看著一室整齊，嘆道：「你真的是萬能賢內助欸……」

陳澤良不予理會，走進廚房收拾東西。

宋純亦發現電視櫃上多了一個花瓶，插著幾朵向日葵。問：「陳澤良，你很有閒情逸致嘛，居然還懂插花。」

「那是別人送的花。」

「是子悅哥嗎？」

「嗯。」陳澤良忙著把資源回收的垃圾分類打包。

宋純亦笑著說：「子悅哥品味真好，對了，有空請他來我們家玩啊，順便謝謝他送我超好吃水蜜桃。」

陳澤良想起鍾子悅載他去領被拖吊的機車時，順手帶來一盒水蜜桃，說是探病用的。

他忽然想起前幾晚，在麵攤上發生的歧視事件。明明對那些惡毒的話語害怕得不得了，可是當他看到阿伯拿起酒瓶對著鍾子悅時，滿腦子思緒瞬間清空，只有「不可以」，然後身體就往前衝了。

那一瞬間，他寧願自己頭破血流，也不要鍾子悅受傷。

「欸陳澤良，」宋純亦望向陳澤良正在打包垃圾的背影，頓了一下，說：「你——」

陳澤良拎著垃圾走到門口，偏過頭，「怎麼？」

宋純亦張開嘴，開開闔闔，最後說：「沒事啦。」

陳澤良一臉「你到底想說什麼」，宋純亦像是嘴裡有東西，支支吾吾半天擠出：「只是想說，謝謝你啦。」

陳澤良淡淡地回：「喔。」

寶可夢熱潮已經持續三個月，終於有退燒的跡象。雖然路上還是有些低頭殭屍，至少城市的節奏又恢復日常，萬幸的是酒吧裡的人們都沒在低頭抓寶了，除了肯恩。

小灰說：「沒想到我們之中的抓寶鐵粉是肯恩。」

利夏喝了一口酒，看著肯恩一口都沒動的酒杯，佩服道：「我也沒想到。」

鍾子悅隨口一問：「你前兩天請假該不會就是去抓寶吧？」

肯恩說：「對啊怎樣。」

「還真的咧，那兩天超忙！」鍾子悅瞪著他，「你瘋成這樣，麥都不會生氣？」

「不會。」肯恩放下手機，喝了一口馬丁尼。

三人面面相覷，嗅到了不尋常的味道。肯恩沒等他們發問，直接轉向鍾子悅，「你跟那個陳同學還好嗎？」

「老樣子。」鍾子悅的笑容頓時黯淡，朋友們都看在眼裡。

「最近沒見面？」

「他要照顧他失戀兼出車禍的室友。」

肯恩挑眉，「還在照顧？已經有兩、三個月了吧？」

「三個月，小腿骨折至少要三個月才能拆石膏。」鍾子悅苦笑，他跟陳澤良的約會可是取決於宋純亦的骨骼癒合進度。

小灰與利夏以嘖嘖稱奇的目光看著他，小灰說：「鍾子悅，我從來沒看過你那麼久還沒拿下目標，看來你這次是認真的！」

利夏補充，「一般來說，你不可能對同一個人這麼有耐性，都已經快八個月了耶。」

「對啦對啦，」鍾子悅嘆了一口氣，「我二月懷孕的大姊都快生了，我的愛情現在還沒有結果。」

眾人沒良心地大笑。

鍾子悅也不是真的悶，他知道有些事情急不得。寧願讓它水到渠成，也不願一時衝動壞了感覺。他第一次發覺自己如此有耐性，想好好呵護目前這曖昧的距離。

只是關心則亂，獨自想著想著，也會有心情自亂陣腳的時候。大概就在這反覆糾結的心情裡面，度過五味雜陳的每一天。

起初，他以為自己站在大人的制高點，可以從容不迫、熟練地追求一個人。陳澤良失約的時候，他也不難過，理智上懂得這是必經的過程，自己就是排序在宋純亦之後。

只是親眼看見陳澤良對宋純亦的在乎，才發覺自己情感上接受不了。

他比自己想像中還在乎陳澤良。

愛一個人是快樂的，然而快樂與痛苦一體兩面，有多喜歡，就有多挫敗。

「鍾子悅，依照你的感情進度，我看你今年去法國無望了。」肯恩冷不防地說。

鍾子悅托著下巴，搖晃著杯身，「今年是沒辦法了。」

小灰問：「去法國？」

「我們總公司每年都會有進修名額，不限部門都可以報名，我一直很想去法國總部那邊看看。」

換利夏問：「進修什麼？」

「想換個跑道看看，比起銷售，我原本對市場行銷比較感興趣……」

肯恩補了一句，「你都已經年薪破百了，還想換工作啊？勇氣可嘉！」

「手下留情啊，」鍾子悅舉雙手投降，「我只是想嘗試看看不一樣的領域。」

肯恩收起笑容，正經道：「不過，好機會每年只會越來越少喔，你自己三思。」

鍾子悅依舊苦笑。

小灰在旁虧：「別演了啦，你就是要愛情不要麵包咩！」

利夏也幫腔：「別演了啦，工作再找就有，喜歡的人全世界只有一個！」

肯恩盯著手機抓寶，忽然說：「那可不一定。」

其他人目光集中在他身上，然而肯恩沒搭理他們，繼續抓寶。

鍾子悅喝了一口酒，想著不知道此刻的陳澤良在做什麼，肉身在酒吧，靈魂已然神遊。

二零一七春

第18章　告解

鍾子悅在開車上班的途中，一片淺粉色的花瓣飄進窗內，櫻花開了。去年他還質疑這路段的櫻花樹看起來個頭瘦弱，不知道能不能活下來。

他在去年春天遇到陳澤良，對他而言，春天跟陳澤良有美好的連結。儘管與陳澤良的關係依舊停滯不前。他們聊天、吃飯、看電影、看夜景，偶爾郊遊。陳澤良帶他去看展覽，他就帶陳澤良去看表演，如此禮尚往來，倒也充實許多。

鍾子悅還在陳澤良生日那天，帶他體驗人生第一次夜店，陳澤良似乎不太喜歡，他也是，看到有人靠近陳澤良，他就十分不爽。（鍾子悅完全忽略，更多人是為了接近他這一事實。）

陳澤良打的分數始終停在「九十一分」，後來他發覺，陳澤良好像因為一直沒給自己滿分而有罪惡感，鍾子悅不再追問分數。

當然，偶爾自己會糾結地想：為什麼不直接給滿分呢？後來他不再鑽牛角尖，換個角度想，滿分多無聊啊，往滿分的路上推進才有樂趣。

緩慢的前進也可以算是一種穩定吧？他樂觀地想。

時間還早，還在斟酌要不要去買阜杭豆漿給陳澤良當早餐，車子已經往善導寺的路上前進。陳澤良今年開始當國考戰士，七月就要上戰場，現在每天除了打工以外的時間都在書桌前，偶爾才會答應鍾子悅的約會。

他在停車場看到肯恩的車，以為他也來排隊，卻沒在隊伍裡看見他。回到店面上班時，肯恩姍姍來遲，鍾子悅虧他：「我今早在善導寺那邊看到你的車，你該不會一早就去那邊抓寶吧？」

肯恩一愣，神色有些微妙地回答：「喔，對啊。」

肯恩反問：「你去那邊幹嘛？」
鍾子悅說：「買阜杭豆漿當愛心早餐。」
肯恩翻個白眼，「沒救了。」
「你想吃的話，我下次順便幫你買啊。」
「謝謝你的順便喔。」肯恩沒好氣地整理貨品。

下班時間，鍾子悅快樂地直奔麵攤，最近麵攤被某個網紅造訪，生意突然變得非常好。好在鍾子悅有椿腳小端，一通電話過去，小端總是會為他保留柱子旁的老位置。
每天約陳澤良出來吃宵夜已成一種習慣，執拗地在對方的每日中打卡彰顯自己存在。
鍾子悅偷偷計算，他一共在麵攤吃了一百三十五碗餛飩乾麵，約兩百七十九盤左右的小菜，可能還有七瓶以上的辣椒醬。
還要幾勺辣椒，才能讓我更靠近你呢？
他看著對面的陳澤良，覺得對方好像又瘦了。
「你今天午餐吃什麼？」
陳澤良眼神飄忽，「便當。」
「澤良，別忘了我是你的翻譯機。」鍾子悅凝視著對方，直到對方迫於視線，小聲地說：「你早上送來的飯糰……」
「其實你沒吃午餐吧。」鍾子悅嘆氣，「看來我應該要三餐都送了……」
「千萬不要！」陳澤良立刻拒絕。
「那就要好好吃飯啊，你看你的臉都凹了。」鍾子悅拍拍自己的肚子，「反而是我胖了，不公平啊。」
陳澤良默然瞄向鍾子悅的腹部，明明就結實不已。

鍾子悅柔聲說：「我知道快要國考了，健康也是考生很重要的基本條件……」

鍾子悅的聲音停頓，眼神望著陳澤良後方，而後側過身並低頭，刻意擺出不讓人發現的姿態。

陳澤良莫名地看著他，鍾子悅小聲說：「我好像看見熟人。」

「那你幹嘛躲？」

「直覺。」

陳澤良順著他的視線望去，看見隔兩桌坐著兩個男人，笑得很開心，其中一個還幫另一個夾小菜，臉上的表情是他常在鍾子悅臉上看見的，充滿情意的溫柔。

當背對自己的男人轉過身拿手機時，陳澤良一愣。

「那是我研究所同學，去年我就是在所上群組看到他介紹『ＦＯＸＸ』，他說他在上面交到男朋友——就是現在坐他旁邊的那個。」陳澤良說。

ＦＯＸＸ也是牽起鍾子悅與陳澤良相遇的地方。

兩人動作逐漸變得親密，甚至還餵食彼此豆乾，鍾子悅只覺得食欲全消。

「之前在學校看過他們幾次……怎麼了？」陳澤良不知道為什麼鍾子悅的臉色越來越難看。

「那個正在餵你同學吃豬肝的男人，是我朋友的男友，他們愛情長跑十一年，去年剛買房，我還送他們掃地機器人，給他們當新家禮。」

陳澤良立刻想起他跟鍾子悅第一次見面，鍾子悅帶他去百貨公司，說要買個入厝禮給朋友，請他幫忙出主意。

就是眼前這個男人？

陳澤良還在傻眼時，鍾子悅已經悄悄拉著陳澤良離開現場。往停車場的路上，鍾子悅一逕沉默，打開駕駛座入座，撥打電話。周圍很安靜，能清晰聽見沙啞呆板的來電鈴聲刮著空氣，讓人浮躁。

電話接通的當下，鍾子悅一時間不知道該說什麼，胡扯了些新款的配件，直到肯恩不耐煩的聲音傳來，「明天再聊這個，你這樣害我少一隻手機可以抓寶。」

「我在麵攤看到麥，跟另一個男的在吃宵夜。」

手機再度陷入沉默，低壓氣氛讓陳澤良不知該不該先離開。然而看見鍾子悅的神情，他遲疑了。

手機那端的肯恩說：「吃宵夜而已，有什麼嗎？」

「如果沒有什麼，我就不會打這通電話了。」鍾子悅說：「今天早上在阜杭豆漿那邊看到你的車，其實那不是你，是麥吧？你們最近還好嗎？」

陳澤良來到駕駛座外的車門邊，示意「讓我當駕駛」的手勢，鍾子悅被動地起身去副駕，陳澤良坐進駕駛座，發動引擎。

鍾子悅逼問：「為什麼騙我？」

感覺到對方正在深深呼吸，而後吐息，「抱歉，我不是故意的，我早就知道麥出軌，已經兩年了。」

兩年？所以麥的出軌對象，不只眼前這個交往一年的學生，還有其他人？

鍾子悅還沒回過神，聽見肯恩又說：「因為我生病了。」

鍾子悅連珠炮似的拷問：「你生什麼病？這跟麥出軌有什麼關係？」

「鍾子悅，你可以跟得癌症的另一半做愛嗎？」

第19章　病

他們在空曠的城市邊緣滑行。夜色流光如潮水湧了上來，倒映在鍾子悅的臉上，他靜靜開車。一旁的鍾子悅聲音緊繃，連問肯恩：「你生什麼病？這跟麥出軌有什麼關係？」

「鍾子悅，你可以跟得癌症的另一半做愛嗎？」

車內很安靜，即便沒開擴音，陳澤良連對方的呼吸都聽得一清二楚。

聽到肯恩的回答時，陳澤良的手指用力抓緊方向盤。

肯恩說：「謝謝你的關心，但你可能不了解；我跟麥，我們都想要選擇讓自己好過一點的方式。」

「你所謂的好過，就是讓麥丟下生病的你，去找別人亂搞？」

陳澤良瞥了眼對手機激動說話的鍾子悅，那是他沒見過的一面。他見過的鍾子悅彷彿永遠是晴天，經常是唇角微勾，眼裡帶笑。就算是上次在麵攤與人爭執，也有狠中帶帥的魅力。

他第一次看到鍾子悅糾結著眉頭，烏雲密布的模樣。

這樣的他，讓陳澤良內心有股說不上來的感受，悶悶的。

「鍾子悅，雖然你是我很重要的朋友，但我也是有底線的。」肯恩的聲音異常冰冷。

「既然把我當很重要的朋友，那為什麼現在才告訴我生病的事？」鍾子悅抹了抹臉，深深嘆口氣，「什麼癌？」

對方一頓，說：「胰臟癌二期，我下個月要留職停薪準備手術。」

鍾子悅一僵，那是個致死率很高的癌症。「要不要我陪你？」

「麥會陪我。」肯恩說：「相信我，他把我照顧得很好。」

通話結束，鍾子悅望著前方久久沒說話，看起來很疲倦。

陳澤良在路邊停靠，鍾子悅看著眼前的景色，「你還記得上次我帶你來的路線啊？」

「記得。」

那是上次陳澤良消沉時，鍾子悅帶他來看的盆地夜景，沒想過有天會是陳澤良帶他來解悶。

今夜太多震驚的消息像一顆顆炸彈，他的腦內還處於轟炸後的焦土狀態。

陳澤良小心翼翼開口：「你現在……還好嗎？」

他們下車來到視線最好的位置，鍾子悅俯瞰著城市，他的情緒已經穩定下來。淡淡地笑道：「沒想到是你安慰我，我現在稍微冷靜下來了。」陳澤良看見他扶在欄杆上的手緊握成拳。

陳澤良下意識伸出手，輕輕握住那個拳頭。

鍾子悅一愣，而後張開手掌，十指緊扣住陳澤良的手。陳澤良霎時臉色通紅，好像有條路徑，可以從掌心竄流到指尖到內心，讓心臟跳得更急遽，讓他的臉忍不住發燙。

他們牽了很久都沒放。

微涼的春夜，天地之間，只有這麼一雙手是溫熱的。

回程的路上是鍾子悅開車，陳澤良偷偷看著鍾子悅的側臉。直到那雙眼望向他，「我知道自己很帥，你可以看久一點。」

陳澤良急忙轉過頭裝沒事，嘴裡說：「我好像看到螢火蟲。」

鍾子悅笑了笑。

自那晚後，關於某些滋長中的感覺，如每日清晨生成的露水般，綿密地滲透他的日常。

從初春到初夏，日復一日。

當陳澤良夜讀到疲倦時，鍾子悅的晚安訊息總會適時響起。從起初的無感，到有那麼一點期待，這中間經過了什麼化學變化？何時開始有了變化？他無從得知。

想起那晚他們在車上，他聽著鍾子悅跟生病的朋友對話。那個人得了癌症，容忍另一半出軌，還維持著互相陪伴的關係。他不能理解，只是當對方說「想要選擇讓自己好過一點的方式」時，又有些懂了。那是日積月累的默契，已然成為彼此生命中不可分割的一部分。無論捨棄哪個部分，都像是捨棄某部分的自己。

對陳澤良而言，成為彼此的牽絆什麼的，那些都是他從未體驗過的感覺。一種無可抵禦，甚至雙手奉上自由的感覺。

他得眼睜睜看情感氾濫一發不可收拾——這些不可控制，都讓他下意識害怕與彆扭。

他覺得自己永遠無法給鍾子悅打上「一百分」。要是真正滿分了，他該怎麼辦？他們之間會怎麼辦？鍾子悅一百分的時候，他在鍾子悅心中還是一百分嗎？是不是一百分之後就要邁向扣分的命運？

他不知道自己有沒有準備好面對這一切。

拿出鍾子悅送的手鍊，他上網查過價格，果不其然是要打工三個月才能存到的驚人費用。他捨不得戴，也覺得自己現在的窮酸氣質，撐不起這一條手鍊的優雅高貴。偶爾拿出來看看，又放回去。

但是他記得，那一晚牽過的手，到此刻都還在發燙。

陳澤良沒有被如此愛過，像是獲得一份過於珍貴的禮物，受寵若驚不知該如何是好。從鍾子悅那端傳遞而來的溫度，溫柔而綿密，沉甸甸地壓在心上。

陳澤良很不擅長想這些事，每次總會想到無解的死胡同，然後頭有點痛。最後就告訴自己，別想了。總是告訴自己：下次吧，下一次再給他更接近滿分的數字……

也許是日思夜想，也許是考前壓力過大。在考試前兩天的清晨，陳澤良早起準備苦讀時，眼前忽然一黑，在客廳昏了過去。

第一個發現陳澤良倒在客廳地板上的是宋純亦，早晨時他睡眼惺忪去廚房裝水喝，看見一雙橫躺的腿嚇得打翻水杯，原來是倒在地上的陳澤良。

觀察陳澤良的昏迷情況，叫了救護車。他扛不動陳澤良，跟在救護人員旁邊乾著急。所幸陳澤良只是疲勞過度，在醫院躺了兩小時後就清醒了。

宋純亦在旁一再反覆重述現場情景：「早上我出來喝水，看到你躺在那邊整個嚇歪！整個水杯都噴掉，立刻衝上前去看你還有沒有呼吸……」

「我還活著。」陳澤良想制止他的聒噪，可惜無效。

「你看看你！後天就要去考試了，現在身體狀況這麼差，怎麼辦啊！」

「我沒事了。」一想起考試，陳澤良連忙準備下床。

宋純亦著急，「兄弟你真的沒事嗎？臉色還有點蒼白耶！」

「真的沒事。」陳澤良堅持，「後天就要考試，我要回去複習。」

「你可以不要那麼固執嗎？快被你氣死！我根本攔不住你——子悅哥！」

陳澤良一愣，回過頭，看見鍾子悅在病床前，靜靜倚在門口凝視著他。那眼神裡充滿著各種情緒，他一時間不知該如何是好。

鍾子悅走了過來，朝宋純亦微微一笑，「謝謝你通知我，我剛剛問過醫生。澤良可以出院了，我送你們回去吧。」

陳澤良內心鬆口氣，鍾子悅還叫自己「澤良」，那就表示還沒有很生氣吧。

宋純亦沒想到鍾子悅會順著陳澤良的意思，只得摸摸鼻子。

在車上，鍾子悅對宋純亦說：「好在有你發現他，真是辛苦了。」像家屬感謝般的語氣，讓一旁的陳澤良非常尷尬。

宋純亦直率地說：「沒什麼，室友就是要互相照應嘛！」

鍾子悅笑回：「說得也是。」

陳澤良感覺鍾子悅好像沒有在看他，就連對話時的視線，感覺都跟以往不同。

三人一起上樓，宋純亦拚命地想趕陳澤良去休息，陳澤良不甘願地回到房間，而宋純亦說要去超市買點食材，公寓裡剩下陳澤良與鍾子悅。

這是鍾子悅第一次到他住的公寓。陳澤良有種閨房被看透的感覺，都說看一個人居住的空間就等於看見了靈魂的內裡，現在他十分難為情，也不太敢直視鍾子悅。

鍾子悅說：「要不是宋純亦打給我，我還不知道你這麼嚴重。」

鍾子悅說話的聲音很輕，像是在控制情緒，又像是筋疲力竭。「到後天你考試為止，我都會來你家照顧你。」

「不用麻煩……」

「澤良，你一定要這麼見外嗎？」

「對不起。」陳澤良不知道為什麼自己立刻就道歉了，也許是鍾子悅說話的語氣，好像有點傷心，讓他也跟著難過起來，鍾子悅最適合笑了，他不想看見那張笑顏有悲傷。

鍾子悅默默地去廚房熱了剛剛帶來的湯，熱好後放在客廳桌面，說：「有點燙，我讓電扇吹涼一點再喝。」

此時宋純亦回來了，和宋純亦打聲招呼後，鍾子悅說：「我晚上會再來。」輕輕帶上門離開。

陳澤良還想說什麼，話還在嘴裡，卻聽見門關了。鎖頭自動上鎖的聲音好像拒絕的聲音。這還是第一次，鍾子悅對他這麼冷淡。

儘管如此冷淡，他還是熱了湯給我喝。陳澤良凝視桌上那碗雞湯，有點捨不得喝掉。

宋純亦看著陳澤良的臉，試探地說：「我把家裡鑰匙備份給子悅哥囉，我明後天不在，子悅哥會過來照顧你。」

「嗯。」

「你們……沒事吧？感覺氣氛有點奇怪。」

他們之間的隔閡，連宋純亦都感覺得出來。陳澤良心情低落，小心翼翼端著湯回房間。

當天晚上鍾子悅果然出現，儘管手上提著一個保溫罐，看起來還是時尚型男。

鍾子悅去麵攤提了麵回來，還點了超多小菜，大概把所有攤位上的小菜都點過一遍了吧。小端還很貼心地幫他外包辣椒醬。

他們在客廳矮桌鋪上報紙，打開宛如百寶箱的保溫罐，把麵食與小菜盛盤盛碗擺滿一桌。

鍾子悅的神情跟之前的熱情比起來，簡直是判若兩人，雖不至於冷漠，依舊優雅而體貼，只是對話裡有些壓抑，沒以往那麼叨叨絮絮，陳澤良隱約感覺不太對。

看著鍾子悅捧著不鏽鋼碗吃東西，陳澤良覺得這場景過於家常，好像他們正在同居一樣。思及此，原本悶悶的內心又莫名高興。

考試前一天，鍾子悅帶他去行天宮拜拜。考試當天鍾子悅還請了一天假載他去考場，考完後，陳澤良強迫自己別急著對答案。他默默觀察鍾子悅的神情，戴著墨鏡的他很有魅力，讓他不敢看太久，否則又要被虧了。

陳澤良說：「我終於考完了，要不要去哪邊走走？」眼裡寫滿盼望。

鍾子悅唇角微勾，「好啊。」

看見那揚起的唇角，陳澤良的心情彷彿也被勾起來。

路途中，鍾子悅深呼吸，開口：「澤良，終於等到你考完試了，有些話我想說。」

陳澤良有種「果然要來了」的預感，不安地緊捏安全帶。

「你知道，聽見你昏倒的當下，我是什麼心情嗎？」

他立刻說：「對不起。」

說出的瞬間，卻覺得鍾子悅的表情，好像被他的道歉刺傷了。

「我不想聽見對不起，我想聽到你說：你需要我。」鍾子悅輕聲說：「讓我最受傷的是，我發現，你醒來後也不打算告訴我你昏倒這件事。」

鍾子悅的指控讓陳澤良心急如焚，恨不得快點解釋：「不、不是的，不是這樣……」

鍾子悅靜靜聽著他說話，陳澤良真恨自己嘴笨，吶吶地擠出幾句：「我只是不想讓你擔心……」

原來，我連為你擔心的資格都沒有嗎？鍾子悅苦笑著想。

「澤良啊。」鍾子悅望向他焦急的臉，緩緩說：「我好悶啊。」

陳澤良呆愣，問：「悶……是什麼意思？」

鍾子悅把視線放回前方，淡淡地說：「我有時候很好奇，你真的能理解我的感受嗎？」

這句話讓陳澤良感到委屈，瞬間紅了眼睛。

第21章　剋星

那天，鍾子悅放他下車後，就這麼離去。

沒有戲謔的話語、沒有凹他一起吃晚餐、也沒有強迫他說些讓他尷尬的話。只是看向他，平靜地說：「我先走了。」

而自己內心千言萬語，卻始終說不出任何話，憋在心口燒灼滾燙。

那時，鍾子悅對他說：「我有時候很好奇，你真的能理解我的感受嗎？」

陳澤良先是感到委屈，委屈過後一股被冒犯的憤怒湧上，他的臉因怒火而發燙。他不知道自己為什麼發那麼大的火，只是覺得這句質疑太傷他的心。

子悅，你不是最了解我的人嗎？

陳澤良難以控制自己衝動的語氣，「你這話是什麼意思？」

鍾子悅深深吸口氣，說：「如果讓你不高興，我道歉。」

「我沒有不高興，是你在不高興。」

鍾子悅啞然失笑，像是沒想過他們會這樣爭執。

陳澤良追問：「昏倒的事，是我沒通知你，但我現在不就好好的？你在不高興什麼？」

鍾子悅瞥了一眼陳澤良，「我確實不高興，但又能怎麼樣呢？」

陳澤良被激怒了，他揚起聲音，「難道，不想讓你擔心，是我的錯嗎？」

對方沒說話，陳澤良一閃即逝的直覺告訴他：鍾子悅只是不願再說傷人的話。

可是，他們都傷心了。

原本寧靜凝滯的氛圍裡，正悄然地裂開一道縫。懊惱從那裂縫中竄流而出，在內心鼓譟著。

陳澤良後悔了，巴不得收回剛剛出口的每一字每一句。

陳澤良看著鍾子悅的車從巷口離去，才想起以往自己都是率先上樓的那個。

原來看著背影離開，是這麼寂寞的事啊。

傍晚，當陳澤良跨上機車準備去家教時，發現輪胎換了，煞車也靈敏許多。騎乘感受瞬間提升，再也不用擔心在某個路口突然爆胎或打滑。

詢問宋純亦，他說：「你昏倒那天，子悅哥說你的機車看起來很危險，給我錢請我幫忙牽去機車行，幫你換新輪胎、剎車皮，還有連配線也一起換一換。」

宋純亦看著他陰晴不定的臉色，小心翼翼地說：「我是覺得……子悅哥真的很關心你。」

陳澤良心裡五味雜陳，一方面是高興，另一方面又氣悶。

想到這人一邊氣著自己，又默默幫自己維修機車。這就是鍾子悅的體貼，如此細緻入微，溫柔到讓人心裡有些疼痛。

陳澤良覺得鍾子悅是生來剋他的。

只要一跨上機車，那種鈍痛的感覺就如影隨形，這要他如何是好？

九月放榜前，陳澤良生活如常持續著。只是生活忽然變得很安靜，沒有人照三餐問候，沒有人深夜閒聊，沒有人動不動在家門口突襲，也沒有早餐掛在門把上。傳訊給鍾子悅他會回，但就是回得節制禮貌，連激動的表情符號都大幅減少。

陳澤良想著鍾子悅賭氣的時間還真長，一定是天蠍座。

高普考公布分數那天，陳澤良頓時鬆了一口氣，第一志願已是囊中物。當時，他腦中閃過：終於有理由可以向鍾子悅連絡了。

訊息刪了又寫，寫了又刪，光是開頭要寫「鍾子悅」還是「子悅」就糾結了半小時。最後傳送出去的只有四個字。

「我考上了(ˋ•ω•ˊ)。」

然後陳澤良開始每兩分鐘看一次手機，把手機音效調到最大。

訊息音效響起，陳澤良立刻點開訊息，鍾子悅傳來，「恭喜，一起吃飯慶祝吧！」

陳澤良如果能看見自己此刻臉上的表情，肯定會看見他的雙眼發著光芒，比得知上榜時還要燦亮。

每一次見面，每一次宵夜，鍾子悅都以為自己與陳澤良的距離越來越近。然而昏迷事件，又讓他看見這段關係還停在原地。

鍾子悅感到前所未有的挫折。先是自責沒有提早發現陳澤良過度勞累，更讓他難受的是，陳澤良寧願讓宋純亦照顧，也不願告訴自己昏迷倒下。

第一次，他覺得自己被排除在陳澤良的生活之外。

不想影響陳澤良的考前心情，直到考試結束他才決定說出心內話，他問陳澤良：「你真的能理解我的感受嗎？」

——這應該是他對陳澤良說過最重的話吧？

他想知道，在陳澤良的心裡，他的存在是否更特別一點點？

陳澤良傳來的訊息，他能感受笑臉表情符號背後的討好的意圖。一反常態，他苦澀地笑了。

陳澤良通過國考的喜訊很快傳遍大學，研究所還特地發布公告，系辦助理請他在系網分享備考心得。很多不太熟的同學紛紛傳來道賀，考上他固然開心，但應付這些人心很累。

宋純亦一直嚷嚷要請他吃飯慶賀，但最近這傢伙經常消失，偶爾半夜才回來。陳澤良無暇顧及他，光是應付每天的恭維與打工就筋疲力竭。他只在乎跟鍾子悅的約定，不能失約。

他們約好在某個週日一起晚餐，當天傍晚陳澤良穿戴整齊在客廳等待，偶爾別層樓的電鈴聲響起，他就從沙發上跳起來。隨著時間越來越接近，他站在陽臺望向巷口的方向，心中默默數著還有多久。

直到看見熟悉的轎車出現在巷口，他整個人飛速往下奔跑，像小狐狸終於等到了小王子那樣，三步併兩步跳下樓梯，開門。

鍾子悅還沒停好車，就看見陳澤良站在公寓一樓大門前，眼神晶亮看著自己。那樣的眼神，讓再冷漠的人都會心軟。

鍾子悅淺淺一笑，「我們走吧。」

把車停進私人停車場後，走到旁邊清水模建築，外觀低調素雅，掀起麻布門簾，推開厚重的木門後，卻是簡約高雅的現代風格，黑灰石材與木紋之間的光線流動，讓空間沉穩卻不失變化。雖然簡約，卻更顯不凡格調。

就算陳澤良對吃東西沒概念，然而這地方所散發的精緻氛圍足以讓他卻步。

服務生領著他們走到和室包廂，陳澤良偷瞄著其他穿著入時的客人，望向自己身上的T恤與破球鞋，好像跑錯場合。鍾子悅一派輕鬆與服務生閒聊，像穿梭自家廚房那樣領著他走到包廂。

服務生遞上的菜單是一張棉麻質感的紙，手寫著今日限定，都是一些沒見過的和牛種類，以及前餐、主餐、小菜到甜點等品項，讓他不安的是，沒寫價錢。

鍾子悅對服務生說：「今天的隱藏菜單是什麼？」

服務生笑著說：「菲力三明治，知道鍾先生要來，已經先幫您保留了。」

「還是你們懂我。」鍾子悅對陳澤良說：「我建議點套餐，每一種肉都可以吃到，你覺得呢？」

陳澤良已經被無價格的菜單嚇傻，茫然點頭。

開始上菜，其中有一道是炭火燒肉，由服務生桌邊服務。豐腴香甜的肉汁觸動味蕾，讓人差點要把舌頭也吞了下去。

鍾子悅看著對桌的陳澤良，當他咀嚼燒肉時眼裡迸發出「媽呀這是什麼也太好吃了吧」的震驚神色。

「澤良，還合你胃口嗎？」

陳澤良點了點頭，除了點頭，還是點頭。

鍾子悅笑了出來，看著陳澤良充滿變化的眉頭與眼神，這一頓已然超值。

服務生離開後，陳澤良說：「你終於笑了。」

鍾子悅面露疑惑。

陳澤良一臉認真地說：「好像很久，沒看到你這樣笑了。」

「因為我們很久沒見面了。」鍾子悅手托著下巴，偏著頭問：「有沒有想我？」

陳澤良一僵，很不自然地低頭喝茶。

鍾子悅繼續逗弄他，「我很想你呢。」

陳澤良的耳根很明顯地紅了，小聲地說：「真的嗎？」

鍾子悅凝視著陳澤良，微翹的唇角輕輕地說：「真的啊。」

陳澤良很想問，那為什麼你還要氣這麼久？然而還是沒說出口。要是說了，自己好像深宮怨婦。

鍾子悅忽然說：「我早就不氣了。」

陳澤良差點掉筷子。

「我可是陳澤良翻譯機，能讀懂你所有表情。」鍾子悅綻開笑容，一臉自信。

陳澤良覺得自己此刻的臉，可能比炭火上的燒肉還要燙。

用完餐，陳澤良從包包拿出底片相機，想請服務生幫他們合影。並肩時，陳澤良感覺到鍾子悅的手悄悄放在自己的肩膀上，他暗自祈禱這臺相機不要拍出自己燙紅的臉。

像是不成文的慣例，他們總會開車在城市晃蕩，鍾子悅前往自己的私房景點看夜景。陳澤良問起肯恩的病情，鍾子悅淡淡地說：「手術成功，但復發的機率很大，現在在家休養。」

陳澤良點點頭，拍了拍他的肩膀以表安慰。鍾子悅順勢把頭靠在陳澤良的肩膀上撒嬌，一股木質調的香氣在鼻尖騷動著，陳澤良頓時全身僵直，心跳加速。

他的心跳這麼大聲，鍾子悅會不會聽見？

鍾子悅問：「會覺得我很重嗎？」

他立刻回：「不會。」

鍾子悅蹭了蹭陳澤良，呢喃似的說道：「雖然沒喝酒，但我好像喝醉了呢。」幾乎跟他一樣高壯的鍾子悅，撒起嬌來居然很可愛。

陳澤良心臟都快停了，鍾子悅那張精緻好看的臉離自己好近，長長的睫毛顫動落下影子，嘴角微翹，美好得不可思議。

鍾子悅問：「今天的我幾分呢？」

陳澤良沒有猶豫地說：「九十九。」

「這麼高了呀？看來我快要滿分了呢。」鍾子悅加深笑意，「請問為什麼會差一分呢？」

陳澤良囁嚅：「你、你氣太久了。」

鍾子悅忍不住笑出聲，當他靠在陳澤良身上爽朗大笑時，陳澤良能感受到那股笑意帶來的起伏，連同自己的心臟，跟著一起怦然震盪。

鍾子悅說：「好，以後不氣那麼久了。」而後又俯在他身上悶笑著。

陳澤良紅著臉低下頭，也偷偷地笑了。

盆地萬家燈火寧靜依然，這個夜晚是如此短暫，是夏天結束以前，最美麗的一場夢。

二零一七秋

第23章　鍊

陳澤良約了鍾子悅來家裡吃晚餐，原本他想去鍾子悅家下廚，鍾子悅卻提議就在陳澤良家吃飯，且不介意有宋純亦一起攪和。鍾子悅還說，之前照顧陳澤良時，沒有特別參觀陳澤良的房間，這次想好好了解他的生活環境。

聽到這席話，陳澤良當場就後悔了，原來自己是引狼入室。當然他總是敵不過某人的哀求，最後只能欣然接受，讓披著黃金獵犬皮的狼犬登堂入室。

宋純亦得知鍾子悅要來家裡吃飯，非常興奮，又是準備烤鴨又是準備火鍋。好像比他這個主揪還投入。鍾子悅來時，他還第一個衝去開門。旁觀這一切的陳澤良感到困惑，這兩個人有那麼熟嗎？

宋純亦一邊切烤鴨一邊問：「陳澤良，你會留在臺北當公務員嗎？」

「沒意外的話。怎麼了？」

宋純亦欲言又止。「我以為你之後會想回家鄉，照顧你外婆也比較方便……」

陳澤良正在擺盤，動作一頓，道：「我在這裡比較自在。」他觀察到宋純亦這幾天經常露出這種猶豫神情，又追問：「你媽要把這間房收回去？」

這間三房兩廳的舊公寓是宋純亦媽媽買給他的，大三時宋純亦從原本的家搬進來住，也說服母親留一個房間，讓家境清寒的陳澤良以極低的房租住進來。為此，陳澤良一直很感謝宋純亦的母親，讓他不至於每個月捉襟見肘。

宋純亦抓抓頭，遲疑道：「差不多這個意思啦……」

陳澤良點點頭，「我了解，那我會盡快找新的住處，大概幾月要收回去？」雖然有些不捨，但畢竟對方也讓他住了四年，實在沒理由賴著不走。這四年，若把他的房間以市場價格出租，早就荷包滿滿，租給他根本是做公益。

宋純亦支支吾吾老半天，說大約下個月月底。

陳澤良淡定回道：「好，我知道了。」

宋純亦看起來鬆了一口氣，陳澤良啞然失笑，「跟我講這件事，讓你壓力很大嗎？」

瞧宋純亦一臉尷尬，陳澤良接著說：「我以後就是拿鐵飯碗的收入，付得起一般行情的房租。」

鍾子悅洗好手出來，恰巧聽見他們的對話，問：「小亦，你這個公寓，是要收回去重新裝潢嗎？」

宋純亦睜大眼，結巴地問：「子悅哥，你、你怎麼知道？」

「亂猜的。」鍾子悅看著對方驚恐的臉色，笑著說：「我有個朋友買中古屋，也是花好幾個月重新裝潢。」

陳澤良半開玩笑地問宋純亦：「裝潢工程結束後，我可以搬回來住嗎？我會依照行情付租金。」

宋純亦面有難色地「欸……」了一聲，鍾子悅微微一笑拿起啤酒，搶先道：「今天我沒開車，來喝一杯慶祝吧。」

宋純亦連忙應聲：「對對，來慶祝陳澤良第一次當國考戰士就成功！還是榜首！」

陳澤良跟著舉杯。

鍾子悅聊著當精品櫃哥遇到的有趣客人，宋純亦聽得入神。陳澤良還是老樣子的安靜，默默觀察眼前這兩個最了解自己的男人。

他發現今天的宋純亦話特別少，以往可以獨自滔滔不絕抒發整晚。今天卻時而低下頭滑手機，時而不安地左顧右盼，好像在等待什麼。

一樓的門鈴聲響起，陳澤良以為是宋純亦叫的飲料，只見宋純亦立刻竄到門口按下開門鍵。那時，不太對勁的預感自陳澤良心中浮現。

宋純亦奔去打開大門，穿著白色連身裙的可兒帶著羞澀的笑容出現。「嗨，大家好。」

陳澤良第一眼就看見，可兒手腕上戴著宋純亦曾找他商量過的手鍊。他僵直地站在原處，鍾子悅自然地微笑，「妳好，我是鍾子悅。」

宋純亦對可兒興奮道：「這就是我跟妳說過的子悅哥，是不是超帥的！」

可兒笑彎了眼，「你講太大聲了啦！有夠尷尬。」

宋純亦在自己位置旁擺上一張椅子，又是擺碗筷又是夾肉，「來來來，我們才剛開始吃。」

陳澤良望向殷勤的宋純亦，宋純亦迴避陳澤良尖銳的視線，乾笑著，「這個……那個……我跟可兒你們也知道，之前分手過……」

陳澤良冷冷地說：「想忘也忘不掉。」

「陳澤良，你的臉不要那麼臭嘛……」

「小亦你們復合了嗎？恭喜。」鍾子悅看著陳澤良陰沉的臉色，不動聲色地拍了拍他的手臂。

「謝謝子悅哥啦！那段時間也很謝謝你的水蜜桃——」

「宋純亦，請解釋。」陳澤良盯著他。

宋純亦「哈哈」兩聲，說：「就、就是子悅哥說的那個的意思啊，我跟可兒復合了。」

「喔。」陳澤良把杯子的啤酒灌完，又倒了一杯。鍾子悅沒說話。

宋純亦覺得手心都在出汗，吶吶說：「這個……那個……是真的很感謝陳澤良跟子悅哥，在那段時間的照顧啦……」

像是早就知道會發生這場景，可兒幽幽地說：「之前宋純亦造成你們的困擾，我代替他道歉！」

「那是宋純亦自己出的車禍，妳不用代替他道歉。」陳澤良冷冷地說。

氣氛瞬間冷到極點，鍾子悅出面緩頰，「我想，事情都過去了，小亦以後會更小心的。」

可兒盯著陳澤良，說：「如果你對我有什麼不滿，就直接跟我說吧。」

宋純亦在旁勸說：「寶貝，不要這樣啦……」

「你們要復合是你們的事，我沒有要干涉你們，也無權干涉你們。」

「欸，陳澤良……」

可兒說：「你可以氣我，但因為你是純亦最好的朋友，我還是希望我們可以好好相處。」

「喔。」陳澤良撇過頭。

「我今天來，是要跟你們宣布，我們要結婚了。」可兒話語一落，陳澤良倏地望向宋純亦，後者也看著他，然後點頭。

原來是這樣啊，這幾個月宋純亦的神祕行徑，都是去跟可兒約會。

原來是這樣啊，宋純亦之所以希望他搬走，都是因為這間公寓要裝潢成他們的新婚房。

原來是這樣啊，宋純亦一整晚的不對勁，都是因為不敢告訴自己即將結婚的事。

一切都說得通了。

原來是這樣啊，他又被排除在宋純亦的生活外了。

口中這杯啤酒苦到讓人無法忍受，陳澤良起身，拋下一句，「恭喜你們。」轉身走回房間，甩上門。

宋純亦一臉「我就知道會這樣」神情，對可兒抱怨：「寶貝，妳幹嘛刺激陳澤良啦，他很敏感……」

可兒不甘示弱，「我只是說實話而已，他愛不愛聽都要接受啊。」

宋純亦皺緊眉頭，搖搖頭要可兒別再說了。可兒受不了這一室的氣氛，拉著宋純亦說要去她家討論婚事。

宋純亦離開前拚命拜託鍾子悅，「子悅哥，陳澤良就是比較重感情一點，再麻煩你幫我開導他……」

鍾子悅優雅地擦擦嘴，「放心，我會勸勸他的。恭喜你們，新婚快樂。」

大門關上，客廳剩下一個喝啤酒的人，以及另一個在房間生悶氣的人。

鍾子悅沒有敲房門，反而打開電視，悠悠哉哉吃起烤鴨與啤酒。電影臺剛好在播《真愛每一天》開頭，他非常喜歡這部電影，不小心就沉浸其中。大約看到中間橋段，房門悄悄打開，鍾子悅朝那個雙眼通紅的人招手，要他坐自己旁邊。陳澤良走到他旁邊乖乖坐下，開了一罐啤酒。

看到男主角最後一次去找父親那一段，陳澤良把頭輕輕擱在鍾子悅的肩膀上，眼前視線始終模糊不清，眼淚沒有停過。

鍾子悅輕輕地摸著他溼漉漉的臉頰。

陳澤良忽然彎下腰，把腳繩解開，「啪」的一聲用力砸上桌面。

「大三那年他去拜月老，求了紅線綁在手上，所以我也偷偷在腳上繫了一條，只是他的緣分永遠不是我。」陳澤良鼻音很重。

原來那條讓自己一見鍾情的腳繩，一直都綁著對另一個人的愛戀啊。

電影結束，片尾的名單靜靜地跑。鍾子悅沒說話，擦去他的眼淚，輕輕擁著他。

憑著幾分醉意，陳澤良哽咽著說：「我好氣，為什麼我連機會都沒有？就因為我是男的？」

「我會給他的幸福，絕對不會比那女人還要少。」

「為什麼，那個人不能是我？」

陳澤良絕望地問：「到底……為什麼啊？」

他以為他可以讓那分喜歡輕輕放下，卻沒想到聽到宋純亦結婚的消息，恍如一把利刃直插心臟。

原來，還是會痛的，真痛。

鍾子悅始終沉默，只是輕輕地撫摸著陳澤良的臉頰、輕拍他的背脊，他知道陳澤良要的不是一個答案。

陳澤良哭到全身顫抖，緊緊攀著鍾子悅。對方身上傳來的溫度讓他安心異常，他知道黑夜裡有那麼一道溫柔的光芒，可以乘載他所有的眼淚與不甘，可以解讀他的情緒，可以理解他埋了很深很深的內心。

陳澤良緊緊抱著鍾子悅，像是稍微一鬆手就會墜入無盡深淵。然後，吻了他。

第24章　在那之後

陳澤良的房間給人一種時光停滯的錯覺，木頭地板與書桌風格像九〇年代在國片會看見的風格。四坪大的房間內，放一張加大單人床、布質衣櫃、書櫃與書桌就稍嫌擁擠。窗型冷氣旁邊的牆角有些霉點，角落一臺循環扇啟動著。一整面牆的窗戶採光很好，光線從百葉窗爬進桌面，照亮桌上整齊的盆栽們，晒得木頭地板發亮，也照得他有點熱。

鍾子悅從床上起身，發現手臂上枕著一個人。如同所有典型的狗血劇情，他發現自己身上只有一條內褲，而對方身上一絲不掛。卡住的思緒與記憶還沒發動，盯著那張牆上的手繪植物海報破損的一角發愣。

他悄然起身，把一地凌亂的衣物撿拾起來，連帶昨夜的記憶一併歸位。

——陳澤良主動吻了他。

自己先是被動地吻著，然後他加深這個吻，把陳澤良推倒在沙發上。忘了是誰把誰帶進房間的，只知道彼此都無法中斷這個熱烈的吻。

他們從客廳一路糾纏到房間。他還記得陳澤良發現脫下牛仔褲有點費力時，露出快被氣哭的神情。

鍾子悅從櫃子上找到濾掛咖啡，他隨手取個馬克杯沖泡，讓強勢的咖啡因釐清一團漿糊般的思緒。客廳矮桌上，陳澤良的紅色腳繩靜靜躺在那裡，像個鮮明的見證者，記錄一切的發生。

昨夜的激情與歡愉，要說不喜歡那當然是騙人的，他多垂涎陳澤良的肉體啊，他恨不得在對方身上印上一千個吻，愛撫他身體所有角落。

然而要說不後悔也是騙人的，如果能重回昨晚，他會竭盡所能堅定意志，把自己釘在原地推開那個吻，不要被欲望擊潰理智。

總地來說，昨晚的性愛並非出自他們倆的本意；只是因為一個微醺，一個傷心，就這樣發生了不該發生的事。

鍾子悅去洗了把臉後離開浴室，聽見房內傳來重物落地的聲音。瞄向房門口，果不其然看見一張驚慌的臉。

鍾子悅平靜地說：「還早，我先回家一趟洗個澡，晚一點要上班。」

陳澤良愣愣地說：「好。」

鍾子悅帶上公寓大門，早晨七點半的街道上，小學生排成路隊沿著街邊行走，早餐店煎漢堡排的香氣從街頭綿延到街尾。鍾子悅跳上計程車，降下車窗，初秋迎面而來的空氣很涼爽新鮮，也激出一身寒意。

他經歷過很多個做愛後的早晨，有的甜蜜、有的尷尬、有的冷靜。唯獨今日，他第一次覺得迷惘，並且孤單。

陳澤良睜開眼睛，太陽穴在抽痛，這是他不熟悉的宿醉。迷迷糊糊地起身下床，覺得身上有些異樣，才發現自己昨晚未著寸縷就睡著，身上還有些大大小小的紅痕，雖然自己膚色偏深，但還是看得出來，那不是蚊子咬的。

他猛然一驚，下床時絆了一下，滾落地面的痛覺讓腦袋瞬間清醒。

——他跟鍾子悅上床了。

咖啡的香氣竄入鼻尖，鍾子悅在廚房嗎？狼狽地穿回地上的衣服，怯生生打開房門往外看。鍾子悅捧著一杯咖啡，眼神恰好與他對視。

陳澤良內心是一千個尖叫，然後，再尖叫。

鍾子悅在那瞬間彷彿聽見他內心的失控，一臉淡定，「還早，我先回家一趟洗個澡，晚一點要上班。」

因為過於震驚所以不知該作何反應，他木然地點頭，「好。」

鍾子悅離開後，陳澤良緩慢地去廚房裝了一杯水，然後窩在客廳沙發上發呆。桌上還有他昨天拆下的紅色腳繩，他記得自己在這裡主動吻了鍾子悅。

陳澤良屈膝抱著腿，想著到底是哪個地方出了差錯，自己就這樣對著鍾子悅伸出了手？是他的笑容太溫柔，還是懷抱太溫暖？記得他的吻很舒服，昨晚的性愛也非常美好——陳澤良把臉埋進膝蓋發出「啊啊啊啊啊啊」的聲音，不知道該怎麼面對鍾子悅。

陳澤良肯定不知道要怎麼面對我吧。

鍾子悅望著人行道旁的小葉欖仁樹出神。飄蕩在思緒之外的背景音是來往的遊客歡聲笑語，還有街頭藝人的歌聲。「我聽見雨滴落在青青草地……」[5]又來了，電影當紅時，從唱歌、小提琴到爵士鼓，十個街頭藝人九點八個都在〈小幸運〉，這首歌像是病毒般在街頭藝人群中擴散，第一秒就讓人頭皮發麻。

記得有次值班時，肯恩實在受不了每天七七四十九遍的〈小幸運〉，衝到外面距離自己最近的街頭藝人，給他一千塊拜託今晚別再唱這首了。那個年輕人愣住，反問他有沒有想聽的。

當肯恩回到店內，「別人的性命是框金又包銀……」[6]響起，頓時所有店員都在爆笑。肯恩憑藉一首〈金包銀〉成為當晚的MVP，此後聞名信義區百貨。

肯恩總是這樣，做什麼事都讓人印象深刻。鍾子悅彈了彈手中的菸灰，店長恰巧也出來放風，看見鍾子悅抽菸好奇地說：「很少看見你抽菸呢。」

「戒很久了，只是忽然想起來而已。」鍾子悅笑著，他只是抽兩口情懷，那菸也不是自己的，是肯恩暫放的。

肯恩已經不能抽菸了。胰臟癌開刀後，很容易有併發症，術後照護要十分小心。這一點，麥做得無懈可

5 田馥甄〈小幸運〉（2015）。
6 蔡振南〈金包銀〉（2004）。

擊。鍾子悅想在麥臉上找到些許破綻卻一無所獲。

「他越愧疚，就會對我越好，這是我們之間的平衡。」肯恩說。他臉色慘白躺在床上，原本一頭珍視的秀髮早已落盡，此刻戴著名牌毛帽之下的長髮都是假的。

「這是平衡，還是扭曲？」鍾子悅不能理解。

「這就是愛的本質啊，像詛咒一樣。」肯恩咳了兩聲。

鍾子悅忽然說：「你還記得，你之前叫街頭藝人不要再唱〈小幸運〉的事嗎？」

「嗯。」

「最近他們又再唱了。」

「God，看來那邊跟這邊一樣都是地獄。」

好久沒聽到肯恩的冷言冷語，鍾子悅舒展緊繃的眉頭，說：「每次進店沒看到你，感覺真不習慣。」

肯恩閉目養神，「又不是不回去。」

「等你回來上班那天，我要讓全信義區街頭藝人都演奏〈金包銀〉來迎接你。」

「……我分不清楚你是在酸我還是在祝福我，但我很期待。」肯恩嘴角揚起。

鍾子悅一邊在腦海裡回放探訪肯恩的畫面。把菸盒收起。店長再次詢問他明年總部進修的意願，最快明年初就要出發。鍾子悅說讓他想一想。

手機震動，是陳澤良的訊息，「**今天下班後，一起吃麵好嗎？**」

說也奇怪，鍾子悅並沒有高興的情緒。他依舊喜歡著陳澤良，對方一舉一動都能牽動他的心。只是當他們上床之後，他忽然不是那麼確定，這條路的盡頭在哪裡。

目前與陳澤良的關係是某一種平衡，還是表面的平衡？

陳澤良是不是被自己逼著做決定？今天早上他看起來那麼驚慌。

為什麼在親密接觸以後，反而越來越讀不懂陳澤良的表情呢？

鍾子悅來到麵攤時，陳澤良還沒到。小端幫他們張羅老位置，陳澤良與他的一二五戰友遲了五分鐘抵達。

鍾子悅注意到，陳澤良的腳踝空蕩蕩。

陳澤良與他對視的第一眼，耳根子就紅了，鍾子悅不確定那是害羞還是尷尬。

看著陳澤良走近，坐下，他的神情有各種思緒在閃現，然而鍾子悅卻無從解讀，像是翻譯功能忽然故障，這種碰壁的感覺讓他感到煩躁。

鍾子悅開啟閒聊話題，陳澤良有一搭沒一搭應著。他們都知道，彼此都是言不由衷，像是刻意迴避著什麼。

陳澤良吃完麵，凝視鍾子悅。

鍾子悅放下筷子，他有預感，陳澤良要談論昨晚的事了。

陳澤良開口：「我們……可以這樣就好嗎？」

鍾子悅一愣，「『就好』是什麼意思？」

陳澤良緊張起來，結結巴巴道：「不、不是說我不想負責，只是我覺得這、這一切太快。」

鍾子悅望著他目光如炬，「澤良，昨晚的事我也有責任，如果有讓你覺得不舒服的地方，我道歉。」

昨晚的記憶湧現，陳澤良覺得自己雙頰越來越燙，他怎麼可能說不舒服呢（昨晚確實很舒服），但要說舒服也很不對勁。

他只能尷尬地直說：「不、不用道歉啦！」

「所以，你想保持現在的關係？」鍾子悅苦笑，「你還記得，我一直都在追你嗎？」

陳澤良看見鍾子悅的表情，明顯慌張起來。「我、我知道，啊……就是，啊……」雙手在半空中比劃半天拚命想尋找適當的詞彙。

鍾子悅平靜地說：「我的追求，讓你很有壓力嗎？」

「沒有！」陳澤良立刻強調，「我只是覺得現在這樣，就很好。」

「嗯。」眼前的餛飩乾麵，第一次讓鍾子悅沒有想吃的欲望。

鍾子悅說：「我知道你很喜歡宋純亦，我曾經也覺得那也是你的一部分。可是我漸漸發現，隨著對你的喜歡加深，我越來越貪心了。」

「我開始猜忌、失落、嫉妒……已經沒辦法像當初那樣，那麼純粹地喜歡你。」

鍾子悅綻開苦澀的笑容，「有趣的是，這些讓我痛苦的事情，也是我喜歡你的原因。」

這個無精打采的鍾子悅，讓陳澤良手足無措。

「澤良，我很想知道，我們到底有沒有可能？」鍾子悅的聲音逐漸低沉，像是說給自己聽似的，「這一題，我想了一年多，想到快瘋了，你知道嗎？」

陳澤良茫然又緊張，「一、一定要現在給答案嗎？可以再給我一點時間嗎？」

鍾子悅原本炯炯有神的雙眼，逐漸黯淡下來。陳澤良覺得是自己惹的禍，焦急地想說些什麼，卻又不知道該說什麼才對。

為什麼他是這個表情呢？

鍾子悅輕輕嘆了口氣，「我知道了。」

陳澤良徬徨地看著鍾子悅，有一種自己做錯事的感覺。

他想對鍾子悅說，他覺得現在很好，是因為自己似乎正在緩慢前進著。雖然宋純亦結婚給他很大的衝擊，幸好有鍾子悅在，讓原本深陷單戀的泥沼動彈不得的自己，好像也可以抽身，很慢，但那條繫在身上好幾年的繩索，已經解下了。

現在很好，他覺得他們的關係會一起慢慢變好，甚至更好。就像在他心中逐步邁向滿分的鍾子悅，每次見面，分數就會提高一點點。

可以，再等等我嗎？

鍾子悅垂下眼，安靜片刻。抬起頭時又是一臉無謂的模樣，鍾子悅微笑，「聽你的，現在這樣就好。」

那個微笑好像把自己的某個部分關閉了。這讓陳澤良心裡不太舒服，悶痛悶痛的。

他們起身離開，陳澤良用渴望的眼神看著鍾子悅，他希望鍾子悅會帶他夜遊，就像他們以往那樣，很像約會但又不是約會的閒晃。

趁著夜色與風聲，他也許有機會壯壯膽，把卡在心裡的話抒發出來。

鍾子悅用戴上微笑面具般的神情，對他說：「晚安。」

陳澤良看著鍾子悅的背影融進夜晚的街道，他一直盯著，直到背影消失，直到眼眶發酸，覺得自己被遺棄了。

路還是一樣的路，只是比以往來得更黑暗。鍾子悅不想回家，習慣性地往燈火稀疏地方開。這幾個月以來，突如其來的低潮攫住了他，可能是好友的病情，還有停滯不前的感情，各方面的夾擊，讓向來是樂觀主義者的自己陷入情緒黑洞。

他好累，能不能動搖一下下？

廣播節目主持人彷彿心電感應似的，放著Cigarettes After Sex的音樂，像酒一樣把聽覺放倒，聽著都有些醺醺然。鍾子悅路邊停車，靜靜地把那首歌聽完後，撥出電話。

「怎麼了？」

「你二十多歲跟麥在一起時，是什麼心情？」

「什麼啊，原來是要問這個。」肯恩的語氣失望，「我還以為你要告訴我，已經喬好街頭藝人唱〈金包銀〉歡迎我。」

鍾子悅輕笑，「你精神不錯嘛，還記得這件事。」

「我是得癌症不是失憶好嗎？」肯恩輕笑，而後正色回答：「當時沒有想太多，覺得相處起來舒服就在一起了，然後一下過了十幾年，好可怕。」他話鋒一轉，「你會問這題，是因為那個陳同學吧？」

果然敏銳啊。鍾子悅嘆了一口氣，「還會有別人嗎？」

肯恩一頓，答：「我第一次看到你對一個人這麼執著，追了快兩年。」

鍾子悅苦笑。

「你打算追他到什麼時候？」

鍾子悅望著被都會光害遮蔽影響的天空，一點星星都沒有，像極了此刻的心情。

他說：「追到我等不了的時候吧。」

「你打算用人生最精華的歲月等他嗎？」

鍾子悅只是笑笑。

「我知道你相信真愛，可是真愛不能只靠你單方面相信；真愛要兩個人通過時間的考驗，才稱得上真愛。」

鍾子悅想起與陳澤良相遇的春夜，那個命定的夜晚，因為一罐辣椒醬，街頭喧囂霎時寂靜無聲，那一秒鐘的衝擊至今鍾子悅依然難忘。還有他們之間很多相處的場景，斷斷續續如一齣漫長拖延的連續劇，自己依舊是陳澤良心裡的配角，不知道何時才能成為他的唯一。

他還想問肯恩：你覺得你跟麥之間還有愛嗎？

要開口前，肯恩輕聲說：「——無論如何，我比任何人都希望你快樂。」

他問不出口，只能說聲謝謝。

鍾子悅掛上電話，對著夜景，獨自坐了很久。

陳澤良去新單位報到的期間，與宋純亦和好了。接管家業的宋純亦時間較彈性，這陣子幫陳澤良篩選租屋物件，還幫他搬家。

陳澤良跟之前打工的搬家公司借了小貨車，他與宋純亦一趟趟來回搬運，極有效率地一個上午就搞定。新家位置離他的新工作很近，但離X大無名麵攤更遠，騎車約快二十分鐘。是一間有附小流理臺的六坪套房，有扇窗面對小公園。

陳澤良把最後一箱雜物搬入房，宋純亦望著那扇窗讚嘆：「view很好耶。」

窗景是陳澤良第一眼決定要租這間房的原因。窗外的榕樹綠意很療癒，當樹葉光影在房內游移時，時間彷彿慢了下來，讓他想起三合院的老家，心裡很安定。

他拍了一張照片，傳給鍾子悅。

陳澤良偶爾會向鍾子悅分享生活瑣事，但對方最近好像很忙碌，訊息比較慢回覆。他想等一切塵埃落定後，再邀請鍾子悅來新租屋處坐坐。

原本的租屋處要清空了，連宋純亦也要搬回家，儘速開始裝潢。陳澤良看著慢慢清空的客廳與房間，一時間還沒有實感。

這個住了快四年的地方，裝了他一半的青春。想起自己剛搬進來的模樣，黑色背心、平頭、一雙球鞋、一袋冬天厚棉被、一卡皮箱。現在的自己多了三箱書與一點衣服，就這樣了，四年的重量，就多了這麼些。

陽臺上的盆栽大部分是陳澤良的，但新的租屋處只有晒衣的外推窗臺。他決定都留給宋純亦，只挑了盆鵝掌藤——那是他第一盆放進這公寓的，而今是唯一一盆帶走的。

最後一趟，拿走盆栽與垃圾，環視只剩一個床架與書桌的房間，檢查有沒有東西落下。他用底片機拍下房間最後的素淨模樣，把四年的回憶留在底片上。

宋純亦問還有沒有要幫忙的，他說剩下的自己可以搞定。

陳澤良把鑰匙還給他，一共三把：一樓公寓大門、五樓住家大門以及自己的房門。

宋純亦欲伸手接過，一頓，「其實你可以留下，反正……之後這邊可能會換鎖，你想留著鑰匙當紀念品也可以。」

陳澤良望著鑰匙，而後把它放進宋純亦的掌心。「就還給你吧。」

宋純亦收下鑰匙，交付的過程中發出清脆聲響，只是很輕盈的三把鑰匙，他們都沒說話。靜謐巷弄裡，偶有小孩互相追逐嬉鬧，時而穿插麻雀的聲音。

陳澤良開口：「宋純亦，我有話想跟你說。」

宋純亦抬起眼，「說吧。」

陳澤良的視線低垂，凝視著宋純亦抓著鑰匙的手指，無名指上的婚戒十分鮮明。

「宋純亦，我喜歡過你。」聽見自己終於把這句話說出口的感覺有些恍惚，像是一直藏在倉庫深處的事物，終於從暗處被挪出來見光。

宋純亦直率地看著他，開口道：「我知道啊，一直都知道。」

陳澤良看向對方，不可置信。

一直都知道？

宋純亦笑道：「拜託，陳澤良，我又不是植物。」

「你、你也藏得太好……」陳澤良腦中一片空白。

「那個……雖然我知道你喜歡我，但我不知道怎麼回應不會傷到你，而且你看起來沒有想出櫃的意思……乾脆假裝不知道比較好。」宋純亦抓抓頭。

沒想到看似大剌剌的宋純亦，居然如此周到地考慮到自己的心情。

宋純亦拍了拍他的肩膀，一臉豁達，「不過你現在也有很好的歸宿啦，我很替你開心！」

「？」

「你跟子悅哥不是一對嗎？」

手上的盆栽差點手滑，陳澤良猛地否認，「不、不是啦，我跟鍾子悅不是那種關係。」

宋純亦一驚，「咦？我一直以為你們是耶，畢竟他看起來超關心你的。」

「這個……那個……他是在追我啦……」陳澤良支支吾吾。

「啊你有喜歡人家嗎？」宋純亦直接拋出大直球。觀察陳澤良臉上微妙的神情，頓時明瞭，「你也喜歡子悅哥啊，很好啊，你們兩情相悅欸。」

「不、不……可是……」

「不是嗎？可是你現在的表情看起來就是欸。」

「可是……不是那樣的……」

「陳澤良啊，別再傲嬌了，你的毛病就是想太多。」宋純亦湊上前，一臉促狹，「喜歡就是喜歡，又不是寫論文，沒這麼複雜啦！」

宋純亦把陳澤良手上的盆栽拿走，擺出「你現在就給我想清楚」的架勢。陳澤良手足無措地眼神飄移。

「陳澤良，你是國中生嗎？」

搖頭。

「那你在扭捏什麼啦？」

「……」

「我就問，子悅哥是不是喜歡你。」

點頭。

「我再問一句，你喜歡人家嗎？」

陳澤良僵持一會，緩緩點頭，而後搖頭。

「點頭又搖頭是什麼意思？」

陳澤良小聲回道：「我不確定這個喜歡是不是對的。」

「又不是考試，哪有什麼對不對？」宋純亦大聲嘆氣，「我問你，如果有一天你看到子悅哥跟別人約會，你會心痛嗎？」

陳澤良一愣。

如果鍾子悅在麵攤，跟另一個陌生人一起吃麵，帶著那人一起去夜遊。去私房景點俯瞰夜景，然後牽著那個人的手，把頭輕輕靠在那個人的肩膀上撒嬌，對他露出好看的笑容——

不要，他不要鍾子悅對別人那樣笑。

他不要鍾子悅牽別人的手。

他不要鍾子悅對別人撒嬌。

宋純亦的聲音響起，「陳澤良，你看起來快哭了耶。」

陳澤良從想像中抽離，望著眼前的宋純亦一臉看好戲的神情。

陳澤良說：「宋純亦，我覺得很不舒服，心裡有點痛。」

宋純亦隨後抹了抹臉，一臉「我被你打敗了」。他認真說：「陳澤良，你聽清楚：你要是喜歡子悅哥，就直接告訴他吧。不要去想什麼可不可是、對不對的——你不要再逃避了，愛情不會一直都站在你這邊的。」

宋純亦這人雖中二，但說出來的話還有幾分道理。陳澤良想起那句「你不要再逃避了，愛情不會永遠站在你這邊的」，每個字都像槌子，這幾天總在心裡敲啊敲，敲得他發慌

他看著窗外的樹，很想知道鍾子悅現在在做什麼？

鍾子悅下週五生日，內心的聲音告訴自己：就是那天了，那天，要把心裡的話都告訴他。

說來好笑，他們上過床，陳澤良卻連送出一封訊息給他都要猶豫好久。訊息刪刪改改，終於逼自己送出吃飯邀約。送出訊息後，陳澤良又進入心神不寧狀態，手機一有風吹草動就立刻察看。

鍾子悅沒讓他等太久，十分鐘後回覆：「**禮拜六晚上好嗎？禮拜五晚上我家人要幫我慶生。**」

「**好啊，禮拜六，等你下班。**」

雖然有點遺憾沒辦法在壽星當天慶生，至少還是有約成。陳澤良鬆了一口氣。

聚會中，鍾子悅對著手機發愣。一旁觀察的小灰發聲：「你最近怎麼了？感情有問題？」

利夏也補了一句，「關於感情問題我一律建議分手。」

鍾子悅托腮，「沒有在一起要怎麼分手？」

肯恩喝了一口茶，補充說明：「什麼都做過了，就是沒交往。」

「什麼？做過了？」小灰跟利夏露出八卦神情，「鍾子悅，你們做了嗎？感覺怎麼樣？」

鍾子悅瞄了他們一眼，嘆了一口氣，「這輩子最美好的性愛前幾名。」

利夏握拳道：「那好好把握，千萬別放走這個天菜啊。」

「咦？你剛剛不是勸分嗎？」

「那是因為我還不知道你們做過了啊，難得遇到身體契合的，當然不要錯過。」

「你也太肉欲了吧！」小灰吐槽：「身體很合但感情還不合，還能繼續嗎？」

「那感情很合但身體不合，又能多長久？」利夏反擊。

肯恩出神地望著自家客廳牆面，突然問：「你們會不會覺得客廳主牆面的灰藍色太沉？我想換成粉色。」

爭論中的兩人對突如其來的問題愕然，鍾子悅順其自然地接過話，「這不是你挑了三個月才挑到的顏色嗎？現在又想換了？」

「在家待久了，覺得整個家的色調好像太悶了，沒有活力。」

「肯恩大大如果覺得無聊，可以找我們聊天啊。」小灰笑嘻嘻地說：「我最近案子比較少，很有空喔。」

小灰是接案設計師，最近立志在家當米蟲。

肯恩沒好氣，「要湊齊你們還要提早兩個禮拜，跟約牙醫一樣。我沒剩多少時間，不想都浪費在等你們喬時間上。」

利夏舉雙手投降，「肯恩大大的邀約肯定是第一優先！」

鍾子悅問：「你最近的身體狀況好嗎？」

肯恩不客氣地給他一個華麗的白眼。「我很好，沒看到我變胖了嗎？」

「我回來了。」玄關門打開，麥提著採買的食材進門。手上拿著一支霜淇淋給肯恩。

肯恩微笑接過，舔了一口，露出幸福神情，「我會為了霜淇淋活久一點。」

小灰一驚，「這支霜淇淋……該不會是東區那間專賣店吧？從那邊到你家開車也要二十分鐘。麥，你是用飆的嗎？」

麥溫和地笑著，「最近氣溫下降，冰比較不會融化。」

利夏嘖嘖稱奇，「我現在是被閃了嗎……」

鍾子悅不動聲色，看著麥一如以往地擔任賢內助角色，拿著一大袋食材到廚房燉湯，還切了水果出來給大伙兒吃。顧及肯恩面子，就算曾親眼見證麥出軌，他也不會在眾人面前對麥擺臉色。

聚會結束，利夏與小灰共乘一臺計程車離去。鍾子悅與肯恩在公寓前的小公園閒聊。肯恩伸出手，向他討根寄放的菸。鍾子悅正猶豫時，肯恩說：「當我是朋友，就施捨我這一點自由吧。」

「石肯恩先生，你真是情緒勒索的翹楚。」鍾子悅無奈地掏出菸盒。

鍾子悅點了一根，沒怎麼抽，任由紅色的光點在指尖閃爍。

兩個人仰頭望著天空，下弦月在無雲的夜幕上格外皎潔。

肯恩徐徐吐出一口白霧，「謝啦。」

「那是看在你的面子上。」

「嗯，還是要跟你說聲謝謝。」肯恩享受似的一小口一小口抽，輕聲說：「麥很介意你，你沒給他難看，是真的幫我一個忙。」

「麥介意我？為什麼？」

肯恩聳了聳肩。「嫉妒吧，你這麼帥。」

鍾子悅這張臉會招桃花，也引發過無數爭端，他自知紅顏禍水，此刻卻對肯恩的話感到荒謬，「麥又不是第一天認識我，怎麼這時候介意起我？」

肯恩只是意味深長看了他一眼。

生日當天，鍾子悅收到好幾束客戶送的花。他把花分送給同事，只帶走媽媽最喜歡的粉牡丹，打算借花獻佛。

下班後開車回到內湖的別墅，看見大姊鍾雲與小弟鍾子傑的車，開門就聽見幾聲震耳欲聾的拉砲聲響起。

「鍾子悅，生日快樂！」

鍾雲洪亮的尖叫聲讓他耳鳴，還沒回過神，眼前就出現一個點著問號蠟燭的大蛋糕。

鍾子傑捧著蛋糕登場，爸媽與奶奶也跟著出現，拍著手要他許願。

鍾子悅笑著說：「我都三十幾歲了，還來這種驚喜啊？」

「不要管那麼多，快許願！」鍾雲催促。

「好好好，第一，希望家人朋友還有我的胖橘身體健康……第二，希望奶奶每天都開開心心的，第三……保密！」

他吹熄蠟燭，笑著彎腰擁抱奶奶。輪椅上的奶奶握著他的手，問：「子悅啊，怎麼沒帶男朋友回來？」

鍾子悅哀號：「奶奶，妳這問題也太尖銳了吧？」

鍾雲在旁補刀，「奶奶，鍾子悅標準太高找不到對象啦！」

奶奶皺起眉頭，「喔……子悅是很帥，但可不能太挑，老了就難找囉！」

「奶奶，你孫子不可能沒人要的。」鍾子悅推著奶奶的輪椅到餐桌。

「記住，要找個賢慧的老婆啊。」

鍾子悅無奈笑道：「好好好，我如果找到賢慧的，一定先帶回來讓妳鑑定一下。」

鍾母親連忙打圓場，「來來來，大家一起吃蛋糕！」

「媽，送妳的花我先插在瓶子裡囉。」

鍾母看著兒子獻上的牡丹花束，頓時臉上笑開懷，「真好看，謝謝你啊。」

「三八，謝什麼啦。」鍾子悅入座，一旁的鍾子傑給他切好的蛋糕切片。他立刻給予甜甜一笑，「謝謝最可愛的弟弟～」

鍾父為他倒上酒，說：「這是我自己釀的梅酒，沒剩幾口了，你喝喝看。」

「謝謝老爸！乾杯！」

鍾雲看著最中央被噓寒問暖的鍾子悅，把這段畫面拍下來發限動。在影片上加註，「最強次男鍾子悅，鍾家人的心肝寶貝。」

鍾子悅的手機每隔一陣子就會因朋友傳遞的祝福訊息而震動，他不堪其擾設為靜音，讓自己在客廳可以跟家人好好聊天追劇，不被打擾。

每次震動，想伸出的手就會強迫收回，他知道自己在極力避免關注某個人的訊息。像是戒斷一樣，他努力把自己一點一滴地收回來。

別想了，再想只是徒增痛苦而已。

鍾雲忽然湊過來，問：「你之前限動PO過的那個帥哥咧？最近怎麼沒出現在你的限動裡？」

看吧，越是不想去想，就會有人逼你想。

鍾子悅無奈地說：「姊，妳記憶力也太好了吧。」

「我只對養眼的東西有印象，所以說那個帥哥呢？有沒有搞頭？」

搞是搞過了……鍾子悅當然不會把心裡話講出來，畢竟全家人都豎起耳朵聽他的八卦。

「我也不知道。」鍾子悅嘆氣，「只能隨緣了。」

「哇靠居然有讓你也沒輒的對象，來，把他帶來家裡，姊姊幫你做主。」

鍾子悅拍拍鍾雲肩膀，「謝謝姊，我怕妳會終結我的情路。」

「怎麼會！我是公認的好媒人耶！」鍾雲反駁。

鍾子傑忽然說：「他是不是X大植病所的？」

「你怎麼知道？」

X大的應屆畢業生鍾子傑直接以行動回答，手機點開X大匿名討論區，有篇被推爆的校草系列，鍾子悅看見陳澤良的照片。應該是同學拍的，照片中的背景在森林，陳澤良正專心採集植物。

陽光從林間篩落，在那人身上落下一個個燦亮光點。陳澤良穿著黑色的短袖露出結實的手臂，黝黑的臉上面無表情，長長的睫毛下墨黑的眼珠專注凝視著，看起來整個人都在發光。

其他家人們紛紛湊上前看，鍾家人們直呼大帥哥。

看見那張照片的第一眼，鍾子悅就知道自己輸了。

有時候你知道，某些人的存在，你總是拿他沒有辦法。

光是一張照片，所有的堅持與毅力都兵敗如山倒。手機再度震動，是陳澤良傳的訊息。

「子悅，生日快樂。」

週六是同志遊行，鍾子悅要值班，只能看著朋友們的PO文解饞。接近下班時間，熟悉的高壯身影在門口徘徊，門口保全開門讓他進店，那人立刻緊張地搔頭。

「澤良？」鍾子悅走出大門，朝他喊。「怎麼來了？我以為我們約在麵攤……」

「你是壽星，怎麼能夠請你吃麵攤？」陳澤良囁嚅著：「我今天帶你去吃飯。」

「喔？」鍾子悅好奇了，笑著說：「我再十五分鐘就下班，你先去晃一下，等等見。」

陳澤良點點頭。

鍾子悅回到店內，快速收拾手邊工作。有個同事看著他，困惑地問：「子悅，你的臉怎麼那麼紅啊？」

「我的臉很紅嗎？」鍾子悅對著壁掛鏡猛瞧，同事戲謔的聲音傳來，「你在害羞什麼？真可愛。」

鍾子悅頭抵著冰涼的鏡面感到絕望。

原以為多日未見，還可以維持成熟大人的酷模樣，光是看見陳澤良出現在門口，他的矜持立刻破功。

鎮定一點。鍾子悅，你比他年長七歲啊！

跟著陳澤良走到路邊停車格，那臺路邊隨便一堆的一二五舊GP，此刻肩負重任。陳澤良從後座拿出一頂全罩式安全帽遞給他，自己卻戴上老舊的半罩式安全帽。

鍾子悅把手上的安全帽給他，「你是騎士，應該要戴全罩式比較安全。」

「我比較習慣戴這頂。」陳澤良態度堅決，他只好戴上，發現那頂全罩式安全帽是新的。該不會是為了他買的吧……鍾子悅為此心跳加速，罵自己沒用。

「抓緊，要出發了。」陳澤良側過頭說。

鍾子悅原本抓後方把手，誰知陳澤良一發動引擎上路，鍾子悅立刻往前抓著陳澤良的腰，內心壓抑著驚叫的欲望。

他是標準都會長大的小孩，向來只坐四輪，極少駕乘兩輪交通工具。對於這種會忽快忽慢，在車陣間靈活穿梭的機械感到驚懼。

陳澤良感覺到他的害怕，稍微放緩速度，等紅燈時轉身對他說：「你可以抓緊一點。」

鍾子悅的鼻尖抵著陳澤良寬闊的背，他的黑色尼龍夾克有著洗衣粉的清香，他幾乎是環住陳澤良的腰，思緒隨著飆升的車速一起飄升，想起夾克下這具誘人的身體……

「到了。」可惜想像還沒飛太遠，目的地已到。

鍾子悅拿下安全帽，一頭凌亂的模樣讓陳澤良忍不住嘴角上揚，伸出手撫平。

這不經意的撩撥，鍾子悅再次心臟爆擊。

他們來到一間典雅的小餐館，門口掛著小招牌寫「預約制」。

陳澤良推開門，穿著白襯衫的女服務生迎上問：「請問是預約九點兩位的陳先生嗎？」

陳澤良點點頭。

服務生領著他們入內，用餐區不大，桌數只有六桌，每張桌上都有預定的牌子。整體調性是工業風，卻有大量的木頭材質平衡冷硬的風格，暖黃的燈光讓氣氛變得柔和。

他們入坐，鍾子悅好奇問：「你常來？」

陳澤良誠實道：「第一次來。聽學長姊說這邊餐很好吃。」

望著陳澤良的神色，鍾子悅讀懂他的不安，「一起嘗試這個第一次吧。」鍾子悅笑著說。

陳澤良感覺到自己手心在流汗，也不是第一次見面了，為什麼這次看見鍾子悅卻特別緊張呢？光是思考吃什麼就讓他爬遍各大餐飲討論區，從交通、氣氛、餐點到價格，他反覆斟酌好久。甚至差點訂不到這間熱門餐館，幸好有宋純亦有熟人在此工作。（啊，他又欠宋純亦一次人情。）

從前菜到甜點，陳澤良都做足了功課，得以老神在在點菜，只是打開酒單時，忽然發現那款網友推薦的搭餐酒今日沒供應，頓時慌了起來。

坐在對桌的鍾子悅欣賞著陳澤良變幻莫測的神情（縱然其他人看不出來），他從陳澤良臉上的表情讀到「完蛋失策了，要點什麼？」的心聲。

鍾子悅翻了翻酒單，對服務生點了Riesling與Penfolds Bin 389，前者香甜可人，適合搭配開胃菜起司；後者果實馥郁與細膩的橡木桶風味，為肉類料理畫龍點睛。

陳澤良一臉崇拜，鍾子悅從容點酒的態度就是優雅，念酒名的發音好迷人。

「第一次遇到點酒這麼專業的人……」以往看學長姊都是亂點一通。

「比較常喝一點點。」坦白說，比起鍾子悅平常喝的酒，這兩款酒都是相當平價的酒款。不過小餐館沒有更多選擇，無需追求昂貴的高級酒，適切即可。

鍾子悅笑了笑，轉移話題，「你喝了酒要怎麼騎車？」

「我可以用牽的……剛好我的新家在附近。」

鍾子悅隨口一說：「喔，要帶我參觀嗎？」

陳澤良耳根就紅了，說：「你要來嗎？」

鍾子悅以為自己聽錯了。

今晚的陳澤良好像打開神祕開關，酒都還沒來，鍾子悅就先被陳澤良的言行暈得東倒西歪，整晚被牽著鼻子走。

他們就在這種醺醺然且平和的氛圍下用完餐，餐點水準不差，但沒有到讓鍾子悅驚豔的程度。倒是陳澤良的紅耳根讓他看得津津有味。（再次暗罵自己沒用。）

陳澤良說：「生日快樂。」臉上不知是微醺還是害羞，他從提袋中拿出一個盒子。鍾子悅打開盒子，是一個球型玻璃花器，裡面裝著一個小景觀，有鮮綠的苔蘚與不同種類的植物。

「這是微型生態缸，裡面就像一座小森林，不用天天澆水，一般採光就可以了……」

「好漂亮。」鍾子悅凝視玻璃花器內的景觀，「真的很像森林，裡面的植栽都是你擺的嗎？」

陳澤良點點頭，他說：「對不起，我沒辦法送太貴的東西。」

「你送的禮物，讓我想起我們一起去山上的那天，對我而言，那段回憶就是無價之寶。」鍾子悅微笑。

望著那個笑容，陳澤良的心跳突然加快，也許是酒意上頭，也許是心裡藏了累積一段時間的話在煽動，有些話他不吐不快。

「我不喜歡……你露出對我失望的表情，如果我哪裡做錯了，你可以告訴我，好嗎？」

「我有嗎？」

陳澤良猛然抬頭，眼裡閃爍，「有！就是、就是上一次在麵攤……你的表情……我不喜歡……」陳澤良斂下眼，睫毛隨著語氣微微顫動，聲音越說越小聲。

鍾子悅靜靜地聽。

陳澤良有些茫了，唇齒不清地說：「那、那天你說完再見以後，是不是自己跑去看、看夜景？」

鍾子悅溫柔地拿餐巾紙，為陳澤良擦去嘴角的巧克力醬。

陳澤良忽然抓住他的手，瞪著他，「你也會對別人這樣做嗎？」

鍾子悅倒是想起他們的第一次約會，在咖啡館吃蛋糕時，他也是這樣幫陳澤良擦去嘴角的奶油。

鍾子悅這瞬間的遲疑讓陳澤良一股氣上來，舉手招來服務生喊：「請幫我買單！」

他愕然地看著眼前有幾分醉意的青年，從皮夾拿出幾張大鈔給服務生，還很闊氣地說：「不用找了！」起身拿著包包離開。

鍾子悅慌張地跟上，連聲問：「怎麼了？」

陳澤良一語不發走到自己的機車旁，從口袋掏出鑰匙就要發動。鍾子悅拉著他，「你喝了酒，就別騎車了吧？」

「我用牽的。」一臉固執。

「……好。」

陳澤良不想要鍾子悅幫忙扶車，後者只好在後頭默默跟著，走了約莫七、八分鐘，就到陳澤良的新住處。鍾子悅猜測是不是自己的舉動讓陳澤良覺得輕浮，不過，有必要生這麼大的氣嗎？

陳澤良忽然轉過頭說：「我、我有傳給你新家的窗景照片，有一棵很漂亮的榕樹，你有收到嗎？」

「呃，有。」這個距離，他聞得到陳澤良的酒氣。

陳澤良語氣惡狠狠的，「你、你要不要上來看看？」

遇過很多人明示或暗示自己上來坐坐，有的曖昧，有的坦蕩，沒遇過口氣這麼凶的。

還是邀請看一棵樹。

鍾子悅跟著陳澤良進屋，電梯到三樓，眼前是三間獨立套房。陳澤良打開最裡面那間，開燈，一眼就看到底的六坪套房。牆上貼著他見過的手繪植物海報，整間房乾淨整齊，書桌、書櫃、電視、窗臺，甚至還有張和室椅充當小沙發。空氣裡飄著淡淡的洗衣粉氣味，疊得方正的棉被很有陳澤良的風格。

陳澤良放下包包，從小冰箱拿出兩罐臺啤，把兩罐都打開，其中一罐推到他面前。

鍾子悅乖乖坐在和室椅上，陳澤良坐在電腦椅上猛喝。

「別喝太快……你忘了上次也是這樣喝醉的嗎？」

「是嗎？我有醉嗎？」陳澤良的眼睛泛紅。

鍾子悅嘆了一口氣，瞥見冰箱上有水壺，取個馬克杯倒水遞給他。

「先喝個水吧，你喝這麼快肯定又醉了。」

陳澤良順從地接過喝馬克杯，咕嚕咕嚕一口乾掉，而後像猛然想起什麼似的，搖搖晃晃起身，走到書桌前拉開窗戶。一縷入秋的晚風竄入套房，陳澤良轉過頭說：「你有沒有看到對面那棵榕樹？很漂亮吧。」

「有，很漂亮。」儘管一片漆黑只能聽見樹葉沙沙聲。

「風吹過樹的聲音，很像在老家的房間。」陳澤良在書桌前趴下。

「澤良，你要不要去床上睡？睡這邊會感冒喔。」

陳澤良嘟囔了聲，沒有移動，看樣子是醉倒了。鍾子悅只得奮力搬運陳澤良，幸好平時重訓有成，把人挪到床上剛鬆口氣，想去洗個手，一雙強而有力的手臂從後方箍緊了他的身體。

鍾子悅整個人被陳澤良的手腳「綁」在床上，他的背抵在陳澤良的懷抱裡，後者的氣息在脖子上吹拂著，很癢。

鍾子悅深吸口氣，以輕柔的口氣說：「澤良，放開我。」

「……不要，放開你就會跟別人走了。」

「啊？」

「不要，我不要放開你。」

鍾子悅望著陳澤良緊閉的眼睛，那總是面癱的神情，卻讓泛紅的眼角洩了底。

鍾子悅嘆息。

「你這樣，我怎麼捨得走呢？」

陳澤良微微睜開眼睛，緊抿的嘴角緩緩鬆開，彷彿終於聽見自己想聽的話。

他的眼神既清醒又迷茫，既固執又脆弱。

他們就這樣凝視了幾秒鐘，鍾子悅忍不住吻了他，柔軟溫熱的嘴唇還有著酒味，比他喝過的所有酒都還讓人沉醉。

鍾子悅做了一個重訓的夢，夢裡自己正挑戰更重的槓片，整個人的手臂緊繃發麻卻沒辦法舉起槓鈴。當他猛然驚醒時，發現陳澤良躺在懷裡，枕著自己的手臂入眠，他們倆正擠在一張單人床上。

鍾子悅出神地望著陳澤良的臉，時間好像停止了，微風伴隨早晨的空氣入內，陽光悄然照映在陳澤良長長的睫毛上。彷彿被炙熱的視線喚醒，陳澤良悠然轉醒，第一眼就是鍾子悅的笑顏。

陳澤良一驚，往後一退就撞上牆壁，發出「碰」的聲響。

鍾子悅忍不住笑出聲：「一定要這麼戲劇性嗎？」

陳澤良環顧一地凌亂的衣物，還有自己與對方身上光裸的狀態，這一切都有著強烈的既視感。

鍾子悅偏著頭看他，「你該不會忘了嗎？」然後拿起棉被的一角裝出小媳婦的模樣啜泣，「已經第二次了，你要負責啊嗚嗚……」

陳澤良慌了，支支吾吾：「我、你……」

瞧他臉色僵硬，鍾子悅也就不鬧他，收起戲謔神情，正色問：「昨天的事情，你還記得多少？」

「百分之……七十？」

鍾子悅凝視他的慌亂，而後起身穿褲子。陳澤良表情像是停格一樣，呆然看著鍾子悅把地上的襯衫撿起來，有幾顆釦子還掉了，在襯衫上留下狼狽的線頭，可見昨天有多急著脫下。

鍾子悅穿戴整齊，摸了摸陳澤良的臉，他的掌心很溫柔，但神情很憂傷。

「澤良，經過昨天一晚，你還是覺得我們當朋友就好嗎？」

見人遲遲沒回答，他說：「還是我們當砲友？」

鍾子悅轉身欲離開，一雙手臂再次緊緊抱住自己，陳澤良把頭埋在他的肩上，低聲說：「不要……」

「嗯？」

「不要……當砲友。」那個聲音遲疑著說：「也不要……當朋友。」

鍾子悅以掌心覆蓋上陳澤良的手臂，感覺肩膀上的呼吸聲變得急促。同時那股微妙的緊張感也透過肌膚，傳遞到自己的內心深處。

噗通噗通噗通——

「當我男朋友，好不好？」

這句話耗盡陳澤良所有的勇氣，他把臉埋起來，不敢正視鍾子悅。

鍾子悅轉身，把他的臉捧起來，望著那紅透的耳根子，鍾子悅笑了，而後吻了他剛剛誕生的戀人。

「我想讓我的家人與朋友認識你。」此話一出，陳澤良的表情就凝重，鍾子悅補了一句，「我知道你怕生，不會讓你一次見一大群人，跟一、兩個我的好友見面就好。他們都很和善，不用太擔心。」

陳澤良遲疑說：「好。」

鍾子悅蹭了蹭他的肩膀，「最愛你了！」語氣像是無數小花在綻放

陳澤良總是不習慣鍾子悅這麼浮誇的示愛，鍾子悅雙眼亮晶晶，身後好像有尾巴正在猛搖。

「你這週末有空嗎？跟我朋友們一起吃個飯吧。」

「……好。」

陳澤良猜測，鍾子悅第一個想介紹給他的朋友，應該就是生病的那位。感覺他們是認識非常久的老朋友。

陳澤良說：「順便跟你說，前陣子我跟宋純亦出櫃了，他說他早就知道我喜歡他。」

「他其實是很細心的人。」鍾子悅說。

陳澤良觀察鍾子悅的表情，「你會介意嗎？」

「介意什麼？」

「我跟宋純亦出櫃的事。」

「為什麼要介意？我反而覺得很高興。」鍾子悅笑咪咪，「你終於能夠跟他坦承你的感情，這樣很好，有些事憋在心裡太久會生病的。」

他說：「而且，你能夠跟他坦白，表示你也準備好放下了，對吧？」

陳澤良點頭，鍾子悅牽起陳澤良的手。

「現在要去哪？」

鍾子悅瞥了眼手錶，靈機一動，「今天很適合去『那裡』。」

陳澤良默默跟隨鍾子悅，他們下樓，在接近中午時分沿著街道來到馬路邊。這種感覺很奇妙，他們無數次像這樣的並肩而行，世界好像沒有變化過，今天的雲重複昨天的雲，今天的空氣依舊帶著即將入冬的溼冷，但他的世界已經起了翻天覆地的變化。

交往的第一天，鍾子悅會帶他去哪？

鍾子悅招了計程車，把人一起拉進車內。當他報出地址時，陳澤良瞬間明白。

抵達目的，熟悉的叫喚聲熱情響起，「哎呀，大帥哥跟小帥弟今天怎麼這麼早就來了？」

麵攤阿姨正在擺放桌椅，看見他們露出燦笑。「每次都是在晚上看到你們，很難得在白天看到呢！」

鍾子悅揚起招牌笑容，「因為今天是非常特別的一天啊！」

阿姨望向他們，溫暖地笑著，陳澤良感覺鍾子悅緊緊牽著自己的手，他尷尬地想抽回，手卻被鍾子悅放置身後。

阿姨問：「今天還是吃一樣嗎？」

鍾子悅看陳澤良，後者朝他點頭。

「對，一樣。」

他們自動幫阿姨擺好白鐵桌椅，而後坐在老位置上等待。
「好久沒看到小端了喔！」
「她放學後幫忙到九點多，就會先回去讀書了，高二了，功課也開始多了。」
「哇，時間過好快喔。」
聽著鍾子悅與阿姨閒話家常，陳澤良依舊是默默吃著自己的榨菜肉絲麵。想到現在搬到較遠的地方，不能夠隨時過來吃麵，內心有點感傷。
「阿姨，我們以後會常來吃的！」
「太好了！」阿姨瞇著眼笑，「看到你們，阿姨心情就很好。」
隨著中午用餐時間到來，附近學生與公司的人潮慢慢湧現，阿姨便去忙碌了。
鍾子悅看著餛飩乾麵，忽然笑出聲，陳澤良不解。
「……這是第一百三十七碗餛飩乾麵。」
「？」
「澤良，跟你一起吃了第一百三十七碗餛飩乾麵，以及兩百八十一盤小菜後，我們終於在一起了。」鍾子悅微笑。
這……這個人還計算每一次麵攤吃麵的數量。陳澤良啞口無言，好一會才說：「都吃同一種麵不膩嗎？」
鍾子悅嘟起嘴，這動作普遍來說會惹惱人，但偏偏這個人嘟嘴就是可愛，「喜歡的東西怎麼會膩？」
鍾子悅看著他的眼神很溫柔。陳澤良心裡揪在一起，默默夾了一塊肝連肉到對方碗裡，附帶一勺辣椒醬。
鍾子悅喜孜孜咀嚼著，露出幸福表情。
鍾子悅看見陳澤良的背包，一時興起，問：「澤良，你有帶相機嗎？」
陳澤良從包包中拿出相機，鍾子悅綻出笑意，「太好了，我們應該要留念。」

「啊？」

「嗯，我覺得，現在就是最適合用底片機記錄的一刻。」很難拒絕鍾子悅充滿期待的眼神，陳澤良勉為其難拿起相機準備自拍，鍾子悅拜託正要送麵上桌的阿姨幫他們拍照。

阿姨有些慌亂，直說：「拍不好不要怪阿姨喔！」

「一定會很好看的！」鍾子悅對著鏡頭燦笑時，陳澤良偷偷瞄了他一眼。

小小觀景窗裡，這一刻笑顏，永遠凝滯在這裡。

二零一七冬

第30章　甜蜜生活

陳澤良第一次去鍾子悅家，是在一個雨天。他原本打算自己騎車過去，鍾子悅堅持要親自接送。

上車時，陳澤良暗暗吃驚，因為他身形高大，入座總是習慣性調整座椅。沒想到鍾子悅的副駕座椅距離，還是自己上一次乘坐的設定。可見這位置沒人坐過。

鍾子悅稍稍拿下墨鏡，露出燦亮的眼神，「有沒有很感動？」

陳澤良沒回應，慶幸自己戴著帽子可以遮掩一半的表情。

他們穿越臺北市中心，從西區前往東南區。路途中陳澤良聽鍾子悅閒聊得知，他大學以後搬出老家獨居，這間套房是前幾年買下來的。車潛入地下室，流暢地倒車入庫，熄火。一起拿著食材上樓。磁卡鑰匙才剛拿出來，就聽見隱約的貓叫聲。

「澤良，第一位要向你介紹的家人就是牠，胖橘。」

陳澤良與全身包覆橘色紋路的橘貓對視，橘貓身形果然是「大橘為重」，圓臉圓黃眼溜溜地凝視著眼前的陌生人，而後好奇地聞了聞他身上的味道，繞了他一圈，用蜷曲的尾巴勾了他一下，又晃到鍾子悅身邊。

鍾子悅笑道：「這表示牠喜歡你。」

陳澤良沒養過貓，看到這麼親人的貓內心有些小激動。他蹲下身朝胖橘揮手，胖橘湊上前再度聞聞他友善的手指。

「太好了，你喜歡貓！」鍾子悅萬分慶幸，「我前男友非常不喜歡貓，他還說自己對寵物過敏，要我把胖橘送走，很沒良心。」

「前男友」三個字，讓陳澤良內心消化了一下，他盡量以平淡語氣問：「後來呢？你怎麼辦？」

「當然不可能把胖橘送走啊，牠是我的家人。」鍾子悅也蹲下身擼貓，「這就是為什麼前男友叫做前男友的原因。」

「嗯。」

「分手後沒多久，他就養了吉娃娃。」

「啊？」

「什麼過敏都是呼攏我，他是狗派……不對，吉娃娃派！」

陳澤良望著眼前舔毛的胖橘，瞥見牠的脖子上繫著細緻的皮製項圈，吊著一塊小銀牌搖來晃去，陳澤良內心默默驗證，果然是有錢人養的貓，很有養尊處優的感覺。

「項圈很可愛吧，那是肯恩訂做的。」鍾子悅拿起銀牌給他看，正面刻著一顆橘子，背面是鍾子悅的手機號碼，還有一個小小的字母K。

「胖橘是肯恩在他家附近撿到的，因為他男友對貓毛過敏，就讓我養，一切都是緣分啊！」鍾子悅揉揉胖橘肥沃的肚皮，起身，「我來準備晚餐。」

陳澤良跟著起身，「我也來幫忙。」

兩個大男人肩併著肩在中島廚房料理，鍾子悅負責煎肉，陳澤良洗菜跟切料。

雨聲淅瀝了整個下午，挑高的樓中樓有著大面寬的落地窗，從中島這端面向客廳的窗，欣賞整個城市被風雨洗了又洗。

鍾子悅遞給他一罐冰涼的啤酒，手裡不知何時出現遙控器，按下音樂播放鍵。空間裡流淌著蔡健雅低醇又迷人的嗓音，「我還是深信不疑地回想，愛情不是偶然，經過了多少醞釀……」[7]

鍾子悅一邊跟著哼一邊把牛排送進烤箱，「我很喜歡〈深信不疑〉，既灑脫又深情。」

陳澤良默默記下，鍾子悅忽然問：「Tanya的歌，你有喜歡的嗎？」

7 蔡健雅〈深信不疑〉（2006）。

「〈無底洞〉吧。」

鍾子悅被勾起興趣，「很熱門的選擇，但，為什麼？」

「旋律好聽。」陳澤良沒說的是，是第一句歌詞打動了自己。「有時寂寞太沉重，身邊彷彿只是觀眾，妳的感受沒有人懂——」[8]很多時候，他的面癱讓自己恍如置身在不被理解的洞窟裡，只有鍾子悅舉著火炬走進去，讀懂他內心的密語。

「我們改天可以去唱歌，點個 Tanya 全集！我也好想聽聽你的歌聲！」

陳澤良一驚，連忙滅火，「我是音痴，唱歌很難聽。」殊不知讓鍾子悅眼神一亮。

「那我更想聽了！」

鍾子悅把香味四溢的牛排從烤箱拿出，喜孜孜地說：「來日方長，我們要一起體驗很多好玩的事！」

胖橘對著自己的空碗不耐地「喵」了一聲。

雨聲綿密的時刻裡，他們置身城市裡的一角天地，看著電影共進晚餐，傾盆的雨也變得療癒。吃飽後，陳澤良拘謹地坐在沙發上看鍾子悅洗碗，胖橘自動跳到他的腿上，抬起屁股呼嚕。陳澤良接收到明示，提供拍屁股服務。

鍾子悅端著一碗櫻桃走來，人自動地靠在陳澤良身上。揀了顆櫻桃遞到陳澤良的唇前，陳澤良扭捏地咬下，櫻桃豐腴飽滿的甜味立刻溢滿味覺。眼前出現攤平的手掌，陳澤良愣了半晌才意會到，這是要他把櫻桃籽吐在手上。陳澤良差點把櫻桃籽給吞下去。

鍾子悅本人還專注地看著電視，彷彿內建為男友接吐籽的舉動。

鍾子悅本來就會對每一任男友這麼做嗎？

思及此，陳澤良的心情瞬間從驚異與害羞陡然轉而不舒服。

8 蔡健雅〈無底洞〉（2005）。

「怎麼了？」

感覺對方遲遲沒有吐籽，鍾子悅轉頭看見陳澤良的臉，像是理解什麼，立刻咧開大大的笑容，「澤良，不要吃醋嘛！我沒幫前男友們接過籽，你是我第一個這麼做的人。」

不想承認自己聽到這句話，苦悶的心情瞬間轉好，陳澤良逕自把口中的籽吐在自己手上。

鍾子悅彷彿感應到陳澤良的心情，他拾起一顆櫻桃，把梗放進自己的嘴裡。不消幾秒鐘，拿出一枚打結的櫻桃梗。看得陳澤良嘖嘖稱奇，此時鍾子悅輕聲說句話，陳澤良的耳根紅得跟櫻桃差不多。

「今晚留下來，我教你。」

那晚，被吃掉的當然不只是櫻桃。

第31章　卸下

隨著宋純亦婚禮日期越來越近，被欽點的伴郎陳澤良奉獻時間，陪準新郎宋純亦採購結婚禮品。他們打算在俗稱的結婚街，搞定所有訂婚要用的傳統禮品項目。陳澤良來當最佳搬運工。

陳澤良提起自己跟鍾子悅的近況，宋純亦聽聞兩人交往，開心地說要邀請鍾子悅參加婚禮。

宋純亦突發奇想，「你們兩個要不要當一對伴郎？」

陳澤良用「你瘋了嗎」的眼神看他。

宋純亦聳肩，「給你一個向全天下宣告『這麼帥的人是我男友』的機會。」

要不是熟識宋純亦，陳澤良都要懷疑宋純亦是不是深櫃，他歌頌鍾子悅盛世俊顏的頻率實在太密集，每次見面都會以迷弟口吻提及。

陳澤良看著宋純亦對著清單上的物品，忽然問：「宋純亦，你會徒手餵可兒吃水果嗎？」

「會啊，是種情趣嘛。」

「會接對方吐出來的籽嗎？」

宋純亦抬頭看他一眼，「……沒那麼誇張欸。」

「喔。」

宋純亦瞇起眼打量他，「陳澤良我懷疑你在放閃，但我沒有證據。」

陳澤良迴避視線，「沒有。」

「沒想到你跟子悅哥這麼甜蜜喔……」

「就、就跟你說沒有！」

宋純亦羨慕極了，「哎喲陳澤良害羞了，看來你是被餵的那個——自從開始忙結婚的事，我跟可兒還常常吵架，真羨慕別對情侶啊……」

宋純亦停下腳步，問：「陳澤良，你有打算讓家裡的人知道嗎？」

陳澤良搖頭。

「子悅哥會介意嗎？」

「他知道我家裡的狀況。」

考上國考時，他有機會被分發到家鄉的單位，宋純亦曾問他為何不填，他敷衍以對。實則不敢面對。當然想就近照顧家人，只是在那個山林坡邊的家，他只能下意識把自己偽裝成孝順的好孩子。

陳澤良不想去細想未來，他知道現在的自己沒有勇氣出櫃。他也相信鍾子悅能理解自己的苦衷。

想起去年他們還沒在一起時，媽媽北上參與他的畢業典禮，鍾子悅明明在麵攤看見他們，卻選擇不打擾，請小端轉交一束美麗的畢業祝福花束。那束向日葵讓陳澤良心情五味雜陳，如今回想依舊半是甜蜜、半是苦澀。

媽媽在神明前祈願的畫面，至今仍是陳澤良壓在心頭的那顆大石。

能隱瞞到什麼時候呢？

宋純亦看著他的臉色說：「抱歉啊，開啟了一個讓你心情變差的話題。」

陳澤良搖搖頭，這一題他終究要面對，只是自己一再拖延。

不知道為什麼這時候他特別想看到鍾子悅的臉，雖然他們幾乎每天都會見面。越了解這個人，越感受到他的特別。

人們常看見他的出色的外貌，卻鮮少看見他的內心。某種程度上，陳澤良覺得鍾子悅跟自己還挺像的，都容易因為外觀與言行被貼標籤。

他看著眼前的歸檔照片，覺得植物的病徵比人心還要好懂。

陳澤良在植物防疫組工作，平時整理病蟲害的通緝資料與管理，輔導民間團體參與植物防疫工作，或是成為農民團體的諮詢顧問。

以往在實驗室做實驗，偶爾跟教授與同組的同學一起下鄉講習，但現在卻是政府單位的窗口，他得獨自與許多人接觸，每次撥出電話前，他都要做好心理準備。

每天最放鬆的時刻，是在中午。

農委會大樓附近有植物園，是陳澤良最喜歡的城市角落，他習慣在中午時間去園內走走。

城市裡的植物園當然不能跟山林比，純粹是都會裡的景觀。但看著一池荷葉隨風搖曳，就能讓心情平靜下來。那個時刻暫時放空，無須和任何人對話，就算是面無表情，也無需在意任何人的眼光。

他忽然很好奇，鍾子悅也會有這樣的時刻嗎？

當鍾子悅完全無需管理臉上表情，就連笑容也猶如皮囊輕輕卸下。那樣不像鍾子悅的鍾子悅，會是什麼樣？他很想看看。

第32章 聚會

參與鍾子悅與朋友的聚會之前，陳澤良想了又想，終於戴上鍾子悅送的生日手鍊，黑色小牛皮編織與銀釦套在自己的手腕上，空落落的手腕忽然多了一件異物的重量，感覺很微妙。

鍾子悅來接他時看見他的手腕，那眼神發亮到讓他更不自在了。

「我幫你調一下鬆緊度。」鍾子悅不顧是在大街上，逕自拉過他的手調整，調整完畢後親了他的手背一下，陳澤良又羞又窘地抽開手。

鍾子悅笑著說：「我情不自禁。」

陳澤良垂下眼避開他火燙的視線，想光速逃離現場。

他們來到一家熱門麻辣鍋店，這家店每個月初開放訂位總是秒殺，鍾子悅利用神通廣大的人脈，在熱門時段入座最搶手的包廂。

打開包廂的門，陳澤良看見兩個人正在低頭滑手機，其中一位聞聲抬頭，視線掃過他時眼睛瞠大一秒鐘。

「關利夏，你看，跟照片一模一樣欸。」

旁邊的人也抬頭，「啊」了一聲，隨即展露友善的微笑，「你好啊，你就是陳同學吧？」

陳澤良想解釋自己都畢業了，鍾子悅搶先發言：「他是陳澤良，你們想怎麼叫都可以但不能叫他澤良，因為那是我叫的。澤良，這是小灰跟利夏。」

小灰虧了一句：「鍾子悅宣示主權的樣子很幼稚。」熱情邀陳澤良入座。

小灰與利夏給陳澤良親切感，他們都是長相俊秀的男性，絕對是同志社群上的潮流人士，衣著上比鍾子悅還花俏一點，感覺是從事設計相關行業。

坐下不久，包廂門再度拉開，一名戴著漁夫帽的長髮男子與瘦弱的斯文男子出現，陳澤良立刻憶起斯文男子是那晚在麵攤與同學約會的人。所以旁邊那位長髮男子，應該就是他生病的元配，鍾子悅常提起的「肯恩」。

「嗨，我是肯恩，這是我男友，麥。」肯恩戴著口罩，語氣雖然懶洋洋的，但瞄向他的眼神很銳利。肯恩與麥兩人順勢坐在陳澤良旁邊的空位。

「你們好。」陳澤良朝兩人點頭。

「沒人遲到，真難得。」鍾子悅笑嘻嘻的。

此時利夏忽然說：「陳同學，你居然戴F牌的經典款手鍊，我記得肯恩也有一條？」

眾人視線聚集在陳澤良與肯恩的手腕上。

鍾子悅說：「我要送澤良的定情禮物，當然得經過品味大師石肯恩鑑定。」

「真巧，今天我也戴這條。」肯恩邊說邊拉開自己袖口，細瘦的手腕上也有一個同款不同色的牛皮編織手鍊，加上一個小巧銀釦。

「當時我快被鍾子悅煩死，他找了大量的選項，我乾脆就選自己也很喜歡的那款手鍊。陳同學，你不會介意吧？」

陳澤良搖頭，不知為何想起鍾子悅養的貓，胖橘。牠的寵物項圈也是肯恩送的，上面也是有一塊小銀牌，刻著字母K。

陳澤良忽然很想知道自己的皮革上有沒有刻字，他偷瞧皮革內側，發現是一片空白時，內心居然鬆口氣。

「你怎麼變這麼瘦？」鍾子悅的聲音讓陳澤良一愣，發現坐在自己另一邊的鍾子悅瞧著肯恩的手腕，接著伸手過去，以拇指和中指圈了肯恩的手腕，掂掂分量。鍾子悅的聲音瞬間變得很憂慮，「好幾天沒見，你怎麼瘦成這樣？」

「總比變胖變醜好吧。」肯恩說。

看著鍾子悅的視線越過自己與肯恩對話，坐在鍾子悅與肯恩之間的陳澤良有些無所適從。

陳澤良盯著鍾子悅抓著肯恩手腕的那隻手，他面無表情，內心糾結「這人何時才放手」，對方沒有發覺。

席間，新鮮粉嫩的涮牛肉片、鮮蝦以及菜葉類一盤盤上桌。鍾子悅特地把陳澤良喜歡的霜降牛放在手邊，勤勞地幫陳澤良剝蝦，引來小灰與利夏的羨慕喟嘆。

陳澤良同時也注意到，肯恩旁邊的伴侶麥，其實也在默默為肯恩剝蝦，然而肯恩看起來食不下嚥，蝦肉堆滿盤子，前方的桌面都是滿滿的蝦殼。

聚會上麥一直都很安靜，差點讓人忘記他的存在。想起那晚麵攤上與第三者談笑風生的那個人，像不同人似的。

鍾子悅與利夏和小灰聊著最近的熱門影集，手上幫陳澤良剝蝦。

一只空碗騰空橫亙越過陳澤良，直接遞向鍾子悅，鍾子悅想都沒想，就把手中剛剝好的蝦肉放進那個空碗裡。陳澤良瞪大眼，看著肯恩理所當然地吃著，那理應是剝給自己的蝦。

等等，這是什麼意思？

第33章　牽制

為什麼他要這麼做？

因為過於震驚，陳澤良只能呆愣，不知該作何反應。

鍾子悅注意到他不尋常的沉默，回頭問：「怎麼了嗎？」

陳澤良生硬地說：「沒事。」

鍾子悅正要問話，肯恩忽然說：「鍾子悅，幫我涮你旁邊那盤霜降牛。」

陳澤良看著鍾子悅笑咪咪涮了肉，夾肉的筷子又越過自己，把肉放到肯恩的盤上。

那是我的肉！

肯恩忽然對陳澤良說：「不好意思啊，吃了你的肉。」

這個直球出手，反而堵得陳澤良心悶，只得說：「沒事，大家一起吃。」

鍾子悅說：「你這麼瘦，應該多吃點。」這句話當然不是對高壯的陳澤良說的。

肯恩淺笑，「你要不要幫你男朋友多涮一點肉？感覺肉都快被我吃光了。」

陳澤良沒吃幾口肉，卻感覺如鯁在喉。此刻他慶幸自己表情本就僵硬，否則肯定很難看。

陳澤良氣悶，逕自夾了一塊牛肉往鍋裡涮，怎知一扔進鍋裡就聽見小灰「啊」了一聲。小灰一臉扼腕，「那個溫體黃牛肉要放碗底，用高湯沖啦……這樣肉會老掉……」

陳澤良慌張地把已經滑進鍋底的肉夾起來，果然肉捲成一團，明顯過熟。他臉上一片熱辣，感覺自己在一群饕客前丟臉。

鍾子悅此時把一碗燙好的牛肉湯放至他面前，然後把他碗底那塊肉夾走，扔進嘴裡，一邊咀嚼一邊享受，「澤良燙的肉真好吃。」

小灰嚷嚷：「哎喲我瞎了。」

陳澤良微低下頭，感覺臉上的熱度從臉頰蔓延到耳根，他小口喝著鮮甜的牛肉湯，剛剛的壞心情一掃而空。

肯恩突然說：「鍾子悅，我也要牛肉湯。」

陳澤良動作一頓，聽見鍾子悅說：「好啊，等我一下。」他明顯感覺自己才剛晴朗幾秒鐘的情緒，瞬間烏雲壓境。

為什麼這個人要一直跟我搶食物？

餐桌上的話題已經從影集變成明星八卦，都是陳澤良不擅長的話題。格格不入的他內心沉甸甸的，悶頭吃著高麗菜與豬血糕。

肯恩放下筷子，喝口茶後開口：「鍾子悅，還是要恭喜你單身這麼多年，終於找到真愛。」

鍾子悅燦笑，舉起果汁，「感謝有你的助攻。」

「陳同學，你很幸運，這圈子很難得有專情的好男人。」

陳澤良覺得這句話好像帶刺，意指他能與鍾子悅交往，全憑運氣好。

整個晚上，陳澤良感覺自己被肯恩的行為若有似無針對著，連同對方望著自己的神情，都彷彿無形的牽制。

眼前明明擺滿自己最喜歡的肉食，他卻毫無食欲。

用餐結束，小灰與利夏想去KTV續攤，肯恩懶洋洋地說：「陳同學看起來不太習慣我們這種聚會，今天就先到這邊吧。」

陳澤良一愣，他今天的社交能量截至目前為止已經透支，的確不想再續攤。只是肯恩的說法，反而讓陳澤良成為最掃興的那個人。

果然，想續攤的兩人聽聞發出可惜之聲。

「蛤？可是我們很久沒聚了耶！」

「難得跟肯恩約在外面耶。」

小灰說：「陳同學，你會不會覺得跟我們一起聚會很煩？」

利夏補了一句，「跟我們一起去續攤吧，很好玩的！」

他騎虎難下，答應不是，不答應也不是。求救似的看向鍾子悅，後者睜著晶亮的眼神，小聲說：「我想聽你唱歌……」

他蹙緊眉頭，內心充斥著抗拒念頭，此時手機響起。陳澤良瞥了眼來電，像得到救命繩索般立刻接起。

電話那端是宋純亦，問：「陳澤良，我上次跟你逛街新買的領帶，有沒有在你那邊？我找不到——」

「在我家，我拿給你！」

「現在？不用啦，明天我再去找你拿就好——」

「我現在回家拿給你！」

陳澤良掛電話，對鍾子悅說：「宋純亦的新郎領帶在我這邊，我現在回家拿給他。」

「現在？」鍾子悅臉上閃過詫異，「一定要現在嗎？」

陳澤良故作淡定，「他這週要拍婚紗，我想快點讓他拿到比較好。」

鍾子悅期待的眼神黯淡下來，「這樣啊，那好吧。」

「抱歉，改天再約，你們繼續吧。」

陳澤良說明自己臨時有事不能續攤，小灰與利夏都有些失望，肯恩只是淡淡地點頭，絲毫不被影響。

夜晚十一點鐘的臺北街頭依舊熱鬧，冬夜裡陳澤良把手放進外套口袋取暖，沿著騎樓一路步行，打算坐捷運回去，身後卻響起腳步聲。轉身看見鍾子悅追上，拉起他的手，「這麼晚了，我載你回去吧。」

「你怎麼……不跟他們去唱歌嗎？」

「我怎麼可能讓你自己回去？我是你男朋友耶。」

陳澤良看著滿臉笑容的鍾子悅，原本低盪的心情又瞬間放晴。

他們又沿著原路走回火鍋店旁的停車場，上車，鍾子悅載他回租屋處拿領帶，又前往宋純亦的住處。

宋純亦正陷在沙發看燒腦神劇《闇》，被召喚到門口時還有些摸不著頭緒，他接過領帶嘟噥著：「你明天給我也可啦……」

「先走了，早點睡。」陳澤良立即催促宋純亦快回家，宋純亦說：「欸，你這禮拜記得去訂做伴郎用的西裝喔，我幫你跟店家講好了——」

「知道了。」陳澤良匆匆打斷宋純亦想要聊下去的欲望，就怕被鍾子悅發現，自己只是不想續攤而牽拖宋純亦。

再度回到車內，兩人一路無語，直到車子來到陳澤良租屋處附近巷口，鍾子悅把車停在路邊。陳澤良說：「晚安。」正要下車時，鍾子悅開口：「澤良，你是不是不開心？」

陳澤良動作一頓，車內氣氛霎時有些凝滯，他僵硬地說：「沒有。」

「你有，吃飯的時候我感覺到了。」鍾子悅的語氣很溫柔，「怎麼了，告訴我好嗎？」

陳澤良坐回副駕，千迴百轉的思緒在腦中湧動，卻難以開口。

鍾子悅循循善誘著，「跟我朋友相處不自在嗎？」

陳澤良搖頭。

「那你為什麼看起來不高興呢？」

陳澤良低頭，看見手腕上的生日手鍊，忽然覺得胸口滞悶。他一股腦地說：「既然你發現我不高興，為什麼現在才問？」說出這句話，他又對自己的粗魯態度感到懊惱，「抱歉，我不是有意的。」

他突如其來的衝動語氣讓鍾子悅一愣，問：「發生什麼事了？」

陳澤良撫上手鍊，今天早上從禮物盒小心翼翼拿出來，套上它時他的心情是慎重且快樂的，而此刻卻溢滿不甘。

「我覺得肯恩是故意的，他的態度讓我不舒服，像是刻意強調我跟他是用一樣的手鍊。」

「那是因為我諮詢他禮物買什麼呀，他本來就有很多條名牌手鍊，我沒想到他今天跟你戴同款，會不會只是巧合呢？」

鍾子悅語氣平和，讓陳澤良心裡那股悶氣越發酸軟，整個晚上壓抑的不滿瞬間爆發。他覺得自己心跳飛快——被氣的。

「他男友幫他剝蝦他不吃，卻在我面前跟你要蝦吃，這有點奇怪吧？」

「你吃醋了？」鍾子悅面露欣喜，陳澤良看了更火大，嚴肅道：「我只是在指出，肯恩的這種行為很奇怪。」

見男友發飆，鍾子悅連忙正色安撫，「那是因為我們真的很熟了，麥也知道，如果你介意，以後我就不這樣了！以後只幫你剝蝦涮肉。」

這樣的安慰，非但沒讓陳澤良好過，反而覺得自己是無理難搞的另一半。他說：「不只是剝不剝蝦的問題，我覺得……肯恩好像很討厭我？」

鍾子悅立即否認，「怎麼可能！他若是真討厭你，怎麼會支持我追你？」

陳澤良凝視著鍾子悅，沒有說話。

他在猶豫，該不該把內心的猜測說出來。

這次鍾子悅讀到陳澤良的表情，「澤良，你想說什麼就說吧。」

陳澤良深吸口氣，「子悅，我覺得肯恩喜歡你。」

鍾子悅一愣，啞然失笑，「不可能，你想太多了。」

陳澤良沉默不語。

「澤良，我覺得你誤解肯恩了，我認識他十年，我們之間真的只有友情。」

陳澤良依舊安靜。

鍾子悅和緩道：「你多接觸肯恩幾次，就知道他是外冷內熱的好人，很照顧朋友——」

陳澤良委屈道：「你覺得是我誤會他？」

「我只是覺得你們才第一次見面，還有很多不了解的地方。」

「第一次見面，我就感覺到他的不友善。」陳澤良糾結著眉頭，說：「我覺得，我很難跟他好好相處。」

沒料到陳澤良的反應如此決絕，鍾子悅安靜片刻，說：「你因為不喜歡肯恩，今天才編了個理由逃避續攤，對吧？」

他怎麼知道？陳澤良暗暗吃驚。

鍾子悅苦笑，「我本來只是猜想，看到宋純亦的反應就知道我猜對了——你在這個聚會中很不自在。」他好看的唇形原本優雅上揚，此刻是抿成一條線。

「澤良，你討厭肯恩我也不能勉強你。但如同你有好友，我也有好友，我希望看在這一點上，我們尊重彼此。」

陳澤良以為自己聽錯了，他瞪著鍾子悅，不可置信。

「我跟宋純亦又沒什麼，但是肯恩他對你——」

「這只是你片面的揣測。」鍾子悅輕聲說：「對肯恩來說不太公平。」

陳澤良被鍾子悅激怒，他沉著臉下車，頭也不回離開。

回到家，對著窗外的漆黑發了一會兒呆，讓激動的情緒降溫，只是委屈的情緒湧上鼻尖，眼眶益發刺痛。

他拿下手鍊，扔在桌上。他一分一秒都不想戴著這個，跟另一人手腕上一模一樣的東西。

夜裡飄起微雨，泥土的潮溼氣息從敞開的窗跟隨雨絲飄入。屋內開著燈，然而陳澤良覺得陰暗如潮水從四面八方包夾。他盯著牆上的海報發呆，有一種想落淚的情緒卻哭不出來。

安靜一整晚的手機亮起，跳出訊息，「澤良，你忘記帶走你的東西了。」

他沒回，發訊息那端的人鍥而不捨，「很重要的東西，我還在你家樓下，我幫你拿上樓好嗎？」

他還在？

陳澤良遲疑了幾秒鐘，從套房對講機打開一樓大門，寂靜的夜裡，電梯開門後的腳步聲格外清晰。腳步聲放輕，由遠而近逐漸靠近。

門口被輕敲兩下，陳澤良本想叫鍾子悅放著就好，又聽見敲門聲。怕被鄰居抗議，他只好打開房門，看見鍾子悅的髮梢與肩膀微溼，臉上的表情像是被雨淋過那樣狼狽。

鍾子悅小聲地說：「你忘記把我的喜歡帶走了。」

那是埋怨、是示弱、是撒嬌，也是傷心。

鍾子悅的聲音還是那麼溫柔，溫柔得讓人不知該如何是好。

鍾子悅在他耳邊說：「澤良，我愛你啊。」

陳澤良盯著鍾子悅的眼睛，忍耐著一晚的情緒，此時已在眼前一片模糊。鍾子悅擁他入懷，陳澤良聞到熟悉的木質香水氣味，原本內心焦糊一片的幽暗被林間微風似的香氣給吹散了。

在對方溫暖的懷抱裡，陳澤良體認到，只要鍾子悅的一句話，那些氣惱瞬間被綿軟的擁抱給化解，在這個人面前他總是多麼不爭氣啊。

二零一八春

隨著宋純亦婚禮越來越近，陳澤良去訂做伴郎西裝。

原本宋純亦堅持要出西裝費用，陳澤良卻認為自己的西裝自己該買單，僵持許久，最後協商各出一半。

這是陳澤良第一次訂做西裝，在試衣間內，他像個嬰兒任由兩個師傅擺弄，從頭到腳量尺寸。宋純亦在一旁的等候區隔空與他聊天——大部分是在抱怨籌備婚禮的麻煩。陳澤良看著鏡中的自己穿著毛胚衣，覺得很滑稽。

「……我那個婚顧真的很不錯，好幾次可兒要對我發飆，都是那個婚顧幫我擋下來，還把可兒逗得哈哈大笑，真的很會講話。」

「肯定是你做了白目的事。」陳澤良淡定說道。

「我說她不用減肥這樣也很可愛，她就發飆；我改口說那就減一下吧，她更不爽！女人心海底針啊……」宋純亦靈光一現，「還是我跟她說，胖瘦都沒關係，反正攝影師很會修圖？」

陳澤良無語，「你……沒事。」本來想說什麼但還是算了。

當他終於試穿西裝外套走出更衣室，卻看見鍾子悅在等候區，好整以暇地翻閱布料型錄。

陳澤良的耳根立刻紅了。

「你、你怎麼來了？」

旁邊的宋純亦一臉無辜，「我只是發個限動被子悅哥看到，他說他在附近，也要來看你穿西裝。」

在身形宛若模特兒的鍾子悅面前穿西裝，感覺自己還像個幼稚園兒童。陳澤良想回到更衣室躲起來。

鍾子悅眼裡滿是笑意，「你來訂做西裝，我當然要來看。」

一旁的宋純亦直呼：「陳澤良你才是新郎吧？」

店內的業務一頭霧水，「到底誰才是新郎？」

宋純亦指向兩位，「這兩位，我要被閃瞎了。」

鍾子悅嘴角揚起，陳澤良慌張解釋：「不是，宋先生才是新郎，我只是伴郎。」

鍾子悅起身，走到陳澤良眼前，凝視著他。陳澤良聽見心跳加速的聲音，彷彿要從胸腔跳出來了，好吵。

鍾子悅抬手的瞬間，陳澤良屏息，那隻手伸至他耳邊，把微皺的衣領順平。而後把西裝外套上最末端的釦子解開，輕笑著道：「西裝外套最尾端釦子通常不用扣。」

說的明明是常識，聽起來卻像情話，讓陳澤良的耳朵好癢，有熱度往臉上爬。

被閃到不得不戴上墨鏡的宋純亦起身，「還有事要忙，先告辭囉，你們兩個慢慢來。子悅哥，我的婚禮已經幫你留位置囉，一定要來喔！」

鍾子悅微笑，「好。」

精明的業務詢問鍾子悅：「您要不要跟陳先生一起訂做同款西裝呢？」

鍾子悅認真思索，答：「人生大事，可不能穿當伴郎時用的西裝呢。」

他若有所指望向陳澤良，「你說對吧？」

陳澤良覺得自己的臉燙得跟鐵板燒一樣，點頭不是，搖頭也不是。

離開西裝店，他們並肩走在傍晚的街道，途經小公園時，鍾子悅說：「第一次見到你時也是春天，沒想到已經兩年了。」

「嗯。」

「我還記得第一次看到你的感覺，好像看到一顆礦石，裡面都是閃亮亮的物質等我挖掘。」鍾子悅憶起那個決定性的夜晚，因為一罐辣椒醬牽起了他與陳澤良的緣分。

「澤良，你呢？還記得第一次見到我的感覺嗎？」

陳澤良遲疑半晌，才道：「……很惱人。」

鍾子悅一愣，確認似的重複，「很惱人？」陳澤良篤定點頭。「因為你一踏進麵攤就引起騷動——我當時只是想安安靜靜吃完一碗麵。」

鍾子悅此刻的神情是「我還想聽」。

陳澤良想起兩年前的那一晚，這張臉來到平凡無奇的麵攤，就像一顆閃光彈投入，所及之處就要引發天災人禍，所謂禍水就是指這種人吧。

當他露出燦笑時，感覺宇宙某處的行星在爆炸。讓他所在的腳下也彷彿餘震連連，全身心都得繃緊，才不會被撂倒。

只是這些感受要是說出口，肯定會讓鍾子悅得意很久。所以陳澤良只是抿緊唇，吐出：「就這樣。」

鍾子悅也不強迫他，微微一笑。

他們並肩看著公園裡的羊蹄甲，綠梢上已有粉嫩花朵。

「今年氣候特別怪，羊蹄甲通常要三月才會開。」陳澤良說。

「澤良，我有事想跟你說。」

陳澤良望向鍾子悅，對方一派輕鬆地說：「我考慮了很久，今年夏天我可能會去法國進修——去年錯過一次機會，但是今年我想好好把握。」他邊說，邊從口袋掏出巧克力遞給陳澤良。

陳澤良反射性地接過，呆愣地問：「要進修多久？」

「說長不長，說短也不短，大概一年。」

鍾子悅看著陳澤良糾結成一團的劍眉，知道他正在天人交戰。鍾子悅說：「這是我一直很想嘗試看看的機會。」

陳澤良感覺到對方使用「考慮」而非「討論」的字眼，知道木已成舟。鍾子悅下了決定，應該是很難改變了。同時明白，這就是鍾子悅今天突然會出現在他面前的原因。

陳澤良斂下眼眉，語氣瞬間變得低落。「什麼時候要去？」

「最快兩個月後，我想請你幫我照顧胖橘，可以嗎？」

兩個月後……好快啊……

陳澤良點頭。鍾子悅笑著揉揉他的髮，「我每兩個月可以飛回臺灣一次，平常也會跟你視訊，你就當作我去山上考察了。」

陳澤良差點回嘴，山上又沒有帥哥也沒有夜生活，你要去的地方可是帥哥滿地的花都！

他信任鍾子悅，卻無法保證會不會有蒼蠅來勾搭。

鍾子悅像是看透他的心思，笑著揉揉他的臉，「你這種表情，讓我捨不得離開啊。」

陳澤良任由他揉捏自己的臉，唇上猝不及防被親了一下，他猛然一震，眼前的男子因襲吻成功笑得開懷。

陳澤良立即退後一步查看周遭，沒有人經過才鬆了一口氣，有些氣惱地瞪著對方不分場合。

鍾子悅依舊是笑笑的，從口袋拿出一份鑰匙與磁卡，放進陳澤良的掌心。

「我女兒就交給你了。」

「嗯。」

握著對方家裡的鑰匙，他小心收入包包。當他家的鑰匙與對方家的碰撞在一起時，發出清脆的金屬聲，心情也跟著輕盈起來。

宋純亦的婚禮辦在可兒老家附近的庭園會館，在紫藤花垂墜的廊道下，見證綠草地上的浪漫結婚儀式。

陳澤良前一晚先入住會館房間，早晨七點聽見外頭人員走動的聲響。早上先在可兒老家進行訂婚儀式，約九點開始迎娶，中午才是婚宴。

跟著宋純亦前往可兒家迎娶時，不意外地遇到迎娶關卡，什麼湊一三一四元、伏地挺身還有大聲念出愛妻宣言，到此為止陳澤良都盡量配合，直到撲克牌接力關卡。顧名思義就是迎娶的新郎伴郎團，要在時間內把指定撲克牌以嘴接力完成，未達成就會受懲罰。

宋純亦尷尬地說：「一定要嗎？」

伴娘與親友團氣勢洶洶，「一定要！」

陳澤良一臉為難，宋純亦小聲說：「兄弟，抱歉啦，忍耐一下就過了。」

陳澤良閉眼豁出去，跟宋純亦一起把幾張撲克牌用嘴一張張接力過去。沒想過自己跟宋純亦的間接接吻，是發生在宋純亦的迎娶挑戰上。

好不容易搞定所有關卡，陳澤良看著宋純亦扶著可兒準備上禮車的身影，內心默想，下次絕對不要再當伴郎。

宋純亦忽然轉身走向他，握了握他的手，小聲說：「謝啦，兄弟，把我今天的幸福分給你。」

看那個笑到嘴都要裂開的傻瓜，陳澤良忍不住揚起唇角。

他想起宋純亦迎新宿營時，率先找他搭話的樣子。明明素不相識，宋純亦卻沒被他生人勿近的性格凍傷，反而熱情地把他帶進人群。

他何其有幸，遇到這樣一個朋友，自然而然地接納他所有的不自在。而今自己目送著他，邁向人生的另一個新階段。

陳澤良看著他，真摯地說：「謝謝。」

漫長歲月中，曾經愛過一個人，並且一路陪伴沒有走遠。他已經夠幸運，也夠幸福。

陳澤良心裡很平靜。

這聲謝謝，不只是對宋純亦的祝福，也是謝謝他，那麼深刻地住在自己的青春裡。

午宴已經開放賓客入場，新郎與新娘都在換裝兼喘息，有些賓客已經到場。

他傳訊問鍾子悅到了沒，對方沒有回應。瞥了眼時間，這裡屬於位置比較偏僻的鄉下，下交流道後要開三十分鐘才會抵達。

他忙著確認細節、引導賓客、幫忙搬運物品等等雜事。終於可以坐下休息，是播放婚禮影片的時候。直到二次進場後開始敬酒，他的作用就是用一張面癱臉幫宋純亦擋酒，想要灌醉宋純亦的長輩，看見那張黑臉都安分不少。

來到新郎好友桌敬酒時，陳澤良發現鍾子悅的座位還是空的。

直到婚禮結束，鍾子悅都沒有出現。

陳澤良打了十通電話，要撥出第十一通前，鍾子悅傳訊來，「**我在醫院。**」

四個字就讓陳澤良腦中一片空白，鍾子悅第二封訊息傳來，「**我沒事，是肯恩昨天深夜突然病情惡化，連夜急診。**」

陳澤良一愣，回：「**他現在還好嗎？**」

接著又進入漫長的未讀時間，他的訊息孤獨地懸掛在那，無人回應。

獨自坐火車回臺北的路上，陳澤良又傳了幾個「**你還好嗎？**」、「**現在情況如何？**」、「**想聊隨時可以找**

我」訊息，而那些訊息依舊安安靜靜擱在那。

其實，他最想說的是：你可以先告訴我你沒辦法來。

但在這時刻說這種話，好像自己很無情似的。

他沿途都在想這時候該說什麼好、鍾子悅為何還沒已讀？想著肯恩與鍾子悅的種種，也想起對鍾子悅缺席的失望。然而憋在心裡的那口氣，怎麼也無法紓解。

他有預感，在鍾子悅心中，肯恩的病情永遠是放在第一位。這預感讓陳澤良心裡不太痛快，又為這樣的自己，感到羞恥。

打開臉書，看見宋純亦成立相簿且瘋狂上傳一堆婚禮照片，包括那張闖關時用嘴接力撲克牌，他與宋純亦的間接接吻。婚攝把宋純亦痛苦的神情抓得很好，而他在畫面中居然還能維持面無表情。正想叫宋純亦刪掉那張照片，鍾子悅就打來了。

「我快到臺北了，今晚要一起吃飯嗎？」

鍾子悅欣然答應，「好啊，老地方見。」

原本低迷的心情，瞬間飛揚。

麵攤老位置，很難得看見鍾子悅沒整理頭髮的樣子，整個人看上去精神委靡。盯著眼前的餛飩麵，看起來沒食欲。

陳澤良很心疼。

鍾子悅率先為婚禮失約道歉：「對不起，因為肯恩的病情忽然就惡化，像不定時炸彈一樣，我們這幾天都沒睡。」

陳澤良攪拌著麵，小心翼翼地問：「肯恩現在狀況……怎麼樣？」

「加護病房待著。」

「嗯。」本來有好多想要分享的事情，但現在這情況，他只得把話嚥回肚內。

吃完麵，陳澤良鼓起勇氣，「等一下我可以去看胖橘嗎？」

鍾子悅一愣，「好。」

陳澤良上了鍾子悅的車，他們沿途都沒交談。無形的低氣壓攏聚，陳澤良連呼吸都不敢太用力。此時才感覺，平常看慣了鍾子悅的笑顏，當他不笑的時候，顯得格外憂傷。

上樓，開門，胖橘在他腳邊繞了兩圈後，又回到沙發窩著。鍾子悅順便告訴他胖橘的飼料位置，「牠都吃這包，每天兩杯就好，有時候可以換主食罐……這邊有些肉泥，不要太常餵，醫生有說牠過胖……」

鍾子悅介紹完飼料櫃後，從地板上撿起一條小魚造型的娃娃，交給陳澤良，「這是胖橘最喜歡的娃娃，上面有貓草味——」

陳澤良握住鍾子悅的手。「你還好嗎？」

鍾子悅沉默幾秒，嘆了一口氣，「坦白說，不太好。」

陳澤良語氣認真，「任何事，你都可以跟我說。」

鍾子悅看著他真摯的眼神，把頭放在他肩膀上蹭了蹭。這樣依賴的動作，讓陳澤良心裡暖暖的，不自覺脫口而出：「我可以去探望肯恩嗎？」

鍾子悅抬起頭望向他，眼裡滿是詫異，「你想看？」

「嗯。」

「過幾天他出院後，我帶你去。」

陳澤良點頭，鍾子悅又把頭放回他的肩膀靠著，陳澤良把人擁入懷中，接下來他們什麼都沒說，兩個人靜靜擁抱。

第36章 面對面

陳澤良第二次與肯恩的見面，是在開始熱起來的春日午後。

肯恩病情稍微轉好，怕冷清的他，立刻號召好友們來家裡開趴。

出發前，陳澤良為自己心理建設：無論肯恩有什麼行為，都是無心的。他是鍾子悅重視的朋友，更是病人，不要跟他起衝突。

鍾子悅來接他時，穿著潮T與涼鞋一派輕鬆的模樣，「澤良，別緊張。」他對陳澤良笑。

陳澤良尷尬地說：「我才沒有。」

看著鍾子悅嘴角揚起淺淺的微笑，陳澤良心情也不那麼緊繃了。

轎車途經林蔭大道，這一帶由大學學區為重心的人文區域。一波波綠意掠過眼角，炙熱的陽光下，路上的女性撐著傘防晒。

走進華廈，電梯往上，利夏前來開門，小灰宏亮的笑聲同步入耳。陳澤良進門時一愣，客廳牆面的溫柔淡粉色，與他想像中的肯恩品味不太一致。

「你是不是被這片粉紅牆嚇到？我前幾天來的時候也是，肯恩之前就說要換牆面，沒想到麥立刻就重漆了。」鍾子悅補充。

陳澤良看著鍾子悅熟門熟路走進廚房拿杯子與檸檬冰水，猜測他很常進出這裡。

肯恩從房間走出，麥在一旁攙扶著。

「嗨，各位請自便，我吃不太下東西，看你們吃也好。」

肯恩看起來比第一次見面時更瘦弱蒼白，陳澤良一度懷疑是不是同一個人。陳澤良注意到一旁的鍾子悅立刻起身幫忙扶著肯恩，另外兩位朋友說：「你今天精神看起來還不錯。」

肯恩炯炯有神的雙眼掃過所有人，「我剛剛聽到你們要回車上拿東西，可以順便幫我買東西嗎？」

麥問：「你要什麼？我去買。」

肯恩說：「我忽然想喝超商旁邊，那攤下午才開的豬血湯。」

小灰、利夏與麥三人出門，剩下鍾子悅與陳澤良，客廳瞬間安靜許多。

肯恩拿起手機連線藍芽喇叭播放歌曲，忽然看著螢幕說：「啊，資源回收的垃圾車快來了，我先去丟垃圾。」

鍾子悅站起身，「我去吧，你不要亂動。」

「謝啦。」

當鍾子悅帶上門時，陳澤良這才意識到，現在只有他跟肯恩兩個人在同一個空間裡。

肯恩似乎連說幾句話都會喘，他直視陳澤良說：「倒垃圾差不多五分鐘，但也足夠了。」

原本稍微放鬆的神經，瞬間繃緊。

他是故意支開他們的？

肯恩丟了直球，「陳同學，我想，你應該一直覺得我討厭你吧？」

陳澤良沒想到他如此直接。

「其實你想得也沒錯，我不怎麼喜歡你，你可能還察覺到——」肯恩停頓一下，說：「我對鍾子悅，有比友情更特別一點點的，那種感情。」

面對肯恩的直率，陳澤良更不知如何是好，只能靜靜地聽。

「這件事我是不會跟他說的——就算你告訴他，我也不會承認。」肯恩唇角微勾。「這輩子我決定要當他永遠的好朋友。」

陳澤良終於開口：「為什麼要跟我說這些？」

「因為我無所謂，反正我也要死不活的，沒什麼好怕。」

看見陳澤良沉下去的臉色，肯恩露出占上風的神情。「我還滿幼稚的，對吧？」

「你已經有另一半了，為什麼放不下鍾子悅？為什麼要破壞我們之間的感情——」

「等等，陳同學你搞錯了吧，我沒有破壞你們之間的感情。」肯恩淡淡地說：「我只是做身為他好友應該做的事——讓他遇到對的人。」

陳澤良內心一把火竄升，「鍾子悅想跟誰在一起，與你無關！」

「當然與我有關，他值得跟最好的人在一起，在我看來，你並不是那個人。」肯恩冷哼，「你配不上他。」

陳澤良氣紅了眼，「你、你憑什麼評斷我適不適合他？」

「憑我是他最好的朋友，還有，我也不是不明事理的人，如果你真的很不錯，我會真心祝你們幸福，但顯然你不是。」

肯恩凝視他的眼神，充滿不屑，「陳同學，你從一開始心裡就有別人，在沒辦法給鍾子悅百分之百的愛情況下還與他交往，為什麼現在可以享受鍾子悅的愛？」

「鍾子悅對你很痴情，我都看在眼裡，我捨不得他這麼傻，愛一個自私的人。」肯恩冷笑。

陳澤良啞口無言，他沒想到肯恩對自己的不滿這麼深，同時肯恩的每一句話都像鈍器，一句句戳痛內心。

是的，肯恩說得沒錯，他的確一直在享受鍾子悅的付出，吝於給予回報。

是的，他就是個自私的人。

可是，他正在改變，現在他們正在相愛，一切都來得及，不是嗎？

因為過於憤怒，陳澤良的手微微顫抖，他握緊拳頭，開口：「你愛不到鍾子悅，就想干擾他的感情，還敢站在道德制高點說什麼幫他遇到對的人，你就跟你口中的自私鬼一模一樣。」

陳澤良越說越激動，「我喜歡他，我會對他很好，對他付出百分之百的愛……這些，不需要你來說配不配！你好好對待自己身邊的人吧，少來煩我們！」

「煩什麼？」鍾子悅站在門口，一臉困惑。

陳澤良一驚，在他與肯恩爭辯時，鍾子悅不知道在門口聽了多久。

「肯恩、澤良，你們吵架了嗎？我剛剛聽到你們對話……有點大聲。」

肯恩挑眉，沒回應。

陳澤良漲紅著臉，說：「我先回去了。」

鍾子悅攔住陳澤良，問：「到底怎麼了？可以跟我說明嗎？」

陳澤良指向肯恩，「你去問他！」

肯恩攤手，「只是閒聊而已啊。」

陳澤良瞪大眼睛，不敢相信此人臉皮如此厚。他語氣微微顫抖地說：「我想得果然沒錯，他喜歡你，所以上次才對我那麼不友善——他還說我配不上你。」

鍾子悅一愣，問肯恩：「他說的是真的嗎？」

肯恩聳聳肩，淡然說：「我是喜歡你啊，所以覺得陳同學不太適合你，不過這是你的選擇，我又能怎樣？」

不對，他剛剛可不是這種口吻。

「你、你剛剛根本不是這樣講——」

肯恩忽然爆出一陣令人心驚的咳嗽，咳到他揪著心全身顫抖，鍾子悅上前關心，「肯恩，你先深呼吸，不要講話。」

「肯恩情緒激動就會氣喘，我怕他會昏倒。」鍾子悅說。

肯恩哪裡激動了？

陳澤良看著眼前自己的男友先去關心另一人，覺得十分荒謬。鍾子悅轉過頭對他說：「澤良，你先回去吧。」

陳澤良一愣，沒想到鍾子悅竟是請他先離開。

他彷彿是八點檔連續劇女主角，當男主角不在時，小三以惡毒面孔威脅女主角，而男主角登場後又化身楚楚可憐的模樣。

眼前場景讓陳澤良氣血上湧，一言不發轉身就走。

外頭的豔陽如常運作，他站在路旁鼻頭湧上酸意。眼角瞄到麥提著豬血湯迎面而來，好像朝他打招呼，陳澤良無視掉了，逕自快步前行。

口袋裡的手機在震動，他沒有理會，在陽光毒辣的午後走了好幾條街區。汗水如瀑布般不停滑落，噙在眼角的淚硬撐著不掉。

此刻，陳澤良滿腦子只有鍾子悅叫他先回去的表情。

他沒想過鍾子悅會用那種表情對自己說話，看起來無奈又失望。

為什麼一切都變了？

他知道肯恩狀況確實不好，也知道癌末病人情緒激動確實元氣大傷，可是，他內心還是好委屈啊。

眼前這兩人的互動情景，搞得自己才是那個介入這兩人的小三。

鍾子悅怎能這樣對他？

他知道，鍾子悅與肯恩認識十年，總是形影不離，一起工作、重疊的交友圈，甚至連寵物胖橘都是肯恩撿到的，項圈上還刻著肯恩的縮寫，就像是他們倆一起養這隻貓。他們早已滲透彼此的生活。那個小小字母K，昭示著陳澤良無從介入的結界。

他可以接受他們情同手足，卻無法忍受那樣的關係裡，其中一方一直都參雜著不純粹的情感，而鍾子悅視而不見。

他想起肯恩說：「他值得跟最好的人在一起，在我看來，你並不是那個人。你配不上他。」

這句話引燃翻騰的妒火熊熊燃燒，幾乎要吞噬了他的理智。

陳澤良經過寵物精品店，忽然萌生一個念頭，他想在眼前所見範圍內，去除所有肯恩占據過的足跡。內心的陰暗面不斷擴大。

陳澤良走進去，挑了一個藍色項圈，上面掛著一顆鈴鐺。

結完帳，拿著給胖橘的禮物，陳澤良心情終於好一點。

手機再度響起，陳澤良瞥了一眼來電，終於接起。

「澤良，你生氣了嗎？」溫柔好聽的聲音問。

「現在不氣了。」

「對不起，不應該叫你離開的。」鍾子悅軟軟的聲音，聽起來很疲憊，「最近肯恩的狀況真的時好時壞，醫生說——」

陳澤良聽到那兩個字就不舒服，他打斷，「你們聚會結束了嗎？」

「差不多要結束了，晚上一起吃飯好嗎？」鍾子悅討好地說：「帶你去吃好料的？」

他看著手裡的禮物，說：「可以買回去你家吃嗎？」

鍾子悅笑了，「當然好，我去接你。」

不知道是不是心理作用，鍾子悅說話的態度格外溫和，是不是在為下午的事情愧疚呢？他們外帶名店的火鍋回鍾子悅家煮。

陳澤良望著滿桌的鍋物料理，對方積極為自己燙肉裝盤，一邊滿臉笑容聊自己的家人。

期間，陳澤良好像看見鍾子悅的手機有肯恩的來電，他盯著那震動的手機，鍾子悅發覺他的視線，笑笑地按掉來電。

陳澤良終於覺得舒坦一點。

他們一起看了一部有點無聊的電影。鍾子悅聊了他剛入選職籃聯盟的小弟、韓國連線帶貨生意做很大的大姊、退休去做志工的爸爸、幫忙姊姊事業的媽媽，甚至連最近在學習攝影的奶奶都說了，就是不談下午讓他憤怒的導火線。

這種小心翼翼、維持和平的對話，更像在掩飾真實存在的疙瘩。陳澤良看著包包裡的小紙袋，說：「我有禮物要給胖橘。」

胖橘像是有所感應，走過來，用頭蹭了一下陳澤良。

陳澤良微笑揉揉胖橘的頭，把紙袋遞給旁邊的鍾子悅。後者一臉笑意地打開紙袋，看見寵物項圈，揚起的唇角一頓，「給胖橘的項圈？」

「嗯。」陳澤良想讓自己的語氣聽起來自然，「我覺得牠很適合這個天藍色。」

「好可愛喔，還有銀色鈴鐺。」鍾子悅仔細端詳項圈，而陳澤良認真看著鍾子悅的神情。

鍾子悅綻開微笑，「澤良，我代表胖橘收下啦，謝謝。」

雖然知道這是可能的結果，但陳澤良心裡還是不痛快，他問：「要不要幫胖橘換上去看看，應該很不錯。」

「我覺得胖橘很喜歡原來這條呢。」

「牠身上原來那條，看起來也有點舊了。」

「下次要換時，我就會換上去的。」鍾子悅的語氣雖然輕快，但眼裡已沒有方才的輕鬆笑意。

鍾子悅說：「我幫你倒酒吧，喝紅酒好嗎？」他起身前往廚房，中斷這個話題。

自己送的項圈被敷衍地擱在一邊，而鍾子悅鍾愛的那隻貓，伸著懶腰發出舒服的呼嚕聲。

從過去、現在、到未來，始終如一盤踞在鍾子悅身邊，某人彷彿正得意洋洋地在嘲笑著他。

陳澤良忽然對這一切忍無可忍。

他抱起胖橘，解開胖橘脖子上的舊項圈，換上自己新買的。胖橘一邊舔毛一邊順從地任由他換，戴上新項圈後，牠瞬間停下梳理的動作，呆愣在原處，就像正在讀取身上的新配件。

忘記收回舌頭的樣子很可愛，讓陳澤良心情很好。

「你在幹什麼？」

陳澤良回頭，看見鍾子悅端著兩杯酒，直勾勾看著自己。

他第一次看見鍾子悅對自己如此嚴厲的神情，好像他做了天大的錯事。

陳澤良說：「我只是想試試看新的項圈，你看，胖橘這樣也很可愛啊。」

「你沒發現牠看起來很不習慣嗎？」

胖橘甩甩頭，而後又繼續梳理毛。

陳澤良忙道：「牠沒有不習慣，現在又繼續洗澡了……」

「牠的主人是我，你在換之前，應該先問我。」鍾子悅放下酒，抱起胖橘換下新項圈，套回舊的。

鍾子悅說話的態度讓陳澤良大為光火，他立刻拿走新項圈，然後丟入垃圾桶。「如果你本來就不想換項圈，就不要假裝很喜歡我的禮物！」

鍾子悅沒有阻止他，眼神心灰意冷。「澤良，你今天到底怎麼了？為什麼做出這麼多我無法理解的行為？」

陳澤良咬牙，「鍾子悅，你明知道我為什麼會這樣，都是因為肯——」

「我不是解釋過很多次了嗎？肯恩對我而言就是很重要的朋友，沒有其他的了，就算他喜歡我，我也不喜歡他啊。你不相信我，我不知道還能怎麼辦。」

鍾子悅的手機再度震動，他切掉來電接續對話，語氣中滿是無力感，「到底要怎麼做，你才會相信我？難道要我跟肯恩絕交，老死不相往來嗎？」眼前一臉忿忿不平的陳澤良，那張俊臉曾讓鍾子悅怦然心動，此刻他只感到濃濃的疲憊。

從什麼時候開始，他們變成這樣？

鍾子悅望向他，「你要我因為你，捨棄掉最好的朋友嗎？如果我希望你未來都不要跟宋純亦來往，你能接受嗎？」

「況且肯恩現在生著病啊。澤良，我辦不到。」

他的聲音很輕，卻像一盆冷水潑在陳澤良心上，打從心底感到刺骨寒意。

氣氛陷入冗長的沉默，兩人都沒有說話，他們都知道，要是再說下去，可能就會一發不可收拾。

我渴望你只喜歡我，你的人生優先排序是我。

我很自私，我想要自己成為你的唯一。

我痛恨那個人因為病情，成為你最關心的人。還可以抱持對你的愛意，正大光明占據你一部分的人生，成為你永遠的朋友。

手機再度震動，這回鍾子悅直接關機。

他知道鍾子悅關機是顧及自己感受，然而在這令人窒息的空白裡，每一秒鐘都煎熬無比，陳澤良的內心不斷酸楚冒泡，慢慢淹沒眼眶。

陳澤良哽咽，「如果生病的人是我，你會比肯恩更在乎我嗎？」

彷彿聽見有東西斷裂的聲音。

鍾子悅臉上浮現不可置信的神情，「你在說什麼啊？」

陳澤良瞬間覺得眼前一片黑暗，無地自容。

完了。

這幾個月，無論他藏得多深，終究還是忍不住把最醜陋的那句話說出口了。

陳澤良好羞愧，倉皇轉身離開。

他想，這次鍾子悅應該不會再追上自己，討好地安撫自己了。

第38章 旁觀者

陳澤良從沒想過，自己一天內會對鍾子悅甩門而去兩次。

午夜的市區道路上依舊熱鬧，陳澤良漫無目的徒步往前，他的眼前視線一片模糊，而他也懶得遮掩此刻的狼狽。

帶著自暴自棄的心情沿著公車路線走著，陳澤良在夜晚的風裡掉眼淚。手機響起，他快速查看，是宋純亦。

盯著震動的手機，內心想的卻是另一個讓他抽痛的名字。

難受地吞下失望的心情，他接起電話，「怎麼了？」

「……你的聲音有點奇怪欸。」對方一如以往開朗，「兄弟，最近好嗎？」

好嗎？怎麼可能。陳澤良沒回應，宋純亦彷彿已經明瞭，「喔，看來不是很好，沒關係，我是來分享一個好消息給你的～」

「嗯？」

「我老婆懷孕啦，我要當老爸了！」

「喔。」

「欸不是，你也太冷靜了吧，我前幾天聽到，當下還哭了咧。」

「恭喜你，但我現在沒心情。」

「跟子悅哥吵架了？」

「……」

宋純亦不斷追問事情來龍去脈，陳澤良簡短地告訴他最近這幾個月所發生的事情。

宋純亦那端安靜一會，而後說：「陳澤良，沒想到你有點可怕耶。」
「？」他怎麼就可怕了？
「你啊，把對那個生病的人的情緒投射到貓上了，你只是想展現自己的占有欲，但貓是無辜的啊。」
「子悅哥保留項圈純粹是覺得貓習慣了，跟是誰給的項圈無關——我們姑且這樣假設。你不尊重主人的意願把項圈換掉，就像沒問過人家父母，就亂幫別人小孩換髮型一樣。」
陳澤良一愣，沒想到宋純亦也認為是自己的不是，句句精準直戳他的心窩。
「該怎麼辦？」
「唉，就道歉吧還能怎樣？誠心跟子悅哥坦誠，說你太情緒化了，不是故意的。」
陳澤良吸著鼻子聽，想起肯恩又有點不甘心。
「你現在是不是在想，為什麼是你道歉，明明先下馬威的是生病的那個人？」
「……」果然是認識多年的好友。
「陳澤良你很笨耶，還國考榜首，真的是笨到家！」宋純亦恨鐵不成鋼的語氣聽起來很討人厭。
「你想一想，道歉不代表『輸』好嗎？子悅哥那麼愛你，你早就『贏』那個人三輩子！那個人喜歡子悅哥又怎樣？對子悅哥而言，『就只是』永遠的朋友！你道個歉、撒個嬌，反而顯得你很懂事，讓子悅哥更愛你，這樣不是很好嗎？這就是以退為進！」
他的話彷彿是突破厚重雲層的一道曙光，在心事重重的壓境烏雲中殺出一條重圍，瞬間照亮陳澤良原本陰鬱的心思。
「什麼時候道歉……比較好？」
「當然是越快越好啊，這種事拖久了就會有心結。」
「我知道了，謝謝你。」
「還有，你是不是很少對子悅哥講自己的想法啊？」

陳澤良不懂為何宋純亦這麼說。

「從你剛剛的敘述，感覺你經常把話悶在內心，難怪子悅哥不知道你的想法，只看到你不斷鑽牛角尖生氣，子悅哥不會通靈，沒有義務要讀懂你的心聲喔。」

宋純亦這個直男，明明讀空氣的能力很差，這種時刻卻出乎意料地精明。

陳澤良反思與鍾子悅的相處，一直以來都是鍾子悅分享得多，自己說得少。因為他一直依賴著鍾子悅，覺得對方能讀懂自己所有的心情。

交往前，那個承諾過要給鍾子悅的一百分，也還沒正式地告訴鍾子悅。

交往到今日，他似乎連「我愛你」都沒說過。是他失職在先。

陳澤良經過宋純亦這旁觀者的開導，心裡有些釋懷了。

結束通話，他迫不及待在路邊撥打另一通電話，對方沒接。他不氣餒傳了訊息過去，先是為自己的無禮道歉，好聲好氣問對方週末有沒有空，想約出去走走。

從深夜到白天都沒有回音，直到深夜再度來臨，對方才傳了一個「好」字。

一整天懸在半空的心，終於安定下來，陳澤良鬆了口氣。

第39章　一百分的那天

那是個春天尾端的尋常午後，天空有大塊的雲朵，不確定會不會下雨。陳澤良與鍾子悅約在郊區堤防公園見面，這裡可以看見河流入海，遼闊的視野解放水泥叢林的擁擠，讓人心情舒暢。

陳澤良提早二十分鐘就到了，他看著鍾子悅下車，戴著墨鏡的他，撥弄被風吹亂的頭髮，展露淺淺的笑容，陳澤良覺得自己臉紅了，好像在跟一個全身都在發光的偶像約會。

陳澤良忽然說：「那天是我太過頭了，對不起。」

鍾子悅輕輕地說：「沒關係。」讓他放下心中大石，鬆開出汗的手心。

他們在堤防散步，走到一半陳澤良的鞋帶忽然掉了，鍾子悅沒有遲疑，立刻蹲下身幫他綁鞋帶。這雙鞋從大二第一天穿上，就不曾掉過鞋帶，在這一刻忽然鬆脫，不太尋常。

陳澤良心跳漏了一拍，某種強烈卻無法言說的直覺在心裡翻滾著。

陽光穿過淺灰的雲朵，照亮空氣中飛揚的塵埃，像糖粉一樣飄浮著。眼前的鍾子悅在陽光下看起來閃閃發光，好像魔法。

陳澤良想起他們第一次見面，鍾子悅也是這樣耀眼，整條街的焦點都在他身上。

看著看著就恍惚了。

鍾子悅幫他綁好鞋帶，轉身往前走，還沒發現陳澤良停下腳步。

他邊走邊說：「這裡很像我第一次帶你去的堤防，不過海岸的顏色不一樣，這邊比較偏灰藍色——」他的聲音被風吹得有些模糊，熟悉的木質淡香水與海的味道隨風而至。

一切都像慢動作，香氣、海風、鍾子悅隨風揚起的頭髮。他聽見鍾子悅開始哼歌：「無法抗拒……妳藍色的眼睛……」[9]聲音跟著風聲撫過他的耳朵，陳澤良覺得有些癢。不知是耳朵癢還是心癢。

鍾子悅從口袋裡摸出一顆巧克力，陳澤良喜歡的巧克力，鍾子悅總是常備在口袋裡，他把那顆巧克力鋁箔紙包裝拆下，幾乎是反射性動作遞給陳澤良。

這一刻，這一秒，這一切。天地之間都靜止，只剩下他們。那股預感越來越強烈，讓陳澤良揪緊了心，心跳的聲音劇烈到足以遮掩天地間所有聲響。

現在，就是那個「一百分」的時刻。

陳澤良含著糖，口齒不清地說：「鍾子悅。」

出於直覺，他摸上口袋裡的底片機，然後當鍾子悅回頭時，他按下快門。一個對自己微笑的鍾子悅，美好地永遠留在底片的時間裡。

陳澤良用相機遮掩自己已經紅透的臉，壯膽開口：「我愛你。」

同時，他看見鍾子悅那優美的唇形輕輕開啟，「我們分手吧。」

陳澤良以為自己聽錯了，放下相機，怔怔望著對方。

鍾子悅一語不發凝視陳澤良，此時陳澤良才發覺，從頭到尾鍾子悅戴著墨鏡，是為了掩飾墨鏡下的眼神。

陳澤良望著鍾子悅的側臉，愣愣地問：「為什麼？」

鍾子悅的語氣平緩卻哀傷，「我不確定我們適不適合，我累了。」

什麼意思？

他覺得自己的心正被慢慢撕裂。

9 展翼〈藍色眼睛〉（2004）。

陳澤良開口，哽咽而笨拙地為自己辯解著，「對不起，我知道我不成熟，我會改，我一定會變好——」

「你累了沒關係，我會努力愛你，讓我成為你的依靠，感情不就是要這樣互相支持嗎？」

良久，鍾子悅說：「這對你來說不公平。」

「你單方面決定分手，對我來說也不公平啊！」

鍾子悅定定看著他，眼裡有著不忍，陳澤良希望那不是因為自己看起來太卑微的緣故。

鍾子悅緩緩開口：「澤良，跟你吵架那一天，肯恩過世了。」

「就在我們吵架的時候，他們輪番打來電話，想通知我肯恩被緊急送入加護病房。」

「但我關機了，他們連絡不到我。」

「我趕到醫院的時候，肯恩已經意識不清，沒多久就離開了。」

陳澤良腦中一片空白，原本想說的話，都被這個訊息轟炸成一片焦土，雙唇開開闔闔，不知道該說什麼。

鍾子悅因為他沒接到肯恩的最後一通電話。

都是因為他。

陳澤良忽然眼前一陣暈眩，世界，彷彿正在一片片瓦解。

鍾子悅眺望遠方的出海口，說：「他痛苦了這麼久，離開也是解脫，我也早有心理準備了，只是沒想到這麼快。」

陳澤良說：「我很抱歉……」

他們好一會沒說話，陳澤良卻覺得絕望已經溢滿胸膛。

陳澤良的眼淚終於奪眶而出，「……你是不是，永遠不會原諒我了？」

「我沒辦法原諒，最後不在他身邊的自己。」

鍾子悅揚起一個苦澀的笑容，那讓陳澤良心碎。

「我覺得，這邊空了一塊，好像，沒辦法像以前那樣跟你相處了。」鍾子悅指了指自己的心臟。

陳澤良覺得自己的心也跟著疼痛起來。

都是他害的。他才是那個殺死這段感情的凶手。

眼淚從眼裡失控地溢出，鍾子悅輕輕為他擦去，然而動作越是溫柔，陳澤良哭得越凶。

曾經他一哭鍾子悅就慌張失措，而現在，他知道對方已經不會再為此觸動了。

他努力想看透那哀傷笑容下真正的心情，那雙眼睛曾經有過真切的情意，如今除了一張皮笑肉不笑的臉，儘管就在眼前伸手可觸，其餘的感情像是被藏入拒人千里之外的深海，難以靠近。

陳澤良知道那裡面，沒有自己。

來不及了嗎？已經來不及了嗎？

就在他決定要成為一個更好的戀人的時候。

終於給出一百分的那天，鍾子悅離開了他。

「求求你，不要恨我。對不起。」陳澤良的訊息這麼寫。

鍾子悅關掉螢幕，看向粉色花海中的遺照。今天是儀式的最後一天，他來送肯恩最後一程。

麥、小灰與利夏忙著接待來賓，而他對著夾道的弔唁花禮發呆。想起店內的每週花束都是由肯恩親自挑選，現在這些花的樣子與配色，肯恩必然不滿意吧。

鍾子悅最後一次見到肯恩清醒時的模樣，應該是他帶著陳澤良與肯恩聚會那天。後來，陳澤良怒氣沖沖離去，肯恩依舊如常閒聊。聚會結束他們準備回家，肯恩在門口對他說了最後一句話——是什麼來著？

這幾天他很努力回想，記憶裡的肯恩開了口，卻宛若按下靜音鍵。

那句話到底是什麼？

來弔唁的都是朋友，肯恩很久以前就與原生家庭斷了連絡，這個在殯儀館舉行的葬禮，由麥以家屬身分一手包辦。

流程走到親友拈香，輪到他朝肯恩照片鞠躬時，他覺得這一切就像排練演出假到不行。要是肯恩看見了，一定會冷冷地說：「你的表情比死人還難看。」

想想也是，他盯著肯恩的照片，一滴眼淚都沒有掉。

儀式結束，將靈柩送往火化場。火化時，小灰與利夏交錯嘶吼著：「肯恩，火來了快跑啊！」

麥淚流不止，只能擠出：「恩，快跑……」

鍾子悅一句話都喊不出來，他覺得一切都很荒謬。從火化爐推出的肯恩變成了一盆細碎的物質，然後被裝進罐子裡。好好一個人，就這樣消逝成一堆雪白的碎片。

沒想到只需要七天，就能告別一個人的三十八年。

開車到山上的納骨塔，麥捧著罐子走在前頭跟著法師，他們在後亦步亦趨一起把骨灰護送到納骨塔的晉塔聽。這廣大的廳堂中央端坐一尊金色地藏王菩薩。兩邊是白色大理石牆，過於華麗的頂燈與莊嚴形成弔詭的對比。

偌大的廳堂只有他們幾個人，法師誦經的聲音低沉近乎呢喃，每一個音節都反彈到這四面輝煌的光滑牆面上成為回音，整座建築轟鳴作響，像一座巨大的音場。

鍾子悅覺得耳朵被塞滿聲音，眼前卻又說不出的冷清。

還是，想不起來肯恩說了什麼。

他越是想不起那句話，那句沒有聲響的話語就像是白蟻，把他的內心蛀出一個個孔洞。

肯恩的骨灰罈被放入塔位，最後拜別亡者，他們收拾祭品，帶著紙錢要去金銀爐燒化。鍾子悅看著肯恩被留在那小小的格子裡，有種說不出的怪異感覺，好像這一切只是一場表演。

如同以往，在肯恩家的聚會要結束了，大家臉上帶著微醺的醉意各自離場。明天上班，鍾子悅還是會在店內看到肯恩站在櫃檯，為花瓶插上新鮮玫瑰花。

可是這次，那句「明天見」該向誰說呢？

以後想要聊垃圾話，撥打過去的號碼只有忙音時，他該怎麼辦呢？

鍾子悅感受到自己被巨大的虛無籠罩著。

離開靈骨塔，山上起了大霧，利夏與小灰兩人一組都順路，先行離去。他跟麥各自開車下山，在停車場的角落抽菸時，麥走近，拿著兩個信封給他。

「這是肯恩要留給你的信，很久以前他就寫好了。」

鍾子悅接過信封的手微微顫抖，上面寫著數字一與二。

麥說：「肯恩說，編號一你可以現在看，編號二你一年後再看。」

麥轉身邁步離去，鍾子悅開口：「你為什麼要對不起他？」

那個瘦弱的背影停下腳步，而後繼續往前，沒有回應他。

鍾子悅朝那背影怒吼：「你為什麼要對、不、起、他？」

他聲音沙啞，吼完後胸膛劇烈起伏。

麥倏地轉身，充斥血絲的紅眼睛瞪著他，「鍾子悅，你知道嗎，我大可以把肯恩給你的信燒掉！」

鍾子悅瞬間大怒，「你威脅我？你憑什麼燒他給我的信啊！」

「憑我恨他！」麥向來平和無波瀾的神情，此刻眉頭糾結，一臉痛苦地回以嘶吼：「我有多愛他，就有多恨他；我有多恨他，就有多愛他！」

那語氣中強烈的痛楚，讓鍾子悅一愣，看著麥握緊拳頭大步離開，山上泛起的霧氣迅速吞沒他的身影。

開車返回市區的路上，雨勢開始變大，擋風玻璃上流淌著一道道小溪流，雨刷規律地擺動著掃開匯聚的雨水，市景在眼前時而被水流扭曲，時而清晰。

停紅綠燈的時候，鍾子悅瞥一眼副駕，肯恩的信還躺在座椅上，信封使用他們品牌官方式樣，紙上還有品牌LOGO。

鍾子悅拿起編號一，信封上淡淡花香縈繞鼻尖，那是他們最熱賣的女性淡香水。

他靠路邊停車展信閱讀，車內廣播響起全年熱播的甜美旋律，女歌手悠揚的歌聲混著雨聲，勾出所有回憶。

「我聽見雨滴落在青青草地，我聽見遠方下課鐘聲響起，可是我沒有聽見你的聲音，認真呼喚我姓名……」[10]

鍾子悅想起肯恩灑錢給街頭藝人，要求他們停止演奏聽到快耳爛的〈小幸運〉，他永遠記得肯恩臉上那既厭世又囂張的神情，記得那一晚的信義區有多魔幻。

肯恩，現在讓我聽見這首歌的你，是故意的吧？

儘管雨水模糊了眼前視野，鍾子悅忍不住趴伏在方向盤上，笑到全身顫抖無法停止。

嗨，鍾子悅，認識這麼久，第一次寫信給你的感覺很奇怪。

很抱歉我對陳同學有些機歪，也很抱歉我對你以往交往過的人都很機歪。

我真心希望你能夠遇到對的人，現在我應該沒辦法考驗陳同學了，但願他能經得起時間的考驗。

希望你愛一個人，不要留下遺憾，像我一樣。

就當作是我的遺願吧。

不要為我難過，我肯定比現在快樂多了。

P.S. 幫我看一眼塞納河，是不是跟當年一樣？

肯恩

春天即將結束，鍾子悅搭上往巴黎的班機，開始為期一年的培訓。

10 田馥甄〈小幸運〉（2015）。

二零一八 夏

第41章　留下來的人

下班時間已到，陳澤良踏出大樓時發現天還是亮的，晝長夜短的夏日，給人一日未盡的錯覺。微亮的天色讓陳澤良害怕，像是大量的漫長空白迎面而來，等著他填補。

馬路上的車輛與行人不斷流動，他們的腳步那麼急促，片刻都不能耽擱。陳澤良羨慕他們都有目的地，他像個城市遊魂，渴望自己也有歸處。

法國的時間比臺灣慢六個小時，現在日正當中，不知道鍾子悅的午餐吃什麼？他來到麵攤，現在的小端可以獨當一面掌勺，率先夾了一顆溏心蛋給他。

「澤良哥，這是我自己做的麻辣溏心蛋，請你吃吃看。」

「謝謝。」

才過兩年，眼前的少女已經抽高不少，她的頭髮比以往稍長一些，可以紮個短馬尾的程度。在麵攤幫忙的經驗讓她益發落落大方，不再是那個怕生的小孩。

小端圓亮的大眼盯著陳澤良，像是有話想說。

陳澤良說：「溏心蛋還不錯。」

小端抿了抿唇，開口：「我跟外婆有段時間沒看到子悅哥了……」

「兩個禮拜前他去法國進修了，要去一年。」

「原來如此。」

「然後，我們分手了，現在是我單方面在挽回他。」

小端震驚地睜大眼睛，「怎麼會這樣？」

陳澤良一頓，說：「我也想知道為什麼……」

小端看起來不知道該說什麼，陳澤良見她如此慌張，反倒安慰她，「別擔心，我正在努力中。」這話自己聽來都氣弱。

他脫口而出：「我要一碗榨菜肉絲麵，一碗餛飩乾麵。」點完後才想起，那個愛吃餛飩乾麵的人不在身邊了。

陳澤良拍了一張自己點的兩碗麵，習慣性寫了一段話給他。

「子悅，下班後我去了麵攤，不小心多點了一碗你常吃的餛飩乾麵，吃這家麵店這麼久，我從來沒點過榨菜肉絲麵以外的品項，我覺得滿好吃的，難怪你喜歡。」

「在巴黎吃得到餛飩乾麵嗎？」

你曾經說過一個人吃麵很寂寞，現在我懂了。

陳澤良加上這句話，而後刪去。然而把一整句話刪除後的失落感，讓人感覺更寂寞了。

那一端已讀，但沒有回。他的訊息像朝著黑暗的曠野投出一顆石頭，漆黑中只有石頭落地的回聲。至少對方沒封鎖自己，還有看見訊息，陳澤良安慰自己。

他低頭吃著餛飩乾麵，吃著吃著，抬起頭，對座無人。

以往只要十分鐘就能嗑完一碗麵，陳澤良卻花了快一小時。肯定是因為辣椒太辣吧，以至於他每吃幾口，得不斷地用面紙擦拭著，糊成一片的視線。

麵攤正逢尖峰時刻，幾張桌子都被占據。陳澤良身邊雖有空位，但他的神情讓人不敢靠近。此時他瞄到一個面熟的人正在找位置，陳澤良停機的腦袋遲鈍地運行，想起那是肯恩的另一半，麥。

他們曾有過兩面，不，若把巧遇麥出軌那次也算進去的話，他們有過三面之緣。聚會裡，那個男人總是像影子般跟著肯恩，長相普通得讓人一眼就忘，幾乎沒有存在感。

麥獨自一人來吃麵讓他有些詫異，他以為麥會帶著出軌的對象現身。

可能是陳澤良的視線停駐太久，麥搜尋位置的目光與他交錯，麥朝他點頭致意。

陳澤良只得跟著回以點頭，麥走過來問：「請問這裡有人坐嗎？」

他正收拾包包準備離開，麥忽然說：「不好意思，你可以陪我一下嗎？」那語氣像易碎物，讓拒絕變得過於殘忍，陳澤良坐回位上。

「謝謝。」麥輕聲說，鏡片後的眼神疲憊不已。

陳澤良不知道能與這個人聊什麼，只要是不熟的人靠近自己，他就會焦慮。

「聽說鍾子悅去法國了？」

「嗯。」

「真好啊……」麥低吟，「真羨慕他可以離開這裡。」

陳澤良只能說：「節哀。」

麵來了，麥還多點了瓶蘋果西打，小端順便送上兩個玻璃杯，她偷偷瞄了眼這個面生的男人。

麥沒有動筷子，凝視著眼前陽春麵，像是在等降溫。

他說：「你也知道，我跟小Q的事吧？」

小Q，陳澤良的同學，也是他們那天在麵攤目睹跟麥出軌的對象。

陳澤良點點頭。

「是我的錯，一次傷害了兩個愛我的人。就算我跟肯恩有過協議要保持開放式關係，但我還是對不起他。」

陳澤良看著麥布滿血絲的眼睛。

「肯恩喜歡鍾子悅，喜歡十年了，直到最後一刻。」

陳澤良一愣，麥慘烈一笑，陳澤良忽然無比同情這個男人。

「你現在這種表情，也是我不太想把這件事說出口的原因。」麥苦笑說。

「……抱歉。」

「沒關係，都結束了，不管是我還是他。」

陳澤良想問他為什麼要把這些事告訴自己，話在嘴邊徘徊後還是吞下，麥的狀態，像是整個人的身心乃至靈魂都在枯萎中，如果不找個地方抒發些什麼，他會一點一滴消亡。

麥從口袋掏出一盒寶亨，點了一根。「抽嗎？」

陳澤良搖頭。

麥點菸，看著指尖上的紅光。「其實，肯恩跟我提過好幾次分手，最終他發現自己無處可去，還是回到我身邊。你知道為什麼肯恩不告白嗎？」

「他說，這樣可以一直當鍾子悅的好朋友。」陳澤良說。

「真正的原因是，他不能接受自己被拒絕。」

麥徐徐吐出一團雲霧，用指腹輕輕摩挲菸身，像是在惦量什麼。「肯恩是一個把自尊擺得比什麼都高的人，他知道鍾子悅對他不會有友情以外的感情，這件事對他而言，就是完全否定他的愛情，他不能接受。不如當他永遠的好朋友，就可以理直氣壯干涉鍾子悅的每段戀情。」

「每一段？」

「每一段。」

陳澤良想起鍾子悅說過的前男友，那個不愛貓愛吉娃娃的，莫非分手也有肯恩的因素在裡面？

他沒有追問，已經沒有意義了。

說也奇怪，明明深受其害過，此時聽來又遙遠得像是發生在別人身上的事。

「現在肯恩離開了，他再也不能介入你跟鍾子悅了。」白色的輕煙散逸在夜晚裡，陳澤良努力壓制湧上眼眶的熱意。「可是，子悅他……已經不會再對我笑了……」

麵攤裡，阿姨煮麵的蒸氣飄散，油蔥香氣混在夏夜晚風裡，這一刻，陳澤良好想他。

麥安靜一會兒，看著他手腕上的黑色皮手鍊，說：「你還有時間。」

「看看我，已經不可能再挽回什麼了。而你，還有時間，怎麼能現在認輸？」

怎麼能現在認輸？這句話像顆小石頭，扔進陳澤良的心湖，泛起一陣激盪的漣漪，一圈圈地蕩漾。

麥望著陳澤良離去的背影，倒了兩杯蘋果西打、點了根菸放在桌邊的空位上。

菸末端星火在夜裡閃爍。

「我這麼做，你肯定會生氣吧？你賭他不是鍾子悅的真愛，我偏要賭他就是，看看誰贏？」

「沒想到，你都走了，我還在跟你作對。」

麥抹了抹臉，拿起玻璃杯，輕輕碰了另一杯，發出清脆聲響。

「如果不爽我，就來我的夢吧。」

第42章　巴黎之夏

盛夏的巴黎，晚上十點才日落。

夏至音樂節乘著高溫從白日沸騰到夜晚，整個法國沉浸在樂音裡，每個人都像是醉了，在巴黎隨性閒晃，總能巧遇不同的演奏團體。無論男女老少都享受其中，來一段節奏就能起舞。全市浸泡在音樂裡，是巴黎街邊的夏日風景。

鍾子悅下班後沿著塞納河散步，派對般的氣氛瀰漫在空氣裡，他像個絕緣體淡定穿過這些歡樂，漫無目的走著。

剛認識肯恩時，他們偶爾會跟幾個臺灣朋友來塞納河散步，邊走邊亂聊。當時肯恩是精品店的正職店員，鍾子悅只是實習生兼研究生。還有其他幾個朋友，有的是住在巴黎，有的是短期派遣。團體內的人員來來去去，最終留下鍾子悅與肯恩。

而今他帶著肯恩的遺願來到這裡，此刻的塞納河與那一年有許多不同，他甚至可以對比出上百個差異之處，然而他知道，最美好的歲月已然跟著肯恩離去，只留下這具軀殼與破碎的心。

「你不在，怎麼可能一樣呢？」他望著河面閃爍的夏日餘暉。

手機震動，訊息來自時差快六個小時的臺北。

「**子悅，現在我這邊，也跟你一樣的天色，你是漸暗，我是漸亮。**」

鍾子悅一眼就看出這是從陳澤良住處的窗戶拍出去的榕樹，泛紫的天空裡幾縷雲絲帶著暖黃，是夏天清晨的顏色，現在那邊是凌晨四點。

依舊沒有回覆，把手機收進口袋。

他並沒有氣陳澤良，他只是，不知道要回什麼而已。

回了以後想必能引起陳澤良的喜悅，然後呢？

然後他們重修舊好，像以往那樣？

可是鍾子悅無法帶著空洞的內心去愛他，好像從肯恩離開的那一刻起，一部分的感知也被帶走了。

如今想起過去種種，越是甜蜜，越是感傷。

鍾子悅每天都有做不完的待辦事項、回不完的信件與學習。在總部學習行銷的感覺，像站在巨人的肩膀上綜觀世界，能參與更前端的策略討論，眺望更遠的品牌願景。他成為可以布局的人，而不只是被動地執行任務。

總部的同事來自各國，每個月的內部課程邀請同事們分享自己國家的文化或美食。鍾子悅分享臺北各大夜市，許多人居然都說自己去過，沒去過的也在國際報導上看過。

他的法國主管皮耶問：「臺北有沒有讓你印象深刻的地方？」

鍾子悅想了想，透過手機投影出阿姨的無名麵攤。

「這間麵攤從中午開始販售到深夜，在我的大學母校附近，最著名的是辣椒醬。」

「辣椒醬？」皮耶的眼睛一亮。「怎麼說？」

「在臺灣，要分辨一家麵攤夠不夠水準，從辣椒醬就可以知道。店家敢賣自己手工炒的辣椒醬，不僅是秀廚藝，更展現對料理的自信與品味。」

說著這些內容的鍾子悅，忽然有種奇異的感受，那些內建在靈魂的感觸像被按下開關，關於麵攤的回憶源源不絕流淌而至。

「看起來很美味！」皮耶盛讚，「一個城市的靈魂就在街邊小吃。」

「都是很平凡的味道，卻讓人覺得溫暖。」鍾子悅說。

一旁的泰國同事說：「因為有獨特的記憶在，所以特別美味吧？」

鍾子悅凝視那張夜中的麵攤照，好幾個熱氣蒸騰的夜晚，跟另一人對坐吃一碗麵的記憶，品味著每一刻的喜怒哀樂，恍若近在眼前。

下班後鍾子悅回到居所，週五的夜晚日本室友已經出門狂歡。同事們邀約他一起去跳舞，都被他婉拒了。晚上七點多，天還沒黑，白晝與夜色分界曖昧，他從窗臺遠眺一小角的艾菲爾鐵塔。涼爽的夏風吹動髮絲，他出門散步來到自己最喜歡的第五區，石板路上的每一步都是百年的足音迴盪，就像走進巴黎的歷史裡。

經過準備打烊的莎士比亞書店，眾多的影迷與書迷們搶著留影紀念。拐著彎走往人少的巷弄前行，沿途的酒吧與咖啡館正歡騰，塞納河畔樂音飄揚，天色越暗，燈火越是迷醉紛呈。

他想起《愛在日落巴黎時》上映時，自己十七歲，對巴黎有著美好的幻想。沒想到三十二歲的自己會短居於此，尋常週五的夜晚在巴黎街道上漫步。

曾經覺得巴黎就是人生至高無上的嚮往，此刻他卻覺得心裡空了一塊。這種空洞感從何而來呢？做自己喜歡的工作，過自己夢想中的生活，為什麼會強烈的失落？

經過街邊餐館，一對愛侶正在露天座位上，情話綿綿地共進晚餐。

此時，手機震動，一張照片傳來。

那是有點顆粒感的畫面，唯有透過底片機，才能細膩地呈現那瞬間的空氣。

照片裡，他與陳澤良在麵攤轉角的老位置，白鐵桌面上的兩碗麵一定是餛飩乾麵與榨菜肉絲麵，還有一些小菜。他對鏡頭露出燦爛的笑容，而旁邊的陳澤良正在偷瞄他，就是那麼巧，捕捉到陳澤良偷看他的那一瞬間。

那時，他們第一天交往，所有不言而喻的情感與回憶，都在這瞬間躍然紙上。

「子悅，照片洗出來了，我覺得阿姨拍得很好。」

鍾子悅不自覺脫口而出：「我也覺得。」才發現自己自言自語了。

陳澤良傳來，「我很想你，我想見你。」

鍾子悅凝視那一行字，如冰湖般死寂的內心，好像被這八個字強硬地撬動，在內心不斷來回敲打著。他再也無法淡定地散步，腳步越來越急促，像想要甩掉什麼念頭似的越走越快，然後他開始奔跑，在河畔的堤岸道路上無止盡地奔跑。

直到心跳劇烈到快從胸口跳出來，喘得一句話都說不出來。

那首歌的前奏在腦海中不斷播放，女歌手近似呢喃的兩句，格外像此刻的畫外音，無數湧動糾結的心緒讓他慌張。

「只剩思念，忽明忽暗，不再那麼喧嚷，卻不代表已釋放……」[11]

11 蔡健雅〈深信不疑〉（2006）。

第43章 巴黎假期

想見他。這個念頭，從陳澤良得知鍾子悅要去巴黎那一刻起，就在心底開始孵化。

正因為鐵了心都想見他，因此就算如今處在被分手的尷尬狀態，陳澤良還是想去見鍾子悅一面。

肯恩告別式那天，他在鍾子悅家門前等到深夜，才看見鍾子悅自電梯走出，身上散發酒氣。好幾天不見，戴著墨鏡的鍾子悅對他說的第一句話是：「你怎麼上來的？」而後想起之前拜託過他在自己出國期間幫忙照顧胖橘，先給他感應卡與鑰匙。

鍾子悅冷冷地說：「請把感應卡與鑰匙還我。」

陳澤良眼眶泛紅，僵持了一下，看著鍾子悅益發沉重的臉色，默默交還。

鍾子悅接過後不再理會，感應後轉動門把。陳澤良急著說：「……你罵我吧！或是揍我也可以……我不想失去你……」

他看見鍾子悅的背影一頓，像是被什麼東西壓上，肩膀彷彿垮了下去，「澤良，離開吧，好嗎？現在的我們，不適合。」

「子悅，回頭看我，好嗎？」陳澤良快哭出來了。

鍾子悅把頭抵在門上，語氣疲憊，「我今天非常難過，讓我靜一靜，好嗎？」

「你可以依賴我，我、我會當你的樹洞——」

「陳澤良，我們就到這吧。」鍾子悅背對著他說：「不要逼我說更難聽的話。」

鍾子悅的語氣像冰刃，刺得陳澤良眼眶跟心裡都在發疼，他有預感，要是自己就這樣轉身離去，鍾子悅也會頭也不回地進房關門。

然後，他們就沒有然後了。

陳澤良鼓起勇氣，「我、我希望你記得……我會陪著你，等著你。不管你之後要去法國還是哪裡。」

鍾子悅終究是關上了門，在那一瞬，陳澤良看見鍾子悅抿緊了向來總是優雅上揚的唇角。

陳澤良沒有去送機，那天他有很重要的工作得完成，但他一邊關注起飛時間，一邊傳簡訊給對方，想當然爾對方沒回應。

不是沒想過放棄，但倍感挫折的時候，他在麵攤遇到麥。

麥說，怎麼能現在認輸？

就算要死心，他也要當著面聽對方說。

陳澤良上網訂好飛往巴黎的機票，然後向主管請了一週的年假。主管是個兩鬢灰白的和藹男子，拿著老花眼鏡端詳假單，說：「阿良你工作時太緊繃了，放個假也好，要去哪玩呀？」

「巴黎。」

辦公室內，好幾道目光瞬間朝向陳澤良。

「巴黎？」主管又重複一次。

「嗯。」

陳澤良回座位，左右兩邊連同對面的同事，都興奮地問：「你要去巴黎旅行？好好喔，跟女朋友去嗎？」

「不是，找朋友。」

忽然變成焦點中心讓他很不習慣，一旁的女同事熱情地說：「阿良，我之前蜜月跟老公去，有一家很讚法式餐館，等一下把資訊給你，那家超好吃、氣氛也很好！」

陳澤良此時才想起，去巴黎的目的除了見鍾子悅外，其餘行程完全沒規劃。胡亂整理了同事給的推薦景點，先把消費行程刪除，留下比較經濟實惠的觀光景點參訪。他本意不在旅行，甚至少點開銷更好。

他跟宋純亦說要去巴黎，宋純亦在電話那邊沉默，陳澤良聽見可兒問怎麼了，宋純亦回：「陳澤良要去巴黎追愛。」

可兒的驚呼聲透過電話傳來還是很驚人，陳澤良拿離耳朵以免耳膜破裂。

「陳澤良好屌！不虧是雙魚座！宋純亦你看看人家多浪漫——」

可兒瞬間忘記與陳澤良的恩怨，一個勁地讚美陳澤良勇敢。

宋純亦拿著電話走到另一個房間，哀嚎：「兄弟，我被你害慘了，現在我老婆心裡只有巴黎，其他的她都看不上眼。」

陳澤良說：「我第一次出國，有點緊張。」

「哇賽，第一次出國就去巴黎，厲害！會講法語嗎？」

「不會。」

「你慘了，聽說法國人不喜歡講英文。」

「……」

「不鬧你，欸，這種千里追愛的劇情，不是每個人都可以像電影一樣那麼順利，你做好心理準備了嗎？」

陳澤良握緊手機，「我知道，可是我沒辦法在這邊等，等他一年後回來，早就忘記我了。」

陳澤良收拾行李，凝視床頭那張洗出來的麵攤合照，像是護身符小心地把照片放入行李箱夾層。

飛了八個小時到杜拜轉機，而後又飛了七小時，終於抵達戴高樂機場。中間他看了《愛在黎明破曉時》以及《愛在日落巴黎時》，越看心情越鬱悶。

出海關後，盛夏熱浪迎面而來，幸好沒有臺灣那麼溼悶。陳澤良搭上區域快鐵前往市區，周邊都是聽不懂的各國語言交雜，他依循 Google map 再轉地鐵線，終於抵達旅館所在的十五區。抵達目的地，下了地鐵，走到街上時還沒有置身巴黎的真實感。

櫃檯 Check-in 後，扛著行李上樓。站在房內的窗前靜靜瀏覽街景，古典優雅的建築物櫛比鱗次，腳底下是石板路。氛圍、語調、還有色彩。

在這個陽光盛放的國度，陳澤良覺得巴黎的一切都很鍾子悅。

他翻閱鍾子悅最近的動態，看見他十分鐘前被 tag，好像跟同事們聚餐，位於聖馬丁運河旁的餐館。

陳澤良搜尋交通路線，從這邊過去也要四十分鐘，不假思索背起包包出發。

今天的內部訓練輪到主管皮耶，地頭蛇直接帶領同事們離開辦公室，來到自己最喜歡的聖馬丁運河附近的餐館。沒有精美的裝潢，甚至水泥地面與木頭餐桌略顯風霜，用餐空間內卻人滿為患，光是聽見歡騰笑語便能感受顧客對食物的喜愛。

他們在戶外座幾張小圓桌併攏就坐，皮耶為大家推薦他最喜歡的餐點，點了幾瓶紅酒，一邊啜飲一邊愜意聊天。

鍾子悅神色如常跟同事們聊天，忍不住拿起手機查看。

「放下工作吧，沒有什麼比美食更重要的。」皮耶揶揄。

鍾子悅心虛一笑，他並不是為了工作才看手機。只是有些不習慣兩天沒有陳澤良的訊息。

他喝了一口紅酒，口腔內的液體與脆皮烤豬的炭香形成協調的氣味。不知道是不是有點醉了，他好像看見陳澤良的身影出現在對街。

那是一名亞洲旅客吧，背著背包在找路的樣子。

正午的陽光緩緩爬移到他的身上，照映在黝黑的肌膚上，腿與手臂的線條結實美麗。他的手上，有著黑色皮製編織手鍊，那是鍾子悅送他的生日禮物，好好地繫在手腕上。

鍾子悅對自己一瞬間的動搖感到無奈，他又低頭喝了一口酒，看見那人墨黑的雙眼定定地凝視自己，他的目光，筆直地像支箭，穿越車潮與人群，精準地戳進自己的心底。

那個人朝自己揚起嘴角，露出他不擅長卻努力擠出的笑容。鍾子悅覺得心裡酸酸的。

第44章 Just in time

「你……」

「我想見你，所以就來了。」陳澤良說。

「……」

鍾子悅感受到一旁同事探詢的目光，對陳澤良說：「我現在很忙，下班後再連絡你。」

陳澤良欲言又止，吶吶地說：「我、我剛剛坐地鐵的時候遇到扒手……整個錢包都被偷了。」

鍾子悅一愣，急問：「護照還在嗎？」

「還在，只是現鈔跟信用卡被偷了。」

「發生什麼事了？」皮耶忽然插嘴。

鍾子悅快速地以法文解釋了一遍，皮耶瞭然點點頭，「很遺憾得知你朋友遇到扒手，既然他從臺灣遠道而來看你，下午就休假陪他去逛逛吧。」

其他同事也紛紛勸著：「就休假吧，我朋友要是來找我，絕對超開心的！」

陳澤良用一種小狗似的眼神看著他。

皮耶問：「你朋友吃午餐了嗎？要不要跟我們一起吃？」

鍾子悅一嘆，問陳澤良：「你吃午餐了嗎？」

對方搖頭。

其他人見狀熱情地騰出鍾子悅旁邊的座位，邀請陳澤良加入。

陳澤良赧然入座，服務生遞上餐盤與空酒杯，立刻有人往杯裡倒紅酒。

皮耶開心道：「吃過這家餐館的料理，就等於一腳踏進巴黎了！」還向服務生加點。

陳澤良夾在一群不同膚色人種之間，溝通都是英文與法文飛快地交雜，他只能從英文中領略對話。聽著鍾子悅流利地切換不同語言，參與討論，陳澤良覺得他的聲音莫名悅耳，比那些老外還好聽。

「你是做什麼的？」一旁鬈髮黑人男性問。

「我目前在政府機構擔任植物防疫工作。」

男人挑眉，「酷，那你一定是植物專家？你得瞧瞧巴黎植物園。」

「我有安排這個行程。」

「雖然巴黎植物園是觀光景點，但我真的很喜歡那裡！植物有種讓人心情變好的能量。」

也許是終於找到鍾子悅讓陳澤良放下心中大石，也或許是切換成另一個語言讓他不尷尬，陳澤良難得與初次見面的人聊得這麼放鬆。正當他要喝起第二杯紅酒時，一隻手按住了他的手腕，鍾子悅輕聲對他說：「喝太快了，會醉。」

陳澤良臉上一片炙熱，心跳飛快。

午餐行程結束，同事們一臉滿足地準備回辦公室。鍾子悅與陳澤良往另一個方向，他帶著陳澤良在聖馬丁運河河畔走走，也順便讓陳澤良頰上的醉意揮散。

梧桐綠蔭綿延的河畔，浮動的光影從樹葉縫隙落下，在鍾子悅身上落下光的斑點。陳澤良偷瞄身邊的鍾子悅一眼，又迅速收回目光。

他們肩併著肩散步，好像是很久以前的事了。

鍾子悅的聲音響起，「你有備用的現鈔或信用卡嗎？」

陳澤良隨即回：「有，放在旅館裡。」

「那就好。」

兩人默默走了一段，陳澤良說：「謝謝你借錢給我，我回臺灣會還你。」

「你為什麼要來？」鍾子悅神情冷淡，是陳澤良看不透的思緒。

「……很想看看你。」

「看到了，又如何？」

陳澤良沒有回話，他墨黑的眼裡倒映著粼粼波光，有許多想傾訴的話語在流轉。最終只是吐出一句：「你好嗎？」

鍾子悅隨即答：「很好啊。」暗暗懊惱自己回答得太快，反而像逞強。

他領著陳澤良走到路口點了兩杯冰咖啡，鑽進小巷。而後抵達巴士底廣場，鍾子悅帶陳澤良搭乘公車。車子經過塞納河時，陳澤良專注看著遼闊的河面，想著這就是那個塞納河啊。

「這就是塞納河。」彷彿知道他在想什麼，鍾子悅說。

陳澤良點點頭，像個小孩鼻尖幾乎貼在車窗上。

過了河後，鍾子悅提醒：「要下車了。」順勢拉著陳澤良下車，陳澤良盯著鍾子悅抓著自己的手臂，心情倏地竄升飛起來。

他們似乎沿著一座大範圍的區塊柵欄外圍前行，柵欄內是廣大的園區，剛好有開啟的側門。鍾子悅拉著陳澤良進去。

他說：「這裡就是巴黎植物園。」而後意識到自己還拉著陳澤良的手臂，鬆開了手。

儘管眼前遼闊的綠意讓人心曠神怡，陳澤良還是感到失落。

鍾子悅說：「你不是說想逛嗎？」

原來是因為方才的對話，讓鍾子悅帶他來此。陳澤良原本低盪的心情瞬間又激動起來。隨著一個人的一言一行而起伏，這滋味實在糾結。

「謝謝。」陳澤良真摯地說。

他們慢慢從植物園外圍逛到主園區，經過充斥各色玫瑰園區，陳澤良停駐在黃玫瑰面前，對鍾子悅說：「第一次見到你，就是捧著一束黃玫瑰。」在暗夜的街道上格外醒目，像從廣告裡躍然而出的模特兒。

鍾子悅想起那一晚，陳澤良遞給他辣椒醬時，那一眼的驚鴻一瞥，世界就此無聲，只有看見陳澤良面無表情的臉。

他們逛到關園，鍾子悅帶陳澤良穿過巴黎第六大學，沿著塞納河漫步。陳澤良說：「你看過電影《愛在巴黎日落時》嗎？」

「當然。」鍾子悅說：「我們現在走的路線，就是電影裡主角走過的。」

「我覺得那部電影一點都不浪漫，反而寫實到有點殘酷。」陳澤良看著西提島上正在重建的聖母院，說：「九年沒見，他們都成為對世界失望的大人。」

「正因為如此，所以才可貴吧。」鍾子悅太喜歡那一幕，提及這部電影時必然會在腦海中播放。

「我認為他們在記憶裡美化了對方，所以才能對彼此如此坦承。」

「你是指，『喜歡的都是愛情的面孔嗎』[12]？」鍾子悅忽然提起蔡健雅的歌，陳澤良詫異對方還記得自己喜歡的歌曲。

「你還記得啊……」

鍾子悅安靜片刻，繼續並肩行走，而後在街頭停下腳步，「他們重逢的莎士比亞書店到了。」

他們在天光未暗的街，去書店旁的咖啡店再買一杯咖啡，移步到塞納河畔坐著看傍晚的天色。金色的夕陽讓河面閃閃發光，此情，此景，一切讓陳澤良覺得不真實。他想起電影海報，也是一顆金色落日，餘暉如絲線描繪傑西與席琳留戀彼此的臉。

他們尾隨著傑西與席琳的愛情，從塞納河畔此端走到彼端，彷彿一個下午就經歷了九年時光。與其說從美麗的風景裡感受電影，不如說是感受千迴百轉的人生。

12 蔡健雅〈無底洞〉（2005）。

接下來的週末旅行期間，他們走過鐵塔、羅浮宮與凱旋門。能夠正常交談就像普通朋友，然而每當他稍微提及兩人交往時的細節，鍾子悅就會沉默，在互動上拉開距離，明顯的退而遠之。

至少鍾子悅能與自己並肩而行閒聊，已是他夢寐以求，不虛此行。

他們之間的交談極少論及交往時期的事，多是圍繞在巴黎、電影與現在的生活。就像兩個關係還不錯的朋友久別重逢，每走一段路，好像能稍微走進鍾子悅的心裡。

陳澤良明顯感覺到，這是鍾子悅與自己達成的某種默契，以微妙的節奏在進退。

他知道，一切都還不是時候。

這些天鍾子悅對自己的禮貌與溫和，是良好的教養與過去的情分所致，不表示原諒。

而今所能做的，不是期望鍾子悅對自己展露笑顏，而是無論哭笑，始終如一的陪伴。

陳澤良搭週二中午的飛機離開，他們相約前一晚一起吃晚餐。鍾子悅下班後走到約定的路口，天空飄起雨。

鍾子悅臨時起意，問陳澤良要不要改在他家吃晚餐。

陳澤良一愣，欣然應允。他們一起去超市採購蔬菜與肉品，回到鍾子悅家，恰好他的日本室友也在，三人一團和樂地邊料理邊吃。

陳澤良沒有過往的緊繃與尷尬，儘管有些拘謹，依舊能與他們對答，有好幾度鍾子悅懷疑眼前人是真的陳澤良嗎？

「從第一天跟 Caro 住開始，我沒看過他有這麼開心的笑容，多虧有你。」室友說。

陳澤良一怔，鍾子悅喝口粉紅酒掩飾尷尬，「你怎麼知道我現在開不開心？」

室友聳肩，「這很明顯吧，每個人的氣場都有顏色，你剛來巴黎那幾個月是灰色。」

陳澤良問：「現在呢？」
室友仔細端詳，「現在是……彩色！」
鍾子悅不自在地直喊：「怎麼可能！」
室友神祕一笑，而後向他們告別回房準備就寢。客廳剩下他們兩人靜靜地喝酒，瞬間變得寂寥。
陳澤良凝視著鍾子悅，語氣輕緩，「我一直覺得，因為我面癱，沒有人知道我最真實的心情，只有你知道；我覺得，你也是如此。」
他一字一句說：「大家都只看到你的笑容，可是，如果可以，我想理解你的悲傷。」
如果沒有鍾子悅，他不會如此努力跨出封閉的界線，只為了成為更匹配得上對方的人。如果沒有鍾子悅，他還在自己的小世界裡故步自封，沒有勇氣面向世界的冷暖。
鍾子悅讓他快樂，讓他悲傷，讓他明白：陳澤良這個人，是值得被愛的。
鍾子悅怔怔看著陳澤良。
陳澤良認真的眼神純粹得像一束光，輕易突破塵封的心牢，一縷縷的光穿過縫隙，映入幽深的心底，炙熱得發燙。

二零一八秋

第45章　小吉

從巴黎回來後，季節邁入秋天，儘管臺灣每日都是飆破三十度的高溫。

陳澤良的生活依然上班下班兩點一線，去吃麵攤的機會少了，一方面是不順路，另一方面則是一個人吃麵太寂寞，他不習慣對面是空的，而無論是誰坐在那裡，都不可以。

回到天氣這麼熱，溼悶的天氣，讓社群上許多朋友紛紛借用網路名人素每的話：「都幾月了還這麼熱！」陳澤良不懂素每哏，只知道是激進派的反同人士，把天氣太熱歸咎於同性戀擾亂天象，荒謬的言論成為網路迷因。

最近這類人在街頭好像變多了，路口經常會看到幾個人在街頭發放傳單，高喊婚姻的核心是一男一女。

陳澤良大部分都是視若無睹繞道而行，某天他看見一個男人抱著一隻吉娃娃，跟那群人爭執。

那男人身高不高，穿著白色挖背背心，短褲下露出一雙白皙但有肌肉線條的腿，金色的短髮很引人注目。

「你們的神教你們的是愛還是恨？你們到底要守護誰的家啊？別人結不結婚到底干你們屁事？都幾月了天氣這麼熱，不就是因為你們這群妖魔鬼怪在作怪嗎？」金髮男高亢的聲音連綿不絕與發放傳單的群眾對嗆，雖然較為矮小，但砲火猛烈可謂舌戰群雄。就連他手上抱著的吉娃娃也不斷吠叫幫腔。

經過的路人圍觀，卻無人上前。陳澤良向來對這種衝突敬而遠之，直到他看見那群人圍著金髮男，開始推擠他。

陳澤良想也不想就上前，他一站出來就以高度散發無形壓迫。那群人的氣場被陳澤良高壯的身形壓制，仗著人多勢眾，一人一句壯膽，「他先惹我們的」、「同性戀就是社會的亂源啦」

陳澤良平時極少大聲說話，然而一大喊聲音傳遍周圍，「你們這麼多人欺負一個人，丟不丟臉？」搭配他的面無表情，不怒而威的霸氣讓鬧區頓時鴉雀無聲，就連吉娃娃也安靜了幾秒，隨後更加瘋狂地朝那群人吠叫。

金髮男也被如此威猛的音量嚇得一愣，而後像是找到隊友，自然地攀著陳澤良，對著那群人像機關槍般連聲大吼：「沒錯！這麼多人欺負我一個，我要報警！還要放狗咬你們！小仙女GO！」邊說邊舉高自己手上的吉娃娃，那群人猶如看見彈藥般往後彈開，邊罵「有病啊」邊離去。

金髮男還在那群人背後大喊：「你們才有病吧？我超同情你們！」

眼見金髮男的狀態，好像真的要出動手上那隻進入抓狂狀態的吉娃娃，陳澤良連忙拉住他，「好了，別浪費時間跟他們吵架。」

金髮男清清喉嚨，幾個深呼吸後，向陳澤良道謝：「謝謝你啊先生……」像是此刻才看清楚陳澤良的臉，男子羞澀地低下頭，「我今天運氣好好，被帥哥解圍了。」

金髮男子忽然逼近，瞪著他幾秒，「我是不是在哪邊看過你？我們認識嗎？」

看過此人潑婦罵街的本領，現在一臉羞怯的模樣讓陳澤良看傻眼。

陳澤良搖頭。

金髮男咬著唇，認真思考，不一會睜大眼睛，「你是不是有出現在鍾子悅的限動裡？」

陳澤良一愣，「你也認識他？」

金髮男摸了摸手上的狗，說：「幾年前，我跟他交往過，他是很棒的男朋友。」

陳澤良看著雙眼銅鈴般大的吉娃娃，熟悉的感覺席捲而來。

他想起來了，鍾子悅曾經說過自己有任對象無法接受胖橘，但一分手就養了吉娃娃。

「你就是那個，小吉？」

金髮男瞪大眼，「小吉？他這麼叫我喔？」嘟起嘴埋怨：「怎麼這樣啦，狗派錯了嗎？不過小吉聽起來也很可愛，算了原諒他。我叫阿因，因果報應的因。」

陳澤良萬萬沒想到，他會在這種場合遇到鍾子悅過去的交往對象，這個人的氣質與鍾子悅十分不搭，猶如平行時空。

「看什麼，看我美嗎？」阿因捧著臉，對陳澤良猛送秋波，惹得他倒退一步，「你跟鍾子悅怎麼在一起的？」

「那時頻率有對上，就在一起了。我跟他都很靠感覺的。」阿因笑了笑，「怎樣？我這一款，看起來不是他的菜嗎？」

陳澤良凝視對方良久，說：「因為你跟我，顯然是完全不同類型。」

阿因嘴巴微微張開，而後爆出驚人的「啊」聲，然後又「啊啊啊喔喔喔」連叫數聲，路過的人自動避開他們兩人繞道而行。陳澤良尷尬地撇開視線，假裝不認識眼前人。

阿因驚叫：「後來跟他交往的人，就、是、你！」吉娃娃跟著吠叫附和。

這是什麼局面，前後任相遇，還和平地一起喝咖啡？

星巴克內，陳澤良對座的人一邊吸著巧克力碎片星冰樂發出嗑碎冰的聲響，一邊打量著自己，那視線讓他不自在地別過臉。

顧慮著他們之間的關係，陳澤良不知該從何開啟談話。沉默讓氣氛有些壓迫，攪拌著冰沙，陳澤良內心正焦慮地想著聊什麼才適切。

阿因忽然開口：「我後來很少看鍾子悅限動，沒發現你就是他的新男朋友。」

「現在不是了……」

「你要不要來當志工？距離公投剩不到一個月了，我們缺人加入小蜜蜂的行列。」阿因沒理陳澤良的解釋，話鋒一轉就轉到不知何方。

陳澤良傻眼，「啊？」

「你有機車嗎？」

陳澤良點頭。

「很好，那你這禮拜六晚上有空嗎？」

陳澤良為難，「可是——」阿因打斷他，「加入我們，我就跟你分享，我跟鍾子悅交往時的細節。」

週六晚間六點，陳澤良與阿因還有另一名志工組成小蜜蜂，在某個紅燈長達九十九秒的路口行動。每當紅燈時，阿因隨即開始路口宣講，他與志工發傳單，開始了意外的週末行程。

第46章　在意

陳澤良很想知道，既然阿因覺得鍾子悅那麼好，為什麼不能克服貓的魔咒？

阿因對此只是聳肩，「沒心了，連貓都可以是理由。」他親了親吉娃娃的額頭，「小仙女才是我的真愛！」

這一幕讓陳澤良無語，「你是不是劈腿？」

阿因動作一頓，而後綻開笑容，「唉喲，有時候就是會有點無聊嘛！鍾子悅假日都要輪班，我當時太年輕，耐不住寂寞。」

陳澤良面無表情繼續發傳單，他的神情太冷淡，路過的人都低頭匆匆走過，連眼神也不敢對上。

「阿良，要親切！板著一張臉沒人敢靠近你！」阿因說。

陳澤良努力把嘴角往上揚，被媽媽牽著搖搖晃晃路過的小孩，臉色一僵，皺著臉哭了起來。

那位少婦感到不好意思，接過陳澤良手上的傳單。

陳澤良內心默默「YES！」一聲。

阿因立刻上前熱心地向少婦講解法案，她對他們比了個打氣手勢，「加油！我支持你們喔！」

快閃宣講結束，陳澤良載阿因去捷運站的路上，阿因忽然說：「阿良，你有想過結婚嗎？」

結婚？陳澤良啞然失笑，「我連出櫃都還沒，更不用想結婚了。」

「你不要管有沒有出櫃，我就問你想不想結婚嘛！」

陳澤良腦中第一個浮現的，是鍾子悅的臉。

阿因的聲音傳來，「雖然我每天都在拚死拚活宣揚結婚是人權，但我個人是很討厭婚姻制度啦，婚姻根本是違反人性。」

阿因撫摸小仙女，嘟起嘴，「我都不知道晚餐吃什麼，又怎麼知道會不會愛同一個人一輩子？」

「啊？」陳澤良一臉困惑。

「利用法律綁住兩個人下半輩子，大家還要慶祝，聽起來整個就很詭異！」

「婚姻不是綑綁，是保障。」陳澤良補充，「也是你口口聲聲的人權。」

「我同意婚姻是人權啦，這麼糟糕的東西大家都有權利體會一下。」

「……」

「而且想到前男友——不是指鍾子悅，是他之後那一任，那個賤人跟現任也要結婚，我超不爽，詛咒那對狗男男快離婚！」

看著對方對著空氣揮拳的模樣，陳澤良暗想，看來這才是主因。他忽然想起一事，「你跟鍾子悅交往的時候，肯恩有特別針對你嗎？」

「有啊，他根本是鍾子悅的背後靈。明眼人都看得出來他愛鍾子悅，聽說他走了……」阿因一抖，「幹，真的變成背後靈了……」

阿因忽然看著他，「該不會阿良你也——」

陳澤良苦笑。

「那傢伙真是毅力驚人！」阿因瞠大眼。

「其實，我也有錯……」

「我完全懂你的心情喔。」阿因拍拍他的肩膀，「雖然他當時的嘴臉我還記得，但是是我對鍾子悅不忠在先，不能全怪肯恩。」

陳澤良覺得哪裡怪怪的，卻又說不上來。

阿因說：「現在回過頭看那一段，反而覺得肯恩很可憐。」

陳澤良沉默，他們沒再聊，讓這話題到此為止。

巴黎的午後三點，鍾子悅收到來自弟弟鍾子傑的訊息，裡頭報備著胖橘的情況。目前胖橘待在鍾子傑的套房，由他照料。

鍾子傑現在是職業籃球員，每天不是在練球就是在前往練球的路上，生活作息很規律。每兩、三天都會回傳胖橘的照片。

鍾子悅正認真地看鍾子傑傳來胖橘玩球的影片，對方忽然問了一句：「哥，你下禮拜會回臺灣投票嗎？」

「最近工作好忙，讓我考慮一下。」鍾子悅內心一邊咒罵發起公投的人，一邊糾結著。

「媽說，你回來也是很辛苦又花很多錢，她會動員親戚出來一起投票，把你的分也投下去。」

鍾子悅微笑。「一人就一票，是要怎麼投我的分啦！」

結束與弟弟的通話，鍾子悅還在糾結著要不要使用珍貴的特休，忽然看見前任的社群動態，PO出在街頭宣講的照片，還是帶著那隻吉娃娃，一旁有個眼熟的身影在發傳單……

陳澤良？

照片中的陳澤良正發傳單給路人，表情認真。這兩人在畫面上的氣氛，看起來就像默契十足的團隊。

他瞬間嗅到不尋常的氣味，像立刻豎起耳朵的警犬，鍾子悅想都沒想就傳訊問陳澤良：「澤良，你怎麼會跟小吉在一起？」

內心的感受，好像吞進一顆小石頭，很不痛快。

陳澤良很快回覆：「在路上看到他被欺負，去解圍認識的。」

鍾子悅盯著那一行，想到陳澤良以高壯的身材英雄救美的模樣，想必前任很愛這一味。

他心情複雜地回傳：「原來如此。」

沒想到陳澤良隨後還指出，「還有，他叫阿因，不是小吉。」

鍾子悅倒是完全忘記前任叫阿因，一直稱他為小吉。

他回：「我知道，我故意的。」回完後，鍾子悅發現自己在賭氣。

我居然在賭氣？

螢幕那端的陳澤良沒發覺這端的糾結，還問：「你會回臺灣投票嗎？」

鍾子悅對於自己忽然竄升的在意情緒感到彆扭，他沒有回應，很自動地訂了機票。

直到刷卡通知跳出，鍾子悅才意識到，僅僅是陳澤良的一張照片就能牽動他的心情，明明上一秒還在猶豫，下一秒不辭千里。

目送阿因進站後，陳澤良跨上機車時感覺手機震動，發現是鍾子悅傳來的訊息。

「澤良，你怎麼會跟小吉在一起？」

這封訊息讓陳澤良心跳加快，鍾子悅很久沒叫他「澤良」，這叫法讓他心情激動，好像他們又親密一點點。

鍾子悅已經很久沒有傳訊給他，通常都是已讀或是簡短的寥寥數字。

陳澤良回：「在路上看到他被欺負，去解圍認識的。」

「原來如此。」

「還有，他叫阿因，不是小吉。」陳澤良指正。

「我知道，我故意的。」

「你會回臺灣投票嗎？」

陳澤良在原地等了一會兒，對方沒有回訊，猜測對方還沒下班，收起手機。

秋天的風很舒暢，夜色如水般自兩旁迅速流動，陳澤良忍不住哼起歌：「我還是深信不疑的聯想，分手不是必然，因為自尊受了傷，所以才會那麼惆悵，久久不能忘～」[13]

他哼得有些大聲、五音不全。一旁等紅燈的幾個騎士轉過頭看他。陳澤良瞬間慶幸自己戴全罩式安全帽，沒有人看見他滾燙的雙頰。

紅燈結束，油門摧落去，筆直往前衝，歌聲沿途飄揚。

13 蔡健雅〈深信不疑〉（2006）。

第47章 結果與結局

十四個小時的旅程中，鍾子悅不斷自我說服，回家投票是履行國民義務，也順便與家人還有胖橘相聚。事實上，陳澤良跟小吉的照片一直在腦海，時不時戳一下自己。

當窗景俯瞰著熟悉的島嶼，密密麻麻的城市越來越清晰，他的心情有些浮躁。降落後的第一件事，不是打電話給家人，反而是刷著動態。他的社群平臺上已是滿滿關於公投的訊息，於是他在機場打了卡。

果然陳澤良的訊息就來了，「你回來了！(๑、ㅁ˙๑)」

「嗯。」鍾子悅沒發現自己神情放鬆。

「明天投完票，我會先回臺北，要一起吃個晚餐嗎？」

鍾子悅覺得很舒坦，「好啊，我想吃麵攤，好久沒吃了。」

「好，明晚老地方見。」

隨之而來是旋風式的行程，回家被爸媽奶奶輪流餵食、被朋友餵食，最後是去探望胖橘，弟弟也準備了手搖飲餵食他。鍾子悅抱著胖橘，把臉埋在牠溫暖柔軟的肚子裡猛吸一陣，「胖橘我好想你喔！」

鍾子傑好奇問：「我以為你不會回來，你說你很忙。」

「後來想想，還是回來投票好了，這是我該做的事。」鍾子悅有些心虛。

鍾子傑點頭，「哥說得沒錯。」

隔天投票日，天氣非常晴朗，鍾子悅中午投過票，去東區喜歡的咖啡廳悠閒地吃午餐。下午四點開票時，又晃到大稻埕去買給同事的伴手禮。鍾子悅難得搭乘大眾工具前往，不知是不是錯覺，整座城市靜下來。路上的人們與店家，都緊盯著電視上的開票數字。

買完伴手禮後去吃個豆花，聽到一旁的小情侶說：「怎麼辦啦我要緊張死！」、「臺北還有人沒投完票耶，現在就開票了好扯！」

鍾子悅回到家，家中倒是一片沉寂。鍾雲癱在沙發上滑手機，客廳沒開電視，音響播放馬勒的第二交響曲《復活》。家中每個成員都在忙自己手上的事，鍾子悅卻充分感受到山雨欲來的低氣壓。沒有人提及正在開票中的票數，但他注意到他每個人時不時都在瞄手機，臉色凝重。

他刻意不去看。

晚餐鍾子悅吃得不多，鍾母關切地問：「怎麼不多吃一點。」

「晚點還有一攤。」

鍾雲精明的視線瞄過來，「是跟X大的那位帥哥齁？」

鍾子悅點頭。

鍾雲凝視著他，忽然說：「你這次回來，狀態比上次好太多了。」

「有嗎？」

鍾母連連點頭，「你之前整個人看起來好憂鬱，我跟你爸都很擔心。這次看到你整個人都在發光。」

「發光？」鍾子悅想起日本室友的比喻，「該不會是彩色的光吧？」

「整體上好像明亮一個色階。」鍾雲說，而後促狹一笑，「你跟那個X大帥哥復合了？」他的家人們都知道自己跟陳澤良交往後又分手，但鍾子悅沒說陳澤良有來巴黎找他。

奶奶的聽力對關鍵字倒是很靈敏，喊著：「子悅啊，什麼時候把人帶回來讓奶奶看看？」

被爸、媽、姊姊以及奶奶四方問題夾擊，鍾子悅招架不住，落荒而逃。

先前往誠品待著，等待約定時間到來期間，鍾子悅的思緒很難專注。

他提早十五分鐘來到麵攤，果然獲得阿姨熱情招呼，「小帥哥好久不見，阿姨很想你呢！」

「我也想念阿姨的辣椒醬！」

此時晚自習結束後的小端背著書包來幫忙，一看見他雙眼圓睜，驚喜道：「子悅哥，好久不見！」

「好久不見，妳長高了，變得好漂亮。」鍾子悅遞給她一盒餅乾，「給妳的巴黎伴手禮。」

「謝謝！」小端接過，問：「你今天是跟澤良哥有約嗎？」

「嗯。」

小端笑著說：「我先去忙了，等等再聊！」

鍾子悅在老位置等著，順便觀察攤位上的客人們。從那些年輕人凝重的臉色中能料想到投票結果不如他們意。而另一邊的年長客人正慷慨激昂地發表長篇大論，喜不自勝的神色也能猜到結果如他所願。

等待的每分每秒都很漫長，鍾子悅心情有些複雜，他絕對是期待見面的，可是，又有些不安。沒有見面的日子，陳澤良對自己的想法，會不會也慢慢改變了呢？

思及此，心裡像被螫了一下，酸澀不已。

鍾子悅苦惱地揉揉臉，他很自私地推開了對方，卻又渴望對方繞著自己打轉。

一罐辣椒醬擱在眼前，鐵椅拉開，一抹身影在對面坐下。

看見陳澤良的瞬間，那些紊亂的思緒都消失了。

他們像是在彼此眼神中尋找什麼、確認什麼，凝望一陣子後，鍾子悅率先開口：「嗨，澤良。」

陳澤良看著他好一會，半晌沒說話，緩緩開口：「嗨，子悅。」而後道：「還是一樣吃餛飩乾麵？」

「嗯，你還是榨菜肉絲麵？」

麵很快送上，小菜也擺了滿桌。吃著吃著，陳澤良默默紅了眼眶，鍾子悅內心一酸，有些慌張地遞面紙過去。

陳澤良接過面紙，粗魯地擦擦眼睛。

他們低頭吃麵，如同過去好幾個夜晚那樣，從沒分開過。

麵攤另一邊忽然有人聲喧嘩。

「如果有兩個男的當爸爸，我是要怎麼教小孩？」

「所以我說沒有天理的東西不會過也是正常的啦！」

「要是我的小孩像你們這樣，早就給他打斷腿！」

只見一男一女兩位長輩與一對同志小情侶有些爭執，小端在旁手足無措。鍾子悅正要爭辯，陳澤良的聲音早一步先到，「不會教小孩是你們的問題，還有，你又算什麼東西？你的小孩有你這種爸爸，真的很可憐。」

他聲音渾厚低沉，加上人高馬大，有種威懾效果。

大媽扯著嗓門大喊：「臺灣就是太自由才讓你們亂搞啦！」

「這句話我奉還給你們。」陳澤良冷冷地說。

伯伯手上還揮舞著筷子，「你們這些人成天不三不四——」

「請你們離開！」麵攤阿姨忽然出現，手上還拿著勺子，臉漲得通紅。「這是我的攤子！我不歡迎你們！我不賺你們的錢！」

「哪有人這樣做生意？我們也是妳的客人——」

「請你們離開！你們的生意我不做了！」阿姨怒回。

陳澤良以身高優勢，居高臨下看著他們兩位，臉色陰沉得像是隨時都要開打。

兩人收拾包包，邊罵邊說要PO網宣揚，臨走前還踢倒一張椅子，陳澤良沉下臉作勢上前，那兩人立刻踉蹌地快步離開。

「謝謝阿姨。」陳澤良說。

麵攤阿姨拍拍他的肩膀，「小帥弟，阿姨才要謝謝你。」她溫暖地笑著，「謝謝你保護我的客人。」

陳澤良凝視她的笑容，眼眶一熱。

鍾子悅默默看著這一幕，心情複雜。

陳澤良回到座位上時，鍾子悅說：「你長大了啊。」

「啊？」

「還記得有一次在麵攤，遇到一個酒醉的客人，也是發表歧視言論嗎？」

「記得。」

鍾子悅單手托腮看著他。「澤良，你成長好多啊。」

陳澤良的耳根紅了，他移開視線，「我不覺得。」

「兩年前的夏天，我在這邊差點跟人打起來，當時你嚇壞了。」鍾子悅輕笑，「兩年後的你，已經能帥氣地反擊了。」

他的心情居然莫名惆悵。

陳澤良想起那一晚自己的軟弱就尷尬，驚覺已經過去兩年。真不可思議啊，彷彿昨晚才剛發生似的。

「只是不能忍受，就站出來了。」陳澤良說。

鍾子悅輕敲桌面，像在思量什麼，陳澤良的心也跟著他指尖上節奏噗通噗通。而後鍾子悅起身去買單，陳澤良急忙掏出錢包要請客，被鍾子悅推了回去。

阿姨沒收他們的錢，笑咪咪地說：「以後常來啊。」

他們連聲道謝，離開。陳澤良見鍾子悅走到街邊，看起來好像要攔計程車，他心中一慌喚了聲：「子悅，你要回家了嗎？要不要去走走？」

「我今天沒開車來。」

「我載你，如果你不嫌棄的話。」陳澤良情急下就說出口。「我騎機車！」

鍾子悅想了想，爽快地說：「好啊，好久沒坐機車了。」

機車的視角與汽車截然不同，能夠把整個人浸泡在秋天的空氣裡，呼嘯而過的街景伴隨著夜晚的氣味，化成一陣陣涼風在鼻尖騷動著。

鍾子悅看著眼前寬闊的背，輕輕靠了上去，彷彿聞到陳澤良身上的柔軟精氣味。

他想起上一次坐陳澤良機車是去年生日，恍如隔世。人還是他認識的人，機車還是那一臺GP，但又有某些地方是自己陌生的。

舊GP往逐漸空曠的城市道路上馳騁，上蜿蜒的山路，在熟悉的山腰處停下。

這是鍾子悅的祕密基地，他以前常與陳澤良在這裡看夜景，沒想到陳澤良記得路。

「好久沒來了。」鍾子悅望著盆地璀璨的萬家燈火感概。

陳澤良手機因來訊震動，他滑開訊息看了一會，臉色凝重地關掉。鍾子悅瞥了他一眼，故作不經意地問：「怎麼了？」

「是阿因，他在哭。」陳澤良望向盆地遠方的黑夜，「公投結果讓他很傷心，不只是他，其他伙伴也很沮喪。」

鍾子悅「嗯」了聲，他其實隱約猜到會是如此，才一直逃避去關心最後的數字。

「我其實早就知道會是如此，畢竟臺灣還是很保守的，但這是結果，不是結局。」陳澤良說。

鍾子悅靜靜的聆聽。

「我只能盡自己所能，慢慢地前進，總有一天，總有一天會被理解的。」

鍾子悅轉過頭望向陳澤良，微弱的路燈光線描摹出他有稜有角的陽剛側臉。

鍾子悅說：「澤良，你真的很耀眼。」

陳澤良回望，他們的視線在空中糾纏著，卻也僵持著。好多懸而未決的話語在彼此的心頭打轉，然而轉著轉著，又嚥了下去。

最終鍾子悅撇過頭望向夜景，扯開話題，「來巴黎花了你不少錢吧。」

「嗯。」

「下次你要來之前先跟我講，我比較好排假。」

「下次」這兩個字是個動聽的承諾，讓陳澤良嘴角偷偷揚起。

鍾子悅這次返回巴黎，陳澤良去送機。排隊過海關時，鍾子悅本在隊伍中朝陳澤良揮手告別，陳澤良以為自己可以淡然面對。下個月底鍾子悅又要回臺灣過春節，又不是不回來了，有什麼好依依不捨？只是眼前的景象莫名地開始模糊，情緒排山倒海湧上。好不容易才靠近鍾子悅一點點，他又要去自己看不見的地方生活了。

陳澤良低下頭，拚命告訴自己再忍忍，再忍個幾秒，鍾子悅就看不到了。

他花了好多力氣展現成熟的一面給對方看，不能在此刻崩塌。

「有什麼好哭的啊？」伴隨一聲嘆息。

陳澤良從模糊的視線抬起頭，看見鍾子悅無奈的臉。

陳澤良的睫毛上的淚珠未乾，他粗魯地抹抹臉，本想自然的告別，沒想到卻哽咽出聲：「對不起。」

鍾子悅一愣，看著眼前人失控潰堤。「對不起……都是我，害你沒見到肯恩的最後一面……都是我害的……原諒我好不好？」

陳澤良顫抖著聲音，斷斷續續說著「對不起」卻無法冷靜，像是開啟了一道破口，洶湧的情緒一發不可收拾。

分開的這些時光，午夜夢迴時，那畫面總會被自己自虐地回放。重逢後，他們一直避而不談這件事，卻像一根刺在深夜啃噬著。

陳澤良好害怕，鍾子悅永遠都不會原諒自己。

鍾子悅凝視著陳澤良漲紅著臉拚命地道歉，整顆心都酸軟不已。

他的心，很久沒有這樣疼痛了。他知道自己找回了感知，知道自己又能因為一個人而心酸。

鍾子悅溫柔地說：「我啊，早就原諒你了。」

他在陳澤良的額頭上落下一吻，把人抱進懷裡，對方哭到全身顫抖。一個大男人在機場哭成這樣引人側目，然而陳澤良無法抑制不斷湧出的淚水。

因為他等這個擁抱，等了好久，好久。

二零一九 春

第49章　第二封信

陳澤良在機場的熱淚，終於擊潰鍾子悅堅守多時的壁壘。

這段時間，隔著千里也能感受到陳澤良靜水流深的陪伴，逐漸動搖他心裡的高牆。

自從肯恩過世以後，鍾子悅一直處在憤怒的狀態，他以為可以隱藏得很好，然而隨著陳澤良一次次不厭其煩地靠近，內心的那些尖刺與空洞，好像被溫柔地安撫了。

鍾子悅曾以為他如同發光體，以熱情感化陳澤良這顆頑石；其實，是陳澤良用真心，守候鍾子悅的黑暗。

他們之間的距離顯而易見的縮短中，接下來只是時間的問題。

鍾子悅即將結束在巴黎的培訓，下個月就要回到臺灣分公司的行銷部門，巴黎主管想留他在總部，被他婉拒了。

慢慢與一個地方告別的狀態很微妙，開始斟酌購買的生活用品分量、騰出一個區域放置搬家紙箱，他甚至提前為胖橘預約每年一次的健康檢查。

把最後一個紙箱封箱的下午，鍾子悅望著窗景出神，想起十年多前與肯恩在巴黎下班後的閒晃，兩個人在塞納河的河畔，可以漫無目的走好長一段路，揮霍一個晚上。

人離開了，可是回憶還沒。每當他想起肯恩時，會是無數個週五下班後在塞納河散步的夜晚，會是在信義區窗明几淨專櫃裡訂便當的午休時間，會是週末在華廈五樓的熱鬧聚會。

一年過去了，他心裡依舊悲傷，卻很平靜。

他看著肯恩上一封信裡的那句「希望你愛一個人，不要留下遺憾，像我一樣」，端詳這句話很久。

鍾子悅本以為肯恩的意思是，不要如他一般留下遺憾。

一年後再看，另一種想法卻福至心靈：也許肯恩真正的意思是，希望自己如他那樣，愛一個人沒有遺憾。

這句話隨著時間與心境的變化，理解的角度有了不同解讀。

石肯恩，真有你的。

他望著信，回憶倒帶回到最後一次聚會的現場，鍾子悅臨走前，在門口要肯恩別送下樓，肯恩坐在輪椅上，微微仰著頭，那個總是無聲的畫面，忽然有了聲音。

肯恩對自己說的最後一句話，忽然就來到鍾子悅腦海。

肯恩說：「不管怎樣，你都要好好的。」

當時鍾子悅正為陳澤良而苦惱，以為這只是一句安慰。

其實這是肯恩對自己說過，最接近告白的一句話吧。

嗨，鍾子悅，又是我。

還記得你說過你想找真愛嗎？

一年後的我想問你，

此時，此刻，此生，你最不想錯過的人是誰？

跟一年前你所想的那個人，是同一個嗎？

如果你要找真愛，這就是了。

P.S. 要幸福喔

K

第50章　就是了

鍾子悅返臺那天，陳澤良剛好正在南部出個短期公差，在鄉下輔導當地農民進行蟲害防治。

他們約好，陳澤良回臺北那天，再一起去麵攤吃麵。

鍾子悅望著無雲的藍天，猛烈的熱風襲來，聽說有颱風形成，難怪天空如此乾淨。他回到久違的套房，也把胖橘接回來，抱著貓在房間與客廳走來走去自言自語。

「胖橘，我好想妳，妳想我嗎？」

「胖橘，妳喜歡澤良哥哥嗎？這禮拜我帶他來看妳好不好？」

胖橘的小短腿奮力掙扎，而後跳出他的懷抱，衝去飼料盆進食。

鍾子悅望著陽臺的城市景觀，一天前的此刻，他還在巴黎市區遠眺鐵塔。對他而言城市的風景都是那樣，只是從艾菲爾鐵塔換成１０１，但心情很不一樣。

他跟陳澤良來來往往傳著訊息，陳澤良拍天空出現的天空之城雲，他就拍胖橘的胖肚肚。

陳澤良那端傳，「胖橘好可愛(*´∀`)~♥」

鍾子悅回：「牠又胖了，我弟像阿嬤疼孫一樣養牠。」

「比之前更重？(⊙д⊙)」

「嗯，我現在都拿牠來重訓，就當八公斤的壺鈴擺盪，下次你也可以來試試。」

對方傳了一個「好啊(≧∀≦)ゞ」。

閒話家常的縫隙中，有什麼在蠢動，在醞釀，他們都沒有說破，卻都了然於胸。

窗外的風聲轉大，鍾子悅想起陳澤良在南部，提醒對方颱風要來小心一些。對方傳了一張壯麗的晚霞，淡藍色的夜幕初升，還沒消褪的金黃暮光與飽滿的陽光形成強烈對比。陳澤良說：「**颱風前限定的夕陽～(・ω・)**」

鍾子悅沉浸在對話中，忽然被家人的來電插播，鍾母正在超市，問要不要幫他搶些蔬菜，很多民眾都在搶購颱風天的物資。背景音人聲與超市廣播聲混雜，想必現場相當混亂。

鍾子悅啞然失笑，「媽，颱風才影響一天而已，沒那麼嚴重啦。」聽著來自母親那端的背景聲音，他覺得莫名親切起來，此刻才有回到臺灣的感覺。

暴風圈比想像中還要快速，晚上就發布海上颱風警報，鍾子悅睡前叮嚀陳澤良注意防災。隔天起床，滑手機發現清晨已經發布陸上颱風警報。

陽臺傳來聲響，海葡萄的盆栽倒了，他去扶起時差點連門也關不上。

在此之前，他還不覺得哪邊不太對勁。

隨著時間推移，外面終於開始落雨。風聲在窗外放肆嗚咽，鍾子悅啜飲著從巴黎帶回來的紅茶，還有閒情逸致欣賞窗外逐漸壯大的風雨。看新聞看到昏沉的時候，雷聲讓他猛然一驚，室內燈昏暗了一秒，窩在腿上的胖橘也嚇了一跳，不安地竄進沙發底下。

新聞裡不斷更新災情，熟悉的忠孝東路難得一見大淹水，公車浸泡在水裡，行人也在水裡跋涉。東部也因雨彈讓溪流暴漲，挾帶土石流沖垮便橋。受到颱風的影響，高鐵與臺鐵臺中以南暫時停駛。

鍾子悅看見眼熟的地名出現在新聞上，新聞說就在剛剛，豪大雨導致土石流與落石毀損該村各聯外道路，全鄉宛如孤島，目前正極力修復中。

他想起那是陳澤良所在的村落。

「**根據現場消息，土石流在今晚七點多突然發生，所幸當地村民有聽見聲音，即時前往高地避難，目前還**

有一些駐地的研究人員下落不明。」

鍾子悅同時撥電話給陳澤良，聽著電話中的忙音，鍾子悅腦中也一片空白。撥出的十來通電話都沒有人接。鍾子悅的手心有些出汗，除了撥打一次又一次，別無其他辦法。

鍾子悅找到陳澤良的工作單位電話，陳澤良在臺北的同事表示連絡不上在該地出差的人員。

隨即播出的新聞畫面，讓手心裡的手機鬆脫，掉在地面上。

深夜視線不良，隱約能從空拍機拍到一整片觸目驚心的黃泥夾帶巨大落石，把房子沖得歪斜，散落在各處，全村大半被黃泥覆蓋。

「從空拍畫面我們可以看到，靠近山坡區村落被嚴重土石流襲擊，而聯外道路又被阻隔，目前警消正全力修復……」

鍾子悅有一瞬間耳鳴，什麼都聽不見。

他臉色發白起身，抓了錢包、手機與車鑰匙，立刻出門。

鍾子悅必須在車內播放音樂才能安撫心神，跟著導航一路南下，路線經常隨著突發的路況改變。越往偏鄉去，越多路線被迫改道。

雨聲淅瀝，他再也無法平靜。

許多卡車與救護車在主幹道上來回奔波，來到事發的村口就被攔下，目前路面危險還在維修中，村民們都被緊急撤到鄰近的鎮上了。

當鍾子悅終於抵達鄰近的市鎮時已經是凌晨三點多，他聽到撤離的村民在鎮上的活動中心安置，卻沒在那邊看見陳澤良。詢問救難人員，也沒有相關訊息。

救難小組的人員說：「也有可能被送到隔壁鎮的活動中心，或是市區的醫院。」

看見鍾子悅聽到「醫院」就臉色難看。她連忙安慰，「也不一定在醫院，現在情況很混亂，明天早上風雨比較小的時候你去問問，可能就在隔壁鎮。對了，這裡有撿到的失物招領，你看看——」

她拿了好幾個夾鍊袋，裡頭有雨傘、錢包、眼鏡、手機之類的，「有你要找的那個人的東西嗎？」

鍾子悅頹然搖頭，「沒有。」翻動物品的手忽然停下。

黑色的皮製編織手鍊沾染著黃泥，交織的紋路好幾處斷裂，靜靜地躺在袋子裡。

他感到一陣暈眩，發冷的指尖緊緊抓著那條手鍊。

僅存的理智告訴自己，在還沒找到陳澤良前，他還不能崩潰。

鍾子悅留下連絡方式，帶著手鍊回到車上。他想要祈禱，合十的雙手卻止不住地顫抖，緊抓著那一條斷裂的手鍊，是此刻與陳澤良相連的線索。

鍾子悅凝視那條熟悉的手鍊，忍不住想，這是命運的懲罰嗎？懲罰自己沒有好好回應陳澤良的愛，懲罰自己讓陳澤良等了那麼久？

現在，上天要強迫他感受這撕裂心扉的疼痛。

他還記得自己親手把手鍊放進禮物盒，記得某人戴著它害羞地勾起自己的手，記得某人戴著它擦眼淚，記得它在巴黎的陽光下，跟著揮動的手腕雀躍，記得某人勉強擠出笑容。

記得某人戴著它，哭著擁抱他。

每一個畫面，都在用力捶著自己的心臟，痛得讓他哀嚎。

直到此刻，鍾子悅恍然大悟，過去自己是多麼多麼天真啊，天真到近乎輕視命運。現在，命運殘忍地要他正視，不是所有幸福都理所當然。

神啊，求求祢，求求祢不要這樣對我。

我已經在地獄了。

第51章 夢

陳澤良拍完那張晚霞照，手機在各角落找了好久的訊號，才把那張圖龜速傳出去。

一陣猛烈吹來的強風差點讓他的帽子飛走。風中有著腐植土氣味，他瞥了眼不遠處的流量倏然變少的溪水，隱約覺得不太對勁。

壯麗的粉紅色夕陽，把村落與山林都妖異地籠罩在奇異的氛圍裡。

鍾子悅傳來了胖橘的睡姿，陳澤良捧著照片，看似面無表情但內心在傻笑。

「阿良你要不要休息一下?辛苦了。」補好眠的同事叫喚著。

由於颱風逼近，他們取消原本的山上的研究行程，今天整天待在山腳部落充當果農們的人手，幫忙搭棚架、立支柱加以固定。

陳澤良走回宿舍，原先打算做些記錄，可惜今天的網路訊號格外微弱，沒辦法線上處理公事，索性又滑起手機看相簿裡存的胖橘照片，當然還有某人的。

從窗邊吹來的風很舒服，還有水果爛熟的甜甜氣息，很親切，外頭開始下雨，雨聲如白噪音，穩定的頻率像一張細密的網，把所有雜音都隔開，陳澤良不自覺闔上眼睛。

眼熟的粉紅色牆面浮現，啊，是那個讓他此生難忘的痛苦聚會——與肯恩第二次見面的那一天。

事隔一年，陳澤良居然還會做這樣的夢。

他像是看著回憶在眼前重複回放，宛若上帝視角旁觀過去的自己與肯恩，正一來一往吵得面紅耳赤。

按照劇本走的那樣，每一句話都耳熟不已，直到肯恩說：「他值得跟最好的人在一起」這句時，心裡就像破皮的傷口碰到水引起的不適感。

陳澤良知道，接下來就是他最討厭的那句話，「你配不上他。」

陳澤良開口，忽然發覺夢裡的自己居然有聲音。

他直視對方，說：「我並不討厭你。」

夢中，高傲的肯恩明顯一愣。

陳澤良說：「感情沒有誰配得上配不上誰，鍾子悅有自己的選擇，我也有我的，而你想怎麼樣是你的事，我不會再被你影響了，各自安好吧。」

夢中的肯恩，神情有些複雜，像是完全沒料到他的反應如此平靜。

然後肯恩忽然對他大叫：「快走吧。」

快走？

夢到這裡，陳澤良猛然驚醒，睜眼是一片漆黑，全村電力忽然中斷。他聽見山那頭傳來不尋常的悶聲，立刻從櫃上拉了緊急救難包與背包，衝了出去。

在宿舍樓下遇到同樣一臉驚慌的同事，拿著手電筒在巡視狀況。雨勢太大而天色已晚，嚴重影響聽覺與視線。

忽然幾個村民從雨中奔來，朝他們大吼：「土石流了，快走！」

才剛拔腿狂奔，地表忽然震動，樹木崩裂與巨石落地的聲響覆蓋了雨聲。他們忙著一起疏散村民帶往高處。一陣天搖地動，陳澤良看見自己剛剛所在的宿舍被土石流吞沒。

唯一通往鎮上的路也被土石流沖斷，他們處在與外界徹底失聯的狀態。與村民討論後，決定先在高地避難，有村民已經走另一條小路往外呼救，等救援到再行動。

「你收得到訊號嗎？」同事問。

陳澤良此時才發現手機遺忘在桌上，同事懊惱地說自己的手機也快沒電了。

孩子恐懼的哭聲此起彼落，陳澤良心亂如麻，忽然想起包包內常備一堆巧克力，遂拿出來分給大家吃。

他面無表情的臉孔，卻意外給人一種安定的感覺。孩子接過他手中的巧克力，稍微抑制住哭聲，也不知道是不是嚇傻了。

不過，當他發現自己手上的手鍊不見時，輪到他想哭了。

「怎麼了？」看陳澤良拚命翻找包包，同事問。

陳澤良心情低落，「我的手鍊不見了。」

「啊……那一定是很重要的人送的。」

「嗯。」

同事安慰，「沒事的，你人安全比什麼都重要。」

「嗯。」

同事看著抱成一團取暖的一家子，幽幽地說：「比起害怕，我更擔心家人會不會因為連絡不到我而緊張。」

陳澤良沒讓媽媽與妹妹知道自己出差，唯一知道他在這的，只有鍾子悅。

鍾子悅會為他緊張嗎？

望著同事努力找訊號撥打電話的神情，他很羨慕。

阿因曾鄙視地說婚姻制度違反人性，可是，就他看來，他所渴望的婚姻是源於深層情感而產生的牽絆。越是風雨飄搖，越是堅定不移，讓彼此的靈魂有所依靠。

陳澤良做了決定。

那晚，鍾子悅在車上睜著眼睛，可能中間有闔眼一下下，片刻又被無邊際的墜落驚醒。醒來後面對悲切的風聲，才想起自己還在地獄裡。

天亮後解除陸上颱風警報，風雨逐漸趨緩，鍾子悅耐不住性子，直奔隔壁城鎮找人，名單上同樣沒有陳澤良，根據救難小組的指示，轉而前往區域醫院。

一波波慌亂的家屬與傷者源源不絕送入，他穿越傷者的哭喊與焦急的呼喚，在急診處等待。有一批土石流的受難者駕著擔架湧入，護理師們個個忙得焦頭爛額。

所有人都不停歇來回快步走著，只有他坐在等候區，像個靜止的人偶，緊握那條手鍊。

鍾子悅沒有勇氣去問，每一聲哭嚎都足以讓他神魂俱裂。

「子悅？」他聽見陳澤良的聲音，抬起頭，看見一身黃泥髒汙的陳澤良，提著沾滿黃泥的後背包。

陳澤良蹲下身與他平視，緊張地連聲問：「你、你怎麼會在醫院？哪裡受傷了？」

有一瞬間鍾子悅以為自己幻聽。

好一會兒，鍾子悅眼睛眨也不眨盯著他，聲音沙啞，「你有受傷嗎？為什麼沒回我電話？」

「我沒有受傷，只是趕著撤離，手機掉了……這邊急診人手不夠，我跟同事就在這邊幫忙——」

緊繃的精神瞬間垮了下來，鍾子悅虛脫地靠在椅背上。

陳澤良見狀，急問：「有沒有受傷？你、你的臉色怎麼這麼差？」

鍾子悅看著他，伸出手摸了摸他的臉，像是確定對方真的沒事。而後垂下頭雙手摀著臉，不發一語。

沒見過鍾子悅這副狼狽模樣，與以往亮眼登場的模樣大相徑庭，他是個下樓丟垃圾都要穿搭的人，此刻頭髮與衣著卻凌亂不堪，臉上倦意很深，腳上甚至還穿著便鞋。

陳澤良發現他在顫抖，隨即從口袋裡掏出自己隨身攜帶的巧克力球，「要不要補充一點糖分——」話沒講完，就被鍾子悅緊緊擁入懷中。

鍾子悅抱得很緊，像是傾注所有身心連同靈魂也一併牢牢抓住陳澤良。陳澤良無措地抱著鍾子悅，脖子上不斷有液體淌過，意識到那是鍾子悅的眼淚。鍾子悅沒說話，哽咽的呼吸聲在耳畔縈繞，陳澤良的心跟著顫抖。

「我就在這裡。」陳澤良輕聲說，輕撫對方的背，一遍又一遍，試著撫平激烈起伏的背脊，讓他慢慢緩和下來。

「我覺得，我已經死掉一次了。」鍾子悅的聲音瀕臨崩潰，「澤良，我不會再放開你了。」魂飛魄散一整天的靈魂，終於又被這雙厚實的手掌，牢牢地錨定了。

陳澤良紅了眼眶，說：「好。」

好，都不放開了。

回程的路上由陳澤良開車。鍾子悅在副駕睡著了，一卸下負累，疲憊一擁而上，不用片刻就陷入深沉夢鄉。

路口等紅綠燈時，陳澤良都會轉過頭凝視鍾子悅，那雙愛笑的眼睛眼角通紅，總是揚起的唇角放鬆。微微皺起的眉頭，不知道是不是夢到什麼難解的夢。

陳澤良忍不住伸手，輕輕撫過鍾子悅緊鎖的眉間，山川的皺摺被撫平，鍾子悅的身體好像放鬆那麼一些些。

陳澤良內心溢滿激動，同時卻感到前所未有的平靜。

車停靠在陳澤良租屋處樓下，陳澤良得先回家整理與沖洗。他先讓一臉惺忪的鍾子悅梳洗，聽著浴室傳來的水聲，還有種不真實的感覺，沒想到鍾子悅在這裡。

輪到陳澤良去沖澡，鍾子悅一邊吹頭髮時，一邊望著陳澤良房間的窗景，那棵榕樹依舊在，而靠窗的桌面上放著他們在麵攤的合照。

陳澤良走出浴室就看見鍾子悅在看那張合照，有些不好意思。

「可、可以再洗一張送你……」

鍾子悅沒有接話，入神地看著。

陳澤良沒有打擾他，逕自整理出差行李，忽然一雙手臂從背後緊緊環住自己。他的手一顫，手臂緊緊箍住自己，溫熱的唇貼在脖子上，他甚至能嗅到跟自己一樣的沐浴乳牌子香氣，這讓他更羞澀。

鍾子悅輕輕撫摸他的臉，陳澤良側過臉吻他。這個吻很漫長，像是彼此交換見不到面的這一年，所有的苦澀與愛意，都在繾綣的舌尖中互相傳遞。

手指在身上游移，拆禮物那樣褪去陳澤良的上衣與褲子，他甚至能感覺那是有些急躁的情緒。

鍾子悅有些強勢地把他剝個精光只剩一條內褲，他自己也是不著寸縷。

他們在床上熱烈地互相愛撫，兩具高溫的肉體貼在一起摩擦時，快感持續失控，直到宣洩後。鍾子悅壓在陳澤良身上，俯身凝視著他。

陳澤良在鍾子悅淡褐色的眼眸裡，看見渴求欲望的自己。他從床頭抽屜拿出保險套與潤滑液。他的雙頰發燙，「這是上一次我們剩下來的，沒有跟別人做過……」

鍾子悅眼色溢滿柔情，低下頭綿密地啃咬他的唇，吻像燒灼的火，從臉頰到胸口一路蔓延到下身。

陳澤良敞開腿，在鍾子悅面前渴求，「我要你……」前端的陰莖再度硬到不行，他忍不住想伸手解決，被鍾子悅抓住手。

鍾子悅溫暖的口腔包裹著他，讓陳澤良腦中一片空白，同時感到他也在幫自己溫柔地擴張。腦中的思緒隨著前面與後面被攪亂得一塌糊塗，只能拚命壓抑自己的聲音。

陳澤良抓著鍾子悅急不可耐地向他索吻，鍾子悅給他一個深吻，而後緩緩填滿他，像是直抵深處那樣。鍾子悅抓著陳澤良黝黑飽滿的大腿肌群，強而有力地頂弄髖部，持續激烈的抽插，讓陳澤良忍不住快樂地呻吟。

鍾子悅汗溼的髮黏在額頭上，這讓他看起來更性感了。陳澤良為他撥開，伸出舌頭舔了舔他的汗。感覺很微妙，比吞進對方的精液還要親密，好像在舔舐對方的靈魂。

陳澤良感覺體內的鍾子悅更硬了，而後更加激動地撞擊，陳澤良雙腿大開被快感翻來弄去，顫抖不能自已。

他能感受對方纏綿而顫抖的吻，每一下親吻都是一次次的不捨，每一次撞擊都是一次次的確認。

陳澤良任由舌尖與他糾纏，交出全副身心回應他的觸摸，告訴對方：我就在這裡，你在我的身體裡，我們哪裡都不去。

鍾子悅在陳澤良耳畔說：「對不起，我愛你。」

一滴眼淚從眼眶靜默溢出，不知道是誰的。

他們深刻相連，終於聽見彼此內心最深處的愛意，說著，再也不分開了。

陳澤良睜開眼睛的第一眼，看見一張俊秀美好的臉，用他腦中最俗爛的形容詞描述：就像天使沉睡的容顏。

那人即使是閉著眼的雙眼皮也很迷人，陳澤良看著這樣的鍾子悅好幾秒，伸出手輕輕摸了摸翹起來的髮絲，像是要確認這一切是否真實。

這個人在自己身邊熟睡的畫面，實在太像一個夢了。

陳澤良心裡湧動著情緒，鼻尖有些發酸。

彷彿感應到視線，鍾子悅悠悠轉醒，淡褐色的眼珠沉浸在半夢半醒中，而後迷濛的眼神立刻熠熠發亮。視線相觸的瞬間，陳澤良感覺到有什麼唰地被點燃，使自己兩頰不自覺發燙。

他記得昨夜鍾子悅暴雨似的洶湧，此刻那雙眼神，正餘波盪漾，溢滿溫柔。鍾子悅一個字都還沒說，那雙善笑的眼眸卻先有了水光在閃爍。

陳澤良握著鍾子悅的手，向來喜怒不形於色的面容率先漾開了一抹笑意。就像寒冬之後，在融雪堆中第一枝萌發的春芽。

鍾子悅十指反扣住了他，牢牢地，溫暖地。那是經歷這漫長的一切後，最真切的感激。

他們靜靜看著彼此，眼前這一刻，彷彿來自很久很久以後的某一天早晨，睜開眼，看見那個人在身側。是瞬間，也是永恆。

他們再次走進彼此的生活裡。陳澤良一直有個念頭懸在心中，找不到好時機提起。

五月的某一天，那個好時機來了。

鍾子悅與陳澤良相約在麵攤晚餐，有好幾對同志情侶也在，空氣中有著快樂的氛圍，因為他們長期爭取的法案，今天通過了。

有人說，七四八這數字聽起來很不吉利。陳澤良倒覺得聽起來像「起誓吧」。

從今以後，對愛情起誓吧，無論生老病死，你們都是同一艘船上的人了，還有什麼比這更浪漫的事？

沒多久，陳澤良手機響起，他接聽後的表情無奈。

「是誰？」鍾子悅問。

「阿因，他在哭。」陳澤良以口型回答。

「又是他？又在哭？」鍾子悅皺起眉頭，手伸長，「手機給我。」

陳澤良遞過去，鍾子悅對著電話那端的人說：「好久不見，同婚法都過了，你還沒找到可以結婚的人嗎？別哭了，我要跟我未來的老公吃飯了，再見。」帥氣切斷電話。

陳澤良的臉色一陣赤紅，鍾子悅笑著說：「小吉……不對，對付阿因這種人，要直接點。」

陳澤良沒說話，夾了肝連肉吃了兩口，把筷子放下，「颱風那天，我夢到肯恩叫我快走，我覺得是他救了我。」

鍾子悅一愣，「真的？」

「嗯，我覺得是。」陳澤良望著天空，「改天，我想去謝謝他。」

鍾子悅順著他的視線方向，看見天空露出的彩虹。午後時分，巨幅的彩虹雨後現身，壯麗地跨越整片天空。那是巨大的見證與撫慰，許多人淚眼模糊地拍下這一幕。

鍾子悅忽然道：「對不起，那段時間，你很難受吧。」

陳澤良知道他指的是被肯恩刁難時，搖搖頭，「我現在已經能理解肯恩，他很在乎你，那種執念，想必過得很辛苦。我對他只有同情。」

鍾子悅心情複雜地看著對方，一時間內心充滿觸動。一陣手機來電聲再度響起，破壞這感性的時刻。

「又是誰？」約會頻頻被打斷，鍾子悅有些不滿。

「宋純亦，他說恭喜我拿到愛情墓園的門票。」陳澤良默默聽著電話那端，好友幸災樂禍混雜祝福的賀喜。

「手機再給我。」

鍾子悅接過手機，微笑道：「好久不見啊小亦，謝謝你的祝福，我聽到你女兒在哭了，記得當個好隊友，要不然又把老婆氣回娘家喔，改天聊。」

陳澤良臉上寫著「你好幼稚」，鍾子悅笑笑地遞回手機，問：「你剛剛是不是想說什麼？」

陳澤良的嘴開開闔闔，吐出四個字：「我、我想加辣。」

鍾子悅轉身去別桌拿了麵攤上最珍貴的唯一一罐辣椒醬，放在陳澤良面前。

陳澤良伸手，抓著鍾子悅。

「都怪他們一直打擾，我找不到更好時機了。」陳澤良面無表情，但耳根發紅。

鍾子悅還沒反應，就看見眼前人顫抖著語氣說：「子悅，經過這麼多事，我還是想跟你一起吃麵，一起，一直。」

「……直到第七百四十八碗榨菜肉絲麵，甚至是第七千四十八碗榨菜肉絲麵。」

表情依舊是毫無波瀾，然而他的每個字都在顫抖，手指也是，像是用盡全力講完這幾句話。

人聲鼎沸的麵攤，在他們耳中此刻寂靜無聲。

鍾子悅愣了整整七秒鐘才開口：「澤良，這是？」

陳澤良整個臉漲紅，說：「我們復合，好嗎？」

鍾子悅微笑凝視，那視線無比深情，只要一觸及就會讓陳澤良臉上燒燙不已。

——他還真覺得胸口好悶，這就是所謂「幸福得喘不過氣」嗎？

鍾子悅撫摸陳澤良的臉，然後握住他的手，只說了三個字。

「我願意。」

X大後門對面巷口的無名口麵攤，早上十一點就在騎樓擺起白鐵桌椅，直至凌晨一點收攤。

平凡的下班日夜晚，飢腸轆轆的腸胃等不及回家後填補，人們會到街角的那個麵攤來一頓簡便的晚餐。清湯白麵的陽春麵，搭配一盤黑白切，就是日常微奢侈的小確幸。

判斷一個老饕的標準，就是看他有沒有添加麵攤自製的辣椒醬。鎮店之寶的絕頂美味，能讓樸實的料理瞬間昇華，像是在日常溫飽中綻放的一簇煙火，亮眼得讓味蕾難忘。

兩位高壯男子靠近，麵攤阿姨展露熱情笑顏，「小帥哥、小帥弟，你們來啦！」

兩位男子是這家麵攤的人氣風景，有些人甚至為了看他們而來。

其中一位肌膚白皙，天生帶著俊朗討喜面容，展露大大的微笑，「阿姨好。」而一旁肌膚黝黑，面無表情的濃眉大眼男，則點點頭當作招呼。

在麵攤上幫忙的少女立刻上前指向騎樓下的位置，「子悅哥、澤良哥，幫你們保留預定席了！」

他們入座，還沒開口，阿姨就笑著說：「還是老樣子？」

那名笑臉男微笑點頭，面癱男也跟著點頭。

入座沒多久，一碗餛飩乾麵與一碗榨菜肉絲麵，還有黑白切極有效率地端上。

他們唏哩呼嚕地吃起麵來。偶爾，笑臉男會停下動作閒聊幾句。當笑臉男說話時，面癱男會停下動作，雖然無從得知情緒，卻能從他堅定不移的眼神裡感覺到，他的眼前只有笑臉男的一言一行。

如同以往，兩名男子不約而同在碗邊澆上一勺全攤最珍貴的辣椒醬。

不同以往的是，面癱男子那碗榨菜肉絲麵，多了一顆滷蛋。

他們的無名指上，隱隱閃動著低調的銀色光芒。

這是鍾子悅與陳澤良的故事，從辣椒醬開始，也會從辣椒醬繼續下去。

——《麵攤的面癱男》完

番外

番外1　夢裡見

從醫院出來時，午後的陽光茂盛地籠罩城市。這種時間，能悠哉在東區閒晃的，除了真正的閒人外，就是他這種請特休的社畜。

他像是從城市中被分離出來的人，旁觀著世界高速運轉。

訊息聲響起，好友傳訊來問要不要一起聚餐，今天星期五呢。

他迅速回覆：「好。」嘴角帶著淺淺笑意。

片刻後，手機來電，上頭顯示「麥」，他接起，懶散地「嗯」了一聲。

話筒那端的語氣很溫和，「檢查結果怎麼樣？」

「還好，回去跟你說。」

對方呼吸的聲音有些沉，他能想像此刻對方還想說什麼，他早一步掛了電話，好像再多說一句都多餘似的。

櫥窗倒映他此刻的神情，眉頭緊蹙。

他特意繞去東區那家新開的霜淇淋店家，買了一隻一百五十元的進口霜淇淋，坐在公園享用綿密的奶香。陽光從細小的葉片中篩落，燦亮的斑點落在身上，像是一種垂憐。

他閉眼享受，這美好秋日極致奢侈的瞬間。

入夜後的酒吧街，鍾子悅、小灰、利夏三人還在露天座位，剛喝過一輪。他總是最遲的那個。一入座便聽見其中一人說了句：「誰知道啊，這圈子本來就很小……」

他問：「怎麼了？」

小灰清清喉嚨，慎重地說：「鍾子悅跟阿因今天早上分手了。」

「喔。」他絲毫不訝異，倒是利夏面露尷尬。「肯恩，阿因新男友你應該知道是誰了吧？」

「知道。」

「你看我就說嘛～」小灰插嘴，「阿因的新歡，就是麥的朋友啊。」

鍾子悅雙臂抱胸，往後靠了靠。「肯恩，你早就知道阿因偷吃了嗎？」

他盯著那雙淡褐色的眼眸，說：「前幾天才知道。」

鍾子悅嚴肅看著他一會，而後整個人像洩了氣的皮球，「我沒想過他這麼無情啊，才交往半年，還抱怨我工作很忙⋯⋯」

他冷眼旁觀，鍾子悅抿著唇，喝了口啤酒出神，不知在想什麼。

一旁的小灰百思不得其解。「欸，為什麼鍾子悅這種優的，每次都是被甩啊？照理來說是你去甩人家吧。」

「我也不知道，可能這幾年戀愛運比較曲折吧。」

朋友們正在安慰哭喪著臉的鍾子悅，唯獨他開口：「鍾子悅，我懷疑你一點都不難過。」

兩位友人詫異望向他，鍾子悅困惑地問：「我有這麼無情嗎？」

他慵懶地「嗯」了一聲，啜飲一口酒。

這世界上，沒有人比他更了解鍾子悅，甚至是鍾子悅自己亦是如此。

話題很快轉移到別處，他凝視鍾子悅酒酣耳熱談論其他話題，今早的八卦已成舊聞，昨日的戀人已經成為今日陌生人。說什麼半年的感情，只要喝完一杯啤酒的時間，就成為上輩子的事。

你並不真的難過，對吧？畢竟你最愛的是自己。他想。

這就是為什麼，他與鍾子悅永遠無法成為戀人的原因。

聚會即將結束時，麥又來了電話，說要接他回去。

其他人發出羨慕的喟嘆，小灰感嘆：「謝謝你們讓我相信這圈子還有愛情。」

一群人並肩在街邊抽菸，霓虹招牌的燈光落在鍾子悅的側臉上，紅藍輝映的奇異光芒，立體的五官籠罩在一層藍紫色的迷幻裡，柔情似水的眼眸與睫毛眨啊眨。

鍾子悅朝他笑了笑，這麼多年過去，每當鍾子悅嘴角弧度揚起時，他依舊感覺到那是某種有毒物質，腐蝕著內心。

他向鍾子悅擋一根菸，站在身旁吞雲吐霧，口中的煙霧與鍾子悅吐出的消融而逝，嗅著菸草與木質調相混的香水氣息，此刻，是他們最親密的時候。

麥的車靠近，他惋惜地滅了菸，在眾人豔羨的眼神中離開。

在第一個紅綠燈時，麥果然問起今日看診結果。他開口：「第一期就發現病徵，醫生說我很幸運。」

麥沒有說話，只是緊抓著方向盤。

他知道，麥生氣了。

整趟路途麥都沒說一句話，他忍耐著胃裡一陣陣不舒服，打開家門後，他直衝廁所把剛剛的酒精與吃食吐個精光，而後懶散地躺在沙發上。

他望著廚房，那個繫上圍裙的男人正專注地查看壓力鍋裡的雞湯。

香氣溢滿客廳，麥捧上雞湯，暖香的氣息勾引空蕩蕩的胃。一碗喝個精光，麥看起來臉色稍稍柔和些。

「要開刀嗎？」

「要。」

「那我陪你。」

「你不是正在籌備新的ＡＰＰ……」話到此他便噤聲，因為麥眼角發紅了。

麥只是收拾他喝過的碗，淡淡說：「我會陪你的。」

他們在黑暗的臥室中各自占據一邊床，闔眼入眠。

他伸出手，碰到麥的，麥牽起了他的手。

他是先認識鍾子悅，才聽見麥的。

為什麼是用「聽」來描述？是因為，與麥相遇的那一天，是在某個夜店。當時燈光昏暗，五顏六色的光打在每個人的臉上，每個人的長相罩上一層朦朧濾鏡光，而麥穿越震耳欲聾的音樂聲響，靠近他的耳畔說：「可以坐你旁邊嗎？」

那聲線，溫柔又有磁性，有幾分像鍾子悅帶著笑意的聲音。

他說好。

當晚聊得滿愉快的，他極難得沒有約回家滾床，而是把此人的號碼放入電話簿，怕太早結束這段關係。

他想聽那聲音久一點。

一開始他就講清楚規則，他的心已經不在自己身上，更遑論給出去。免責聲明都講好了，之後的事情概不負責。

那時的麥只是笑笑，說不強求。這樣的不強求，也就過了十幾年。

圈內耳語，以他的資本，跟麥在一起太屈就，然而只有他自己知道，誰才是真正委屈的那個。

麥追求穩定的情感關係，而他可以維繫關係卻給不了心。起初他想，給不了心至少還可以給肉體，結果就是每次上床有種銀貨兩訖的贖罪感，越來越提不起勁。

漸漸的，連肉體也給不了。這幾年，他對性事的渴求逐漸趨向於零，雖說身體衰弱是原因之一，但他打從內心就硬不起來。

原來暗戀一個人太久，不只是愛情被剝奪，連性欲也會流失。他巴不得麥去別處宣洩欲望，這樣讓他心裡好過點。

聽見有人在喚他，他回神，迎上鍾子悅關切的眼眸。

「肯恩，你最近食欲不太好，是不是又變瘦了？」

「最近在減肥。」

「你？減肥？」鍾子悅笑了起來，他笑時眼角的紋路好可愛。「肯恩，你需要的是增加肌肉量，要不要跟我一起去健身房？」

「不要，我討厭運動。」這倒是他的肺腑之言。

鍾子悅指指餐盤中的雞腿，「至少把這隻雞腿啃完吧。」

「你的鮮蝦炒烏龍看起來比較好吃。」他盯著鍾子悅聳了聳肩，一邊說著「好啦好啦」一邊為他撥起蝦殼的樣子，嘴角也跟著揚起。

打開IG看見麥的朋友正擁著新歡合影，他們還養了一隻吉娃娃，看起來一家三口幸福美滿。那位新歡，正是鍾子悅的前任。

所以說嘛，他早就覺得這兩人比較合，看來他的眼光精準，為自己促成一段良緣感到愉悅，覺得自己做了件好事。

悠哉地將刀叉叉進鍾子悅親手剝好的蝦，明白這樣的殊榮從過去到現在，唯獨自己持續享有。

下班後回到家，麥還沒回來，他到廚房想隨便翻點東西吃。發現貼在冰箱門上的食譜，每一張都寫滿了照顧胰臟癌食療的注意事項，以及許多補品的做法。

看著這些東西，食欲全無，一股反胃感熱辣辣湧上，他到廁所又把晚餐吃的東西吐個精光，連同鍾子悅為他剝的那隻蝦。

吐到只剩下膽汁，索性什麼都不吃，把身體拋進沙發，身體的空洞處傳來隱隱疼痛，從腹部有緩步上移到心臟的趨勢。

無論是那尾蝦還是寫滿溫情文字的食譜，這些事物他知道自己無福消受。

他知道自己被疼惜著，越是意識到這件事，越是感到噁心。

他們之間的關係，比起情人，更像是室友。當室友沒什麼不好，在這冷暖人間，有個陪伴也是一種幸運。高中離家後，他在這世上便無父無母。得知自己胰臟癌第一期之後，麥一肩扛起照顧他的責任，已經從原本的室友跨越到家人的界線。

他不習慣他們之間變成噓寒問暖的關係，那變得不純粹。

在候診間等待時，麥問他：「鍾子悅有新對象了？」

「一個研究所學生，從你開發的APP認識的，他覺得那是真愛。」他抬眼看著麥問：「你覺得那個學生，會是鍾子悅的真愛嗎？」他細聲叨念：「我賭，那個學生不是他的真愛。」

麥安靜了一會，忽然說：「你有沒有發現，APP的LOGO狐狸跟你長得很像？」

他盯著對方遞過來的LOGO圖片，一隻粉紅色的狐狸正瞇眼微笑。

他不置可否，「我有這麼狡猾？你們的設計師該被開除了。」

「氣質很像。」麥笑了笑，「設計師就是我。」

他懶洋洋窩在座位上，回：「你確定這是我，不是你那個『小Q』？」

麥的臉色一下就沉下來了，說：「我很確定畫的就是你。」

唉，他又把氣氛搞砸了。看著麥不發一語，他主動把頭靠在對方肩膀上。

儘管麥不回應自己，掌心裡的手卻始終握緊。

開刀、回診、聽報告、那一年每個月、每個禮拜都要跑醫院，麥陪他度過。

胰臟癌的初期症狀不易發覺，通常發覺時已是晚期。他能在第一期就發現癌細胞，這是不幸中的大幸，手術順利結束，病情都在掌控之中。

他聽說第三期病患存活率不到一年，胰臟癌致死率過高，像是死神的時鐘，確診後倒數的指針開始擺動。他沒有想要活很久，但真正面臨生死關頭時，才發現對人間還有那麼點貪戀。

他隱瞞病情，如常地過日子，同時冷眼旁觀鍾子悅熱烈追求陳澤良。早已習慣陷入愛情的鍾子悅眼裡沒有其他人，只是這次症頭比較瘋魔。

他沒把陳澤良放在眼裡，那個男孩完全不是鍾子悅喜歡的類型，鍾子悅交往過的對象，都是白甜可人、愛撒嬌的男孩。怎麼樣都跟高壯的體魄、黝黑的皮膚、深邃的五官卻一臉淡漠的陳澤良迥然不同。

千方百計想搜尋陳澤良的訊息，可惜他在學校是個邊緣人。只知道他家境窮困，與同學分租家庭式公寓的雅房。

他曾特地挑了一個鍾子悅值班的日子，去那個麵攤等陳澤良，果然在晚上十點多時看見打工後的他，跟著一位瘦弱的男孩一起吃麵，那男孩應該就是鍾子悅口中說的大魔王。

那男孩很聒噪，邊吃邊說，嘴動得比吃東西還勤。坐在他對面的陳澤良，只是默默夾了半顆滷蛋放到那男孩的碗裡，眼底居然有些柔情。他注意到，男孩結帳時，掏出的皮夾是陳澤良在他們櫃上買的那一款。

那一瞬間，他為鍾子悅心痛。

那種自心底漫上的酸意，也隨著湧上眼眶。

鍾子悅啊，你值得更好的吧。

那心悶的感覺在心裡留很久，直到好幾日後，後知後覺發覺不太對勁。安排了回診，醫生診斷後宣布，胰臟癌又復發了，第二期。

友人小灰與利夏都說，他跟麥兩人是這圈子少見的神仙眷侶。每次聽到他都想吐槽：很精準，他真的快成仙了。

類似的地獄哏在他內心經常排練，如果他認真鑽研，搞不好可以成為單口喜劇演員。

鍾子悅發現麥與小Q在麵攤約會那天，語氣激動地質問他：「你所謂的好過，就是讓麥丟下生病的你，去找別人亂搞？」

「亂搞」這兩個字踩痛了他，他語氣冰冷回覆：「鍾子悅，雖然你是我很重要的朋友，但我也是有底線的。」

顯然鍾子悅收斂了，問他生什麼病，他據實以告。

掛上電話後的感覺沒有想像中不堪，他以為自己在鍾子悅眼裡看來很悲慘——罹癌時刻另一半出軌，有什麼比這更可憐的嗎？

但他內心很平靜，再也無需隱藏與假裝，反而大大鬆口氣。

他傳訊息告訴麥鍾子悅發現小Q的事，麥回知道了，順便叮嚀他電鍋裡的雞湯記得拿出來喝。

瞧，他們可是比任何情侶都還安分地過日子。

隨著病情加重，他不得不告別工作休起長假，過著一週往返醫院五六次的生活。每天晚上，等麥從別人那邊回家的時候，他都會讓麥順道去他的愛店買霜淇淋，就算沒有食欲，他還是會嘗一口綿濃甜蜜的奶香。

就算他意識昏沉的時間越來越多，就算他引以為傲的長髮，開始因化療副作用而掉落，就算他滿嘴都是藥味，任何東西吃一口就會吐出來，至少，有那麼一秒鐘，他還有往昔依舊的錯覺。

秋日的某一天，他吃不出霜淇淋的味道，只是滿口的噁心油膩，他知道，快樂終於來到盡頭。

沒過幾天，聽說鍾子悅跟陳澤良正式在一起了。

越是看著鍾子悅陷入熱戀的模樣，內心越是有種與過去不同的情緒湧上。原本以為自己認命要帶著這分暗戀入土，可是，他打從心底不能接受，陳澤良配得上鍾子悅嗎？

第一次正式與陳澤良見面，是在身體稍好的飯局上，看著眼前一臉青澀卻努力融入眾人氛圍的陳澤良，直覺提醒他：這是最難應付的類型。

陳澤良散發著一種純淨的氣息，那全然不知道自己很好看的氣場，與鍾子悅交往過的搔首弄姿的前任們非常不同。他太單純，純到一點震盪就可能碎裂。

他承認自己是惡作劇了一下，只是吃鍾子悅剝的蝦，就能欣賞陳澤良臉部漲紅的模樣，真是值回票價。

麥在一旁見證他的惡意，一整晚都沒說話，回到家的第一句話是：「這樣好玩嗎？」

他說：「好玩。」

那天，他難得睡得很好。

第二次把陳澤良氣走的那天，鍾子悅問他：「肯恩，你為什麼要這樣？」

他本想擺出惡婆婆的姿態，說一句：「因為我覺得陳澤良不配。」但一個字都還沒來得及講，從喉頭湧上的酸液引發一整串爆咳，打斷了凝滯的氣氛，麥衝了進來說要叫救護車，他死命搖頭。

唉，矬爆了。

鍾子悅不再追問，終究是關心大於不悅。聚會被迫叫停，他堅持不去醫院，想拆完每個人給他的禮物。

鍾子悅與朋友們一起陪著他度過這波不適感，最後離去前只是深深看著自己。

那雙漂亮如玻璃珠般透澈的眼眸，讓他想起年輕時他們在巴黎看的落日。

沒有原因的，在這電光火石的一瞬間，他知道這是最後一次這樣看著鍾子悅。

他認真凝視鍾子悅的神情，他要在清醒的時候記住，這個愛了十年的男孩模樣。

他說：「不管怎樣，你都要好好的。」

唉，好想，再去看一次塞納河啊。

那次聚會後，他與麥有了共識：開始進入最後安寧階段。注射嗎啡後的感覺讓一切變得很舒緩、很美好。大部分的時間他都是含笑的，痛的感覺已經消失了，那些年隱忍的、沉重的、幾乎要人毀滅的劇烈痛楚，只要一點嗎啡劑量，就能輕輕放下。

身體從疼痛的泥沼中瞬間躍升騰空，像是被徹底洗淨知覺，那種靈魂通透的輕盈感受，讓他打從內心感到幸福。

他的睡眠時間逐漸拉長，每一次都會夢到年輕時在巴黎的時光，甜美得讓人神往。

某次醒來，看見麥紅著眼睛問：「你有什麼願望嗎？」

他說：「幫我把床頭櫃裡的兩封信交給鍾子悅。」

麥盯著他，慢慢低下頭，雙手緊握成拳青筋立現。

他低聲說：「拜託你了。」

麥再度抬起頭時，眼裡盡是疲憊，深吸口氣，「肯恩，這麼多年，你——」

他知道麥要問什麼，枯槁如雞爪般的手，握住肯恩緊緊捏住的拳頭。

他說：「沒有你，我不可能活到現在。」

水腫的雙腿已經沒有知覺，麥還是輕輕地幫他按摩著。

一股睏意忽然襲來，他的眼皮越來越沉重，卻還是努力張開嘴淺淺微笑著，「真奇怪，現在，腦中響起的，居然是我最討厭的那首歌。」

信義區的街頭藝人有陣子天天都在演奏〈小幸運〉簡直要把他逼瘋。他此刻卻哼著副歌：「『與你相遇，好幸運』[14]……現在唱這個，是不是很噁心？」

他說：「你是我這輩子唯一的家人。」

麥的眼眶泛淚，輕輕把他擁入懷中。

眼前，麥的臉慢慢模糊，像是有雙手抹糊了視線。他張開嘴，無聲地說：「謝謝。」

麥對他說了些話，聲音溫柔一如往昔，他覺得很安心。

意識模糊間好像回到二十七歲那年與麥的相遇，昏暗的酒吧裡，有個人湊近身邊，那溫柔沉穩的聲線觸動心弦，他曾以為那是與所愛相像的緣故，但也許，那是類似一見鍾情的感情。

——番外1〈夢裡見〉完

14 田馥甄〈小幸運〉（2015）。

有件事鍾子悅非常介意。

這圈子的伴侶流動率非常高，攤開每個人的關係圖，每段感情史連來連去變成一家親的狀態都不稀奇。鍾子悅雖伴侶不斷，但自認與每個前任們好聚好散，沒有不良記錄，對陳澤良問心無愧。

可如今，偏偏他的某個前任跟他的現任，實在是，有點太好了。

週間夜晚，兩人在麵攤吃宵夜。

「這禮拜天我們出去走走吧？去泡溫泉好嗎？」鍾子悅自信滿滿，拋出陳澤良不會拒絕的地點。

陳澤良說：「可以晚上六點前回臺北嗎？我跟阿因要約吃晚餐。」

鍾子悅像是忽然吞進魚骨頭，停止手上的動作，說：「只有你跟阿因嗎？」

「嗯。」

「我記得，你跟阿因不是昨天才一起吃過晚餐嗎？」

陳澤良攪拌手中的乾麵，再度點頭，「嗯，對。」然後句點他。

鍾子悅內心腹誹，這個面癱男肯定沒讀到他的話中含意。他撒嬌地說：「你們真的很要好，我有點吃醋！」

鍾子悅捧著臉，大嘆一口氣，「唉，我那天也想跟你單獨吃晚餐。」

陳澤良一頓，「那我跟阿因約其他天。」

不，最好你們不要再約！

鍾子悅表面一派和平地說：「澤良，我也不是要阻止你，只是很羨慕他。你們每週一起吃飯的時間，都要超過我了。」

有嗎？陳澤良一臉困惑，腦中開始數他跟阿因見面的次數。

「子悅，上個月我跟你見面十三次，跟阿因只有五次。你比阿因多了八次。」陳澤良一臉認真。

明顯放錯重點，鍾子悅可悶了。

剛認識陳澤良時，三句裡兩句都是宋純亦，沒想到現在三句裡兩句都是阿因。鍾子悅樂見陳澤良擴大交友圈，但阿因是自己的前任，他們分手的導火線是因為一隻吉娃娃（加上疑似劈腿），嚴格說來是不歡而散。

「澤良，你都跟阿因聊什麼呢？」

他想不透這兩人除了自己以外，還有什麼共同話題。

「阿因很有趣，人也很好。」陳澤良抬頭看著鍾子悅，說：「他在製作公司工作，會帶很多劇組多訂的食物給我。」

「……」所以你是被食物引誘了嗎？

「我第一次認識在做拍片工作的人，覺得他的生活很精彩。」

「……」你前面這個人，生活也很精彩啊。

「阿因的小仙女很可愛。」

實在忍無可忍，鍾子悅可憐兮兮地說：「難道胖橘就不可愛嗎？」

陳澤良一愣，忙說：「我不是那個意思……」

「要不然你什麼意思？」鍾子悅一臉哀怨，他哽咽地說：「那你今天晚上要來我家陪我，嗚嗚……」

「好、好啦……」情急下只好答應。

鍾子悅立刻綻放笑顏，「胖橘一定很開心，牠很喜歡你喔。」

此情景被上小菜的小端瞥見，她一臉「子悅哥好奸詐喔」的神情。

兵不厭詐嘛。鍾子悅喜孜孜吃著小菜，內心正醞釀著一個想法。

陳澤良真心覺得阿因是個很棒的朋友。他生性閉俗，很難得遇上這麼聊得來的對象——先撇開阿因是鍾子悅前任這點。

鍾子悅轉職後經常加班，雖然兩人每天都會聊天，但他也不好意思一直吵對方。

陳澤良的唯一死黨宋純亦，婚後大部分時間都在照顧小孩，連休息的時間都極為珍貴，何況是碰面了。

這時候阿因出現了，阿因的工作型態是接案，時間彈性，人又健談，就算陳澤良一言不發一整個晚上，阿因也能讓話題滔滔不絕延續。

某個晚上阿因又來送宵夜，抱著小仙女說起自己的職場八卦，像是某導演某助理們混亂的男女關係，以及親眼見證男偶像的出軌現場。講著講著，眉飛色舞的神情忽然陰鬱。

「怎麼了？」

「只是忽然很感嘆，我都一把年紀了，還像八婆一樣嘴別人的感情，反觀自己的姻緣八字都沒有一撇，也太可悲了。」說著說著，就把臉埋進掌心。

陳澤良不明白為何阿因忽然低潮，安慰道：「你還有小仙女啊。」

阿因抬頭盯著陳澤良，「阿良，你真的很不會安慰人欸。」

陳澤良一臉「我說錯什麼了嗎？」

阿因嘆口氣，話題轉向陳澤良，「欸，你跟鍾子悅現在應該很不錯吧。」

「嗯。」

「你知道嗎，鍾子悅跟其他人交往，最久一年，最短一個禮拜，我跟他也不過七、八個月。」

「是喔。」陳澤良一愣。

「他看起來就是定不下來的人啊。」阿因嘆了一口氣，「你是他目前交往最久的那個。」

陳澤良想到他們交往也快兩年了。他會締造鍾子悅交往最久的記錄嗎？

「很多人都超訝異，畢竟鍾子悅是喜歡新鮮感的人。」

新鮮感……嗎？他想起鍾子悅交往前後都喜歡變著花樣約會。不過，這三個字對陳澤良而言確實很陌生。

阿因冷哼了聲，「看到浪子被收服的感覺，讓我覺得自己更加可悲，早知道不講了。」吸了兩大口珍奶，說：「阿良，你跟鍾子悅真的都沒事了？」

「啊？」

阿因指了指天上。「那個啊，之前阻礙你們的那個啊。」

「肯恩？」

「對啦，他沒在你跟鍾子悅心裡留下疙瘩？」

陳澤良淡然說：「『疙瘩』嗎？我倒覺得是我跟鍾子悅經歷過的一個印記。」

阿因一臉不可置信，「阿良，你也太寬宏大量了吧？那個背後靈——抱歉，我不是有意的，這樣從中作梗那麼久，你居然輕輕放下？」

「當時的我很介意，只是現在回過頭看，我卻不覺得肯恩有阻礙我什麼。」陳澤良想了想這一路走來的種種，有感而發，「搞不好，他是促成我跟鍾子悅在一起的關鍵。」

阿因搖頭，「陳澤良你真的是聖母心欸，而且你搞錯重點了。」

「搞錯重點？」

「重點根本不是要怎麼跟那個背後靈討回公道，人都走了我們也不能怎樣——」說到這，阿因做作地合掌表示尊重。接續，「而是那個該給個交代的人，現在正幸福快樂地，與愛人濃情蜜意每一天呢。」

「該給個交代的人——」

「沒錯，就是那個一切罪惡的源頭！」阿因用名偵探柯南的語氣說。「紅顏禍水鍾子悅！」

陳澤良一愣，「為什麼子悅要給我交代？」

阿因語氣十分沉痛，「阿良，你怎麼這麼傻？肯恩當時一直阻撓你，鍾子悅這根木頭有站在你這邊過嗎？

你卑微地去求他不要分手，還飛去巴黎追人家！如果我當時就認識你，鐵定是叫你快點離開這個渣男！」

「這些帳，怎麼算也算不清的。」陳澤良拿出手機看訊息。「放下才是真的放過自己。」

阿因無語，看著眼前因為戀人簡訊眼神變柔和的戀愛腦面癱男，覺得此人已經被那個魔性美男下蠱了。

阿因冷眼旁觀陳澤良手指飛快地回覆。

啊，好替他生氣啊啊啊啊。

感應到阿因的煩悶，陳澤良真摯地說：「我知道你很關心我，謝謝你。也謝謝你的珍奶跟零食，現在有點晚了，回家小心。」

阿因懷裡的小仙女吠了兩聲，像是不滿被冷落這麼久。

阿因腦中靈光一閃，說：「阿良，你若是想謝謝我，就送點東西給小仙女吧，牠生日快到了。可以送個項圈什麼的。」

陳澤良點點頭，渾然不覺阿因的笑臉裡，多了分其他意圖。

最近實在太幸福了。鍾子悅想，幸福得讓人有些不安。

那個惱人的阿因被困在工作中，而自己剛好迎來悠閒的淡季。鍾子悅為兩人精心規劃一場離島的小旅行。

鍾子悅已經想好了，趁這次旅行詢問陳澤良要不要同居，他實在太渴望每天睜開眼，就看見對方可口的睡顏。

旅館內，鍾子悅凝視陳澤良穿著睡袍，專注地看著今天拍的美照。那雙想入非非的黝黑長腿毫無警戒地在床上盤腿而坐，猶記剛剛激烈的床事，這雙腿有力地勾著自己的腰——鍾子悅你冷靜，先不要發情！

鍾子悅倚在陳澤良身側，撒嬌地蹭了蹭，「澤良，今天開心嗎？」

「嗯！」陳澤良秀出鍾子悅在風櫃洞涼亭拍的照片，「這張我很滿意。」

鍾子悅微微笑，「我喜歡我們合影那張，光線跟你都很好看。」

陳澤良羞赧地避開炙熱的視線，忽然想起一事，「對了，有件事想請你幫忙。」

「當然好。」

陳澤良點開某寵物精品官網，指著兩款項圈。「你的眼光比我好，幫我挑一下哪一種比較好看。」

「怎麼會想要買……寵物項圈？」

鍾子悅一僵，想起之前陳澤良被肯恩激怒，擅自幫胖橘買新項圈，而引發吵架的事件，那是段不愉快的回憶。

「這是我要買給小仙女的禮物。」

小仙女？鍾子悅想起那是阿因的吉娃娃。

又是阿因！

陳澤良補充，「我覺得粉紅色很適合牠，但黃色跟牠的奶油白毛髮很搭，好難選。」

我爲什麼要幫別人的狗挑禮物？

這比聽見陳澤良去跟阿因聚餐還要不痛快。

鍾子悅無語，望著陳澤良投入的神情，內心的醋意翻滾。陳澤良瞥見鍾子悅陰沉沉的臉，頓時慌張地說：

「啊，抱歉，我忘了你不喜歡讓寵物換項圈。但這是阿因指定的禮物——」

不對，重點不是這個，重點是，**你幹嘛幫別人的狗挑項圈？**

鍾子悅知道陳澤良有權利交朋友，只是見證他幫阿因的吉娃娃挑禮物，居然比幫阿因本人挑禮物還讓他不悅。

也許自己內心最不能接受的，是陳澤良可能喜歡小仙女勝於胖橘吧！這個可能性讓鍾子悅感覺自己好像矮了阿因一截，被戳了一下。

胖橘才是最可愛的！他在內心叫囂著。

鍾子悅覺得自己好像被挑釁了，卻不知該向誰抒發，被敲了一記悶棍，悶痛不已，怎麼也吞不下去。

鍾子悅悶悶不樂，隨便指向粉紅色，陳澤良欣喜道：「你也覺得這款適合嗎？我也覺得！粉紅色比較像小仙女的個性。」

吉娃娃不就是一隻瘋狗嗎？

鍾子悅一臉陰沉，湊上前在對方耳畔悄聲說：「澤良，我餓了。」

專心結帳的陳澤良心不在焉問：「要去街上買東西吃嗎？」

直到鍾子悅低緩的呼吸聲在耳畔縈繞，一個吻帶有情欲地啃咬自己的耳朵，陳澤良不得不中斷購物流程，隨後被禁錮在對方懷裡吃乾抹淨。

激烈的床事後，陳澤良陷入半夢半醒之間，呢喃著：「今天先這樣，我好累……」

鍾子悅輕啄對方的手指，用指尖描繪對方的濃眉輪廓，饜足地吻了吻他的嘴角，溫柔的笑意卻從自己嘴角褪去。

不行，還是很不爽。這從未體驗過的心神不寧，像緊箍咒般讓心被緊緊束縛著。

鍾子悅臉上沒有常駐的笑顏。唯獨這時候，沒被陳澤良見識過的、陰暗的那一面自己才會浮現。

鍾子悅對陳澤良始終有不知從何彌補的虧欠。

重新梳理心中芥蒂從何而來，他知道最大的原因還是在自己身上——與肯恩的關係，確實傷害過陳澤良。

儘管陳澤良對那段過往已然釋懷，然而自己辜負對方是事實，不分界線的舉動也讓陳澤良不安過。無論肯恩有沒有生病，他都應該好好保護陳澤良，不讓他被肯恩「考驗」。

是自己的錯，從一開始就沒拿捏好跟肯恩之間的分寸，照顧到陳澤良的情緒。

他又有什麼資格，去要求陳澤良與阿因保持距離呢？

從離島旅行回來，原本健康膚色的陳澤良膚色好像又更深了一階了。

他帶著當地伴手禮花生糖給阿因，阿因不客氣地立刻拆開包裝吃糖，視線在陳澤良身上游移。

「怎麼了？」感受到那眼神裡過多的訊息，陳澤良忍不住問。

「就是，覺得——」阿因促狹一笑，「你看起來好像整個人在發光。」

「發光？」

「就是那種，戀愛中的人自帶的幸福光輝吧。」

「好抽象。」

阿因摸了摸下巴，「就是性生活很美滿的意思，讓你整個人的狀態都很滋潤，你懂嗎？」

陳澤良臉紅了，儘管膚色黝黑但還是能從紅耳根窺見。他想起一件事，問：「阿因，你上次說我是鍾子悅交往最久的對象。」

「沒錯，怎麼了嗎？」

「那你知道……怎麼保持新鮮感嗎？」

「根據我多年經驗跟觀察，只要辦到一件事就夠了。」阿因儼然情感專家振振有詞。

戀愛菜鳥陳澤良忙問：「什麼事？」

「來，四個字，你記住：不要同居。」

「不要同居？」

「嗯，因為同居就是幻想破滅的開始。」阿因說：「你想啊，平常約會時，人人都是以最完美的狀態呈現，就算是去對方家裡住，你也不可能帶有破洞的內褲去吧？」

「可是一旦開始同居，等於大剌剌公開那些不想被對方看見的那一面，放屁、剃牙、打嗝、磨牙啊之類。」

陳澤良想像一下自己在鍾子悅面前放屁的樣子，瞬間臉色一白。

阿因觀察他的臉色，又補了一刀，「是不是覺得很可怕？這就是我說的，同居就是愛情的終點。」

陳澤良用力點頭，內心筆記：不要同居。

阿因忽然想起某件事，話題一轉，「鍾子悅這幾天還好嗎？」

「還好啊。」陳澤良見阿因一臉不甚滿意的模樣，回問：「怎麼了嗎？」

阿因像是在盤算什麼，微笑道：「沒事，我們讓子彈飛一會……」

陳澤良不懂這跟那部電影有什麼關係。

接下來換陳澤良的工作進入忙碌期，偶爾要出公差、假日要加班，讓鍾子悅異常寂寞，每次流露出哀怨的眼神，陳澤良都會糾結不已。鍾子悅會賴在他身上，得寸進尺地說：「那今晚留下來陪陪我～」

不等陳澤良猶豫，鍾子悅便殷勤地去鋪床，陳澤良只得先去浴室梳洗，看著自己的藍色牙刷已然常駐在鍾子悅家的洗臉臺上，想起自己超過一半的時間都住在這裡。

他一邊刷牙一邊出神地想著，鍾子悅砰砰砰來到浴室門口，拿了一件新的睡衣喜孜孜地說：「最近要入秋了，我幫你買了一件新睡衣，你等等就換上吧。」

陳澤良滿口含著泡沫，語意不清地閒聊著：「對了。」

「嗯？」

「我的房租合約快到期了。」

鍾子悅此刻的眼神，要說有多亮就有多亮。他彷彿黃金獵犬般豎起耳朵，身後還猛搖尾巴。

陳澤良吐掉嘴裡的泡沫，說：「我想說再找新的租屋處，當初找得太倉促沒考量空間，現在有點太小。」

鍾子悅翹高高的尾巴頹了下去。他可憐兮兮望著陳澤良，「澤良，你只想著搬新家嗎？」

陳澤良沒多想地回：「對啊，希望房租不要比現在的貴。」

鍾子悅望著對方，直到陳澤良面露困惑，「怎麼了？」

唉，要這顆石頭聽懂自己的弦外之音，看來還需要時間。

鍾子悅壓抑住興奮之情，氣定神閒地說：「澤良，你有沒有想過一種可能性是——我們住在一起呢？」

陳澤良愣愣看著他，忘記自己嘴角還有殘餘的泡沫。鍾子悅愛極了他這模樣，笑笑地伸手為他擦拭嘴角泡沫。陳澤良觸電般反應過來，紅著臉偏過頭去，用衣服隨便抹了抹嘴。

耳根都紅了，真可愛。

鍾子悅此刻心情極好，陳澤良說：「子悅，我想，我可能需要一些……自己的空間。」

鍾子悅的笑意還凝在嘴邊，氣氛卻瞬間安靜。

胖橘跑來湊個熱鬧，在他們腳邊以毛茸茸的尾巴勾了一下兩人的小腿，不滿這僵局似的喊了一聲：「喵～」那意味牠餓了，該給飯了。

鍾子悅像忽然接通電那樣，「我去幫胖橘補飼料。」

兩人之間的互動依舊是一切如常，補了飼料、梳洗完畢、擦好保養品，不知道是不是鍾子悅的錯覺，陳澤良好像在逃避什麼，動作異常迅速地躺上床，關燈，閉眼。

黑暗中，躺在一旁的鍾子悅睜著眼，直到此刻他都還不敢相信，自己的同居計畫，居然被陳澤良拒絕了。

他怎麼可能會被拒絕？

他是不是哪裡做不好？

還是陳澤良對他有所不滿？

他讓陳澤良感到壓力了嗎？還是陳澤良不習慣現在的相處模式？

「需要個人空間」是什麼意思？

這種類渣男的口頭禪，怎麼會從木訥的陳澤良口中說出？

鍾子悅一夜未眠，腦袋不停歇地繞著以上的疑問打轉，從早上開車送陳澤良去公司、在公司開會時、吃午餐時，甚至直到下班，還是百思不得其解。

好友群組傳來訊息，臨時揪一攤餐酒館聚餐，想著陳澤良今明也在外地出差，不想回家獨自面對孤單的鍾子悅決定赴約。

利夏與小灰看見鍾子悅的第一眼，不約而同說：「你怎麼這麼憔悴？」

鍾子悅打開手機鏡頭，看著鏡頭前的自己，「有嗎？」

小灰直言：「都說戀愛讓人容光煥發，為何你看起來超黯淡？」

利夏端詳著他的眼睛，「你的眼睛都是血絲，是不是昨天沒睡好啊？發生什麼事了？」

果然所有事情都逃不過摯友們的利眼，鍾子悅苦笑，「我跟澤良提議同居，被他婉拒了。」

兩人神情立刻變得十分微妙，他們互看一眼，小灰說：「利夏你聽到了嗎？」

利夏點頭，回問：「小灰你也聽到了吧？」

下一秒，兩人仰天大笑。「沒想到，有一天鍾子悅踢到鐵板了哇哈哈哈哈……」

鍾子悅無言地喝了一口調酒，冷眼等兩人結束嘲諷滿滿的演出。

「鍾子悅，你還記得你的某一段戀情，對方也想跟你同居，結果被你殘忍拒絕的事嗎？」

鍾子悅嘆了一口氣，他記得。而當時自己婉拒的理由，正是「我需要自己的空間」。沒料到這句話多年後宛如迴力鏢又飛回面前，狠狠打了自己一臉。

損友們提出的見解都很無用，看戲成分居多。鍾子悅喝了整晚的悶酒，早知道不約了，這聚會根本是來取笑他的。

餐酒館離家不遠，三個捷運站的距離，他想徒步回去，順便醒醒酒。

每在路口佇足等綠燈亮起時，就回訊與陳澤良聊天。陳澤良每句話後面跟著豐富的表情符號，讓鍾子悅感覺好一點，彷彿人就在身邊。

城市裡的風，像雙大手拂過行道樹上方沙沙作響，掠過他的衣領。風裡有夜晚與初秋的氣息，今晚的溫度與氣息，讓鍾子悅想起追求陳澤良時，偶爾會載著對方去看夜景的時光。

沿著大路彎進巷子，一個熟悉的人影在大樓底下，那人單肩背著早上出門時的背包，正低著頭發送訊息。

鍾子悅的手機在震動，他卻無暇顧及，愣愣對著那寬闊的身影發呆，那人影像是感應到目光，抬起頭望向他。

不是第一次對望了，鍾子悅卻覺得胸口溢滿難以言喻的感覺，就像那一年，他們在巴黎街頭相遇時那樣。

陳澤良對他揮揮手，他知道那雙眼睛在笑。

他邁開腳步，快步走到陳澤良面前，緊緊擁抱對方。

陳澤良對這突如其來的熱情，有些手足無措，「抱歉，沒先跟你說，我提早結束工作了。」

鍾子悅蹭了蹭對方的肩膀，「我好喜歡這個驚喜！」

陳澤良沒說話，鍾子悅不用想就知道他臉紅了。

他們並肩入內，在上樓的電梯中，陳澤良轉頭問：「喝酒了？」

鍾子悅淡淡一笑，「跟朋友聚餐。」

陳澤良黑亮的眼神盯著他許久，直到電梯門開啟。

他能感覺到陳澤良投射而來探問的視線，鍾子悅揉揉他的臉，補了一句，「我沒事啦。」

陳澤良悶悶地說：「騙人。」

胖橘在他們腳邊繞來繞去，勾人的尾巴掃過兩人的小腿。

陳澤良蹲下身摸摸胖橘的頭，說：「我知道，你心情不好，因為我拒絕你同居的提議。」

鍾子悅沒料到陳澤良丟了直球，沉吟片刻，說：「我不是對你生氣，是對自己。」

陳澤良望著他，眼神裡寫著「為什麼」。

鍾子悅蹲下身跟著撫摸胖橘，手掌疊上陳澤良的，而後十指交扣握住對方。他們的膚色一白一深，像是兩條深淺的絲綢交錯繫在一起。

「以前的我，非常重視關係中的自由，覺得同居是束縛，每當對方提出同居請求時，我的第一個想法就是，關係快要結束了。」

鍾子悅牽著陳澤良走到沙發坐下，陳澤良倚著對方的肩膀，靜靜地聽。

「跟你交往後，我的想法改變了，我希望每天早上第一眼是你、晚上闔眼前最後一眼是你，平日晚上、假日午後、週末的深夜，我希望你都在我眼前，我們一起過生活。」

鍾子悅輕輕吻上陳澤良的手背，像是慎重的承諾。

「澤良，可以告訴我，你真正不想同居的理由嗎？」

陳澤良陷入沉默，鍾子悅耐心地等待，直到對方開口：「子悅，你有跟情人同居過嗎？」

「沒有。」鍾子悅秒答，補上，「你是我第一個想要——」

「我害怕。」

鍾子悅一愣。

陳澤良繼續順摸著胖橘，猶豫片刻後，說：「我害怕，我們同居後會失去新鮮感，你看到私下的我，會幻滅。」

心中的大石應聲放下，鍾子悅完全理解了，握著陳澤良的手，微笑說：「澤良，其實，我也一樣啊。」

陳澤良困惑地望著他。

鍾子悅笑著說：「我也一樣，想在你面前展現最完美的狀態，你看到真實的我，可能也會幻滅喔。」

「怎麼可能！」陳澤良不假思索反駁。
鍾子悅兩眼笑彎了眼，淡褐色的眼珠宛若星星閃爍。
那深情的凝視在說，我也一樣接納你的所有面貌啊。
陳澤良的耳根發燙，他最後掙扎著，「那、那如果我在你面前放屁呢？」
鍾子悅大笑，「就放吧，我們可是人類啊。」
看得出來陳澤良內心還是糾結著，鍾子悅躺在對方大腿上撒嬌，「澤良，我認為呢，所謂新鮮感，應該是心態而非狀態，就算同居還是能創造新鮮感的。」他眨眨眼，「相信我，製造新鮮感是我的強項，你不用擔心。」
「澤良，同居這個挑戰，你願意跟我一起嘗試嗎？」
這個人啊。
陳澤良心裡湧上酸軟、無可奈何卻又甜蜜的奇異感受。他沒說話，但微紅的眼眶已經替他說了。

鍾子悅最近的樂趣是取貨。
這些貨物，十之八九都是兩人生活所需的家具或物品。原因是陳澤良搬過來後，他為兩人生活添購許多用品，鍾子悅甚至在考慮明年換更大的房子。
每次抱著自己訂購的家具返家，心裡都有充實的幸福感，見證兩人的生活一點一滴凝聚起來。最快樂的瞬間是拆封，拿起美工刀優雅地劃幾刀，再優雅地剝洋蔥似的拆開包材，拿出期盼已久的寶貝，開始想像陳澤良使用的情境。
那天下班，社區APP通知他有新包裹，名字是陳澤良。
這是陳澤良搬過來後，第一次填了新家的地址。光是看著對方名字出現在通知裡，就覺得很有歸屬感。

鍾子悅開心且順手地幫陳澤良取貨，卻是一個手掌大的小紙盒，外盒上印著某知名寵物的官網LOGO。他端詳包裹，直覺反應，這不太對勁。

餵好胖橘，把外帶的晚餐盛盤擺好，鍾子悅無法不在意那個擱在桌上的小包裹。大門響起電子鎖開啟的聲音，陳澤良下班了。

「你回來啦！」鍾子悅展開一個陽光燦爛的笑容。

陳澤良看似面無表情點點頭，「我回來了。」耳根有些泛紅。

真可愛。鍾子悅上前吻了他的側臉，「一起吃晚餐吧。」欣賞陳澤良的耳根瞬間紅到滴出血。

他們享用一頓美好的家常料理，雖然都是外食，但鍾子悅卻很重視儀式感，用心盛裝在好看的盤子裡，滷肉飯看起來就像精緻簡餐。

「對了，澤良，有你的包裹，我放桌上了。」

陳澤良點點頭，臉上難得露出高興的樣子，「等好久，終於來了。」

「是什麼啊？」鍾子悅湊過來，看陳澤良小心翼翼拆開包裹。

看到一條粉紅色的皮製項圈，上面有個金屬吊牌寫著「小仙女」。

鍾子悅上揚的嘴角抿成一直線。

「粉紅色真的好看，謝謝你幫我選，阿因收到一定很開心。」陳澤良面露極為滿意神色，真誠地說。

「真不錯呢，好羨慕小仙女喔。」鍾子悅語氣掩不住的醋意，然而另一半完全沒發覺，逕自沉浸在收到項圈的喜悅裡。

隔天陳澤良就帶著禮物去找阿因了，還約一起吃晚餐。原本鍾子悅也想跟，不湊巧的是當天要加班，讓他內心亂酸一把。

陳澤良與阿因的聚會結束，鍾子悅堅持要去接陳澤良回家。老遠就在露天的座椅上看到阿因與他的吉娃娃，陳澤良的座位背對著他，彷彿正訴說什麼，過於專注以致沒發現鍾子悅到來。
阿因對鍾子悅挑眉，那神色充滿挑釁。
鍾子悅對阿因紳士地點頭，揚起充滿魅力卻有幾分壓迫感的微笑。
陳澤良順著阿因視線，轉過身看見鍾子悅，露出羞澀的笑容。
鍾子悅瞬間心情大好，正想不分場合給他一個吻時，看見小仙女脖子上戴著那個醒目的粉紅色項圈。
阿因說：「好久不見了鍾子悅，謝謝你幫小仙女選粉紅色啊，牠很喜歡。」
「好久不見了小吉——抱歉我叫錯了，阿因。」鍾子悅從容地坐在陳澤良身邊。
「對了，先恭喜你們同居了，我剛剛一直問阿良跟你同居是什麼感覺，畢竟，你以前超級重視個人隱私的嘛。」
阿因的刀出鞘，展開猛烈攻勢。
鍾子悅笑著說：「可能是因為以前都沒遇到對的人吧，澤良讓我成長不少呢。」輕巧地化解這一招進攻。
陳澤良完全沒感覺到身邊正在刀光劍影，他正喜孜孜地為掛上新項圈的小仙女拍照。
阿因話鋒一轉，「阿良真是謝謝你，小仙女超喜歡這個禮物，在牠心裡，你就是牠的乾爹了喔。」
陳澤良沒多想就說：「當然好。」
鍾子悅聽得渾身不對勁，出聲：「澤良，胖橘也是你的女兒呀。」
陳澤良點頭，「胖橘也是。」而後他想起一事，眼裡原先的笑意消退，「可是，胖橘不喜歡項圈，我不會像之前那樣勉強牠，真的很對不起牠。」
鍾子悅不約而同想起之前發生過的項圈事件，一時語塞，要安慰陳澤良不是，不說話也不是。
占上風的阿因翹起腳，摸了摸小仙女的額頭，「沒關係啦，你要多買幾個項圈送小仙女，我都樂意接收喔。」
鍾子悅吃了記悶虧，只能說：「有點晚了呢，我們回家吧。」
陳澤良跟著點頭，「確實。」

「才十點耶，今天可是禮拜五的夜晚～」阿因捧著臉，氣定神閒望著鍾子悅冷起來的臉。

陳澤良看見鍾子悅起身，順從地結束聚會，「我也覺得有點晚了，先走了，晚安。」

阿因惋惜嘆氣，不忘對陳澤良說：「小仙女乾爹掰掰～」臉上的表情，說有多得意就有多得意。

回家的路上，鍾子悅內心不斷翻騰著醋意以及天人交戰，好像從阿因出現之後，過往的各種事情，件件宛如迴力鏢回來打臉自己。

所以說地獄來的前任都是真的。

回到家，胖橘邁著小短腿來撒嬌，鍾子悅看著陳澤良溫柔的撫摸，內心複雜。

——好希望陳澤良只在乎自己，不要把視線放在別人身上，就算那是一隻吉娃娃也不可以。這幼稚的想法充斥著腦袋。

可能他腹誹阿因的氣場過於明顯，陳澤良終於忍不住問：「子悅，怎麼了？心情不好嗎？」

鍾子悅看著陳澤良真誠的雙眼，他實在沒有立場向陳澤良表達自己的介意，卻又不能吞下阿因帶給他的不痛快。

鍾子悅抱起胖橘，用胖橘的龐大軀幹擋住自己的臉，一手抓著一隻肉掌，向陳澤良討拍，「澤良，你跟阿因，真的太好了，好到我都嫉妒了。」

胖橘「喵」了一聲，不知道是為主人助陣還是哀怨。

看見戀人不尋常的舉動，陳澤良愣住了，「你嫉妒阿因？」

躲在貓背後的人點頭，「對，我嫉妒阿因，還有小仙女。」

「你先放開胖橘吧……」

鍾子悅鬆手，胖橘立刻跳開，跑去客廳另一邊伸懶腰。

陳澤良看著鍾子悅雙頰泛紅，眼神飄移，過好幾秒才意識到：這個人正在害臊。

鍾子悅難為情地說：「沒想到嫉妒宋純亦後，還要嫉妒自己的前男友阿因。」

這話讓陳澤良覺得荒謬，但鍾子悅的眼神讓他感到事態嚴重，立刻斂起笑意。

「我跟阿因只是朋友……」

「我相信你跟阿因只是朋友，真的。」鍾子悅覺得越說越丟臉，他抹了抹升溫中的臉頰，「我就是小心眼，愛吃醋，就連你幫小仙女準備項圈，都覺得很不是滋味。我知道以前肯恩讓你吃了一些苦頭，我也有錯，沒有好好拿捏界線讓你不安，直到現在看到你跟阿因的互動，才真正覺得，啊，我以前真是混蛋——」

陳澤良看著面前不知所措的鍾子悅霹哩啪啦吐出一堆話、極度沒自信的神情，這些都是他沒見過的鍾子悅。

陳澤良凝視著對方一邊尷尬抹臉，一邊眼神飄移，覺得對方好像也在把自己某部分剝開坦露，願意將這麼丟臉的樣子展現給自己看，也是鼓足了勇氣。

真可愛。

陳澤良低聲說：「你不是混蛋，只是當時的我們還不成熟罷了。」他捧起鍾子悅的臉，認真道：「子悅，你要記得，阿因是我的朋友，而你是我的另一半。」

他一頓，說：「也是我的家人。」

鍾子悅看著那雙熠熠發亮的黑色瞳仁，好一時間失語，那句話讓焦慮的思緒緩緩冷靜下來。浸透內心的浮躁，奇異地湧現一股暖流，從內心深處慢慢地擴張，直到眼前慢慢氾濫模糊。

鍾子悅把臉埋進陳澤良的胸口，喃喃自語著：「媽的，我覺得自己真的是個混蛋，我要證明給你看我不是……」

陳澤良摸著他的頭髮，臉上帶著淺淺笑意，「我很期待。」

胖橘悠悠哉哉地繞過兩人，一旁與世無爭地幫自己洗起澡來。

——番外2〈項圈與新鮮感〉完

澤良這禮拜六要帶朋友回來，說是沒看過螢火蟲的城市小孩，想要來鄉下看看。

阿慧很開心，這個小孩上了大學以後很少回鄉下的家。畢業後更忙於工作，大半年才見一面，平常就靠訊息不冷不熱連絡，連貼圖都不愛用。

這小孩很乖，沒讓阿慧操過心，但也就是太乖了，讓阿慧不免有些擔心。怕他太老實，在外面被欺負也一聲不吭。

澤良到四歲都還不會講話，只用搖頭或點頭表達情緒。她曾擔心澤良是不是戇牯（傻瓜），帶去市區給大醫院的先生（醫生）看。那位先生（醫生）說沒問題時，她還十分生氣，覺得對方只是想隨便打發她這個鄉下人。

在那之後不久，澤良終於開口說話了。

阿慧記得澤良開口的那一天。

那天她跟前夫大吵，吵什麼不記得了——反正是跟錢有關的事。前夫甩門而出，而她開始收拾行李回娘家。澤良正在疊積木，他睜著黑亮的眼睛緊盯阿慧。

「媽媽。」

四歲的澤良第一次開口，聲音很輕，卻字字清楚。

阿慧聽見澤良又喊了一次「媽媽」，她那因爭執而怒紅的雙眼，瞬間就掉下眼淚。

阿慧在第二個孩子詩盈出生後不久便離婚了，她帶著年幼的澤良與詩盈回鄉下三合院的娘家，開始三代同堂的生活。

這兩個孩子沒讓她擔心過，尤其是澤良，成績一路以來相當優異，阿慧才真正放下心。

澤良其實還是很聰明的，只是個性使然，從小沉默寡言。

這是澤良第一次帶臺北的朋友回家——如果之前那個女生不算的話。

阿慧想起澤良研究所一年級時，帶了一個說是同學的女生回家，叫曉淨。果然是長得白白淨淨好秀氣，怯生生喊著：「阿姨」，那叫得她心花怒放。

後來阿慧總有意無意問起那個女生，澤良說只是同學，不願多說的樣子，她也就不敢再問。阿慧有種直覺，再問下去，澤良可能更不想回家。

她就把那漂亮女生曉淨放在心上，時不時以寄東西的名義，「順便」放些客家米食請澤良「順便」交給曉淨。

阿慧先聽到家犬小黑與小花忽然對山路吠叫，接著汽車引擎聲從路那端由遠而近。她立刻放下手上洗到一半的米，溼漉漉的手擦擦圍裙，快步走出。

一輛銀白色休旅車從產業道路駛上他們家的坡道，而後停在三合院中央。澤良從駕駛座下車，阿慧便迎上去說：「客房我已經整理好了，看看還缺什麼。」

此時，副駕車門打開，一個開朗的聲音說：「阿姨好！」

一名年輕男子從副駕下車。陽光下，他的淺咖色短髮閃著暖光，穿著粉色襯衫與休閒短褲，袖口隨意捲起露出白皙壯碩的手臂線條。阿慧看著眼前英俊男子，竟不自覺害羞起來。「哎呀，你好你好……」

男子從後座拿了一盒滴雞精，熱情地說：「阿姨，這個滴雞精對身體很好喔，送給妳。」

阿慧拿著看起來昂貴的禮盒，用探詢的眼神望向澤良。

澤良回：「他是鍾子悅，叫他子悅就好。」

阿慧笑咪咪地說：「子悅很得人惜（疼）。」

聽不懂客語的子悅一臉困惑，澤良則面無表情說：「說你討人喜歡。」

子悅展開一個帥氣的笑容，像明星一樣閃耀的氣質，讓阿慧這個婦人看得也面紅紅。澤良看起來想說什麼，但還是默默把行李搬到客房。

阿慧拿出手機ＬＩＮＥ還在念大學的女兒詩盈，問她幾點的火車。等了幾分鐘都沒讀訊息，索性打電話過去，得到無精打采的口氣。

「我剛剛在睡覺啦，還要再一小時才會到。」

「那我叫哥哥去載妳，妳就不用等公車了。」

「哥哥回來了？他開車？」

「對啊，他朋友開車跟他一起回來，他那個朋友很帥耶。」

電話那頭「咦」了聲，詩盈說：「沒想到哥哥有朋友。」

「什麼話，你哥只是比較內向啦！」

得到詩盈抵達時間後，阿慧掛上電話去找澤良，澤良正在房間，隔著房門她聽到子悅興奮的說話聲：「你家是傳統的三合院耶，好酷！」

她敲了敲門，而後推開門說：「澤良，等等去火車站載你妹。」

澤良點點頭，環視很久沒用的客房，猶豫了一下後說：「媽，這客房很舊了，而且沒冷氣。我想讓子悅睡我房間。」

阿慧覺得不妥，「我是覺得你那間很小又是單人床，最近也不太熱……」

子悅連忙說：「阿姨沒關係，你們方便就好……」

澤良看了看子悅，有些強硬地說：「我打地鋪，子悅睡我的床，這不就得了。」

阿慧納悶，「一人睡一間房不是比較寬敞嗎？幹嘛非得要同一間還打地鋪……」

不過，聽得出來兒子話語中不容改變的決心。阿慧想想也就算了，去倉庫拿出澤良大學時用的宿舍床墊。

晚餐時分，澤良的外婆被大舅載回來了，老人家今天到市區看診。大舅把母親送回家後，又返回市區的家。

外籍看護推著外婆到餐桌旁，外婆今年八十歲，有嚴重的失智症。基本上已經記不起來他們是誰，圍上兜巾乖乖地等人餵食，像個孩子。

一群人圍坐一桌很是熱鬧，阿慧一邊幫母親弄菜，一邊吩咐子悅跟詩盈多吃些。

「我前兩天特別請市場賣土雞的阿欽幫我留一隻，這個桔醬是用後山的橘子做的，沒有農藥，吃吃看！」

「是阿姨手工做的桔醬耶！」子悅很捧場，吃得油光嘴滑，不斷大力讚賞美味。

詩盈鼓著嘴說自己正在減肥，吃不下了。

澤良依舊沉默，但都挑骨頭比較多的邊邊角角啃。

阿慧笑著說：「你就挑腿肉吧，特地買給你們吃的。」

澤良夾起最飽滿的腿肉，撕成一半，放進她碗裡，「我也差不多飽了。」

這孩子……她吃著碗裡的肉，內心湧上暖意。

外婆微笑地看著他們，一粒米沾在嘴角上，看起來格外可愛。

另一方面，子悅剝了一堆蝦，笑嘻嘻地把蝦放進澤良還有阿慧碗裡。

阿慧反而覺得不好意思，「唉呀，怎麼讓客人剝蝦！」

「沒事的阿姨，我是剝蝦小天才！」

當子悅問詩盈要不要吃蝦時，詩盈傲嬌地「哼」了一聲，說：「不用了謝謝，只有男朋友才可以幫我剝蝦。」

澤良冷冷開口：「公主病。」

詩盈反唇相譏，澤良恍如沒聽見般兀自吃著碗裡的蝦，讓詩盈氣得跳腳。

阿慧一邊說：「哎呀，恬恬食飯（安靜吃飯）！」，卻也被餐桌上久違的熱鬧逗得樂不可支。

洗碗盤時，阿慧看著澤良在水槽前專注地把泡沫沖洗掉，自己則接過碗盤，用乾毛巾擦乾。

阿慧看著高大黝黑的兒子，厚實的大手熟練地洗碗。她問：「澤良，你上次帶回家那個女同學啊……」

澤良手上動作一頓，「嗯？」

阿慧說：「下次也可以請她來鄉下這邊看螢火蟲啊……」

澤良停下手中動作，看向阿慧，「她不是我女朋友。」

阿慧愣了一下，久久才說：「喔。」

看著澤良又繼續不慌不忙地洗碗，阿慧卻憂愁起來。

那次跟曉淨回來不是好好的嗎？

這個孩子是不是太憨傻，女朋友被氣跑了？

「媽，」澤良低沉的聲音即時打斷阿慧，「妳不要胡思亂想。」

「沒有啦……」

「我有交往的對象了。」

阿慧手中的瓷碗差點掉落，而後嘴角慢慢上揚，「這、這樣啊……下次帶她回家看螢火蟲啊……」

她好像聽到澤良嘆了一口氣。

那兩個孩子去看螢火蟲回來後，氣氛有點怪怪的。

一群人坐在客廳看著娛樂節目，吃著今天剛採的橘子，有一搭沒一搭閒聊著。澤良幫外婆剝橘子，將每一瓣中的籽與白絲仔細地挑掉。

子悅還是討人喜歡的笑臉，澤良一如以往的沉默。但阿慧總能從那沉默中讀出一點不一樣的什麼，就像她做雞酒一樣，用聞的就知道米酒比例對不對。

看完螢火蟲後，澤良的心情似乎就不太好。

「螢火蟲超美的！」子悅拿起手機給阿慧看照片，阿慧湊上前看，連讚拍得好看，跟子悅聊了一會兒。才第一次見面，她是真心喜歡這孩子。雖然看起來是有錢人家，卻沒有嬌氣，十分溫柔細心。

阿慧好奇問：「子悅，你跟澤良是怎麼認識的？」

「就，朋友的朋友介紹……」

「哥有一群朋友？」一旁玩手機的詩盈發出質疑的聲音。

「你哥只是內向。」阿慧看看詩盈一臉不感興趣的模樣，接著問子悅：「子悅啊，你有女朋友嗎？」

澤良出聲：「媽。」

子悅愣了一下，微笑說：「沒有喔。」

阿慧聽到回答，精神都來了，「那你覺得我們家詩盈怎麼——」

「我有喜歡的人了。」子悅抓抓頭，「抱歉啦阿姨。」

詩盈翻了個大白眼，「媽，我有男朋友了！」

「哎喲問一下而已，你看子悅那麼帥……」

「尊重一下我好嗎？」詩盈氣呼呼地起身回房。

澤良幫外婆擦擦嘴，而後起身收拾桌面，接著也回房。

阿慧無措地看著兩個孩子的背影，覺得澤良的反應很莫名。她對子悅嘆息，「現在的小孩，講一句都不行。」

子悅依舊笑笑地回：「他們不會放在心上的。」

才晚間九點，山城已是一片靜謐。阿慧關了主屋的燈、落了鎖，從側門回到自己房內。她這房插座比較多，詩盈正在一邊充手機電一邊看影集。

阿慧擦乳液時，說：「澤良今天跟我說，他有交往對象。」

詩盈心不在焉「喔」了一聲。阿慧早已習慣女兒愛聽不聽的態度，逕自說著：「他二十八歲，也差不多該結婚了，對方會不會嫌我們家鄉下又是單親……」

「吼媽，」詩盈說：「妳不要那麼愛腦補好不好。」

「妳哥什麼都不跟我講啊。」阿慧委屈地說：「我連他分手都不知道……」

詩盈一邊用棉棒掏耳朵一邊說：「我是覺得，哥跟上次那個女的只是普通朋友。」

「可是他都把女生帶回家了。」阿慧強調，「帶回家裡給媽媽看。」

詩盈回：「他也把子悅哥帶回家給妳看呀。」

「說什麼，當然不一樣！子悅是男生欸。」

詩盈拿起手機準備回房，「我要睡惹，妳不要想太多啦，船到橋頭自然直。」

做父母的，怎麼可能不想。

阿慧走到母親的房裡跟她一起睡。母親自從失智後，偶爾半夜會驚醒起來走動，阿慧不放心，大多時候在母親房裡陪睡。

她聽著老人家均勻的呼吸聲，想著洗碗時澤良的表情，越想越睡不著。

她起身翻出當年母親給自己的嫁妝，一條樣式樸素的金手鍊，翻來看去覺得益發沉重。

阿慧喃喃自語：「阿姆（媽），這個應該要給澤良的鋪娘（妻子）。」

她收好金手鍊，更多問題從腦中迸發，「可是，澤良的女朋友會不會嫌我們家單親啊……」

「我是聽淑芸說——就是我國中同學，也離婚的那個啦。她說，她聽到自己兒子的女友跟兒子說：『我爸媽反對我跟單親家庭的小孩交往』。然後他們就分手了，本來要結婚的欸……」

「淑芸都躲起來哭，不敢讓小孩知道，怕小孩更難過。」

「阿姆（媽），當初妳反對我離婚，是不是怕會變成這樣？」

如果可以，她多希望母親可以回答這些問題。阿慧望著母親熟睡的臉龐，想著也許現在的她也不用為孩子熬白了頭髮，心裡又酸又苦。

伴隨著老人睡去的呼嚕聲，一個個問題像投入黑暗的虛空之中，問著問著，睏意終於如浪潮般湧上。

星期日早晨六點，阿慧一如其他日早早起床幫母親準備早飯。她知道孩子絕對起得晚，沒打擾他們。

沒想到小白與小黑跟著一個身影，從坡道上跑來。

一身運動裝的子悅，臉上淌著汗，朝氣十足地對阿慧說：「阿姨早！」

「子悅你好早啊！昨天有睡好嗎？」

「有！睡得很好！」子悅伸個懶腰，「鄉下空氣真的超棒的，晨跑起來好清爽。」

阿慧看這孩子越看越順眼，英俊、身體強健、又有禮貌。

可惜有喜歡的人了，真的可惜啊！

「你先跟外婆一起看一下電視，早餐快煮好了。」

「好！」

炒菜的時候隱約聽到子悅說話聲音，阿慧以為自己聽錯了，備好飯菜去叫人，發現子悅還真的在跟外婆聊天。

阿慧笑了，「在跟外婆聊什麼？」

子悅不好意思地搔搔頭，「我跟外婆說，這裡很漂亮，菜包也很好吃。」

「菜包？」

子悅有一瞬間的慌張，很快笑回：「我是說昨天的橘子跟桔醬都很好吃！」

「你不嫌棄就好。」阿慧微笑，「一起吃早餐吧。」

稍晚，澤良與詩盈兄妹起床，拖磨一陣子，又到了午餐時間。

眾人吃過午餐，看了一下新聞，差不多該北上了。

幸而這次有子悅開車下來，詩盈可以搭個便車一起北上。

小白與小黑像是知道主人要離去，發出嗚咽聲。阿慧無奈地丟了根肉骨頭，兩隻狗立刻沒良心地搖著尾巴，津津有味啃起來。

澤良跟詩盈如出一徹，酷酷地說一聲「再見」。

子悅真誠地說：「謝謝阿姨招待，阿姨再見喔！」

阿慧拍拍子悅肩膀，說：「有空多來玩，阿姨很喜歡你。」

子悅害羞地笑了笑。

這時外婆忽然「啊啊」地喊起來，眾人回頭，只見外婆比劃著什麼。

「媽？」阿慧困惑地上前，看見外婆指著孩子們。

澤良跟詩盈靠近，外婆把十塊硬幣塞進他們各自手心。就像小時候，外婆經常偷偷塞零錢要他們去買糖果那樣。有些事情，老人家總不會忘。

詩盈紅著眼眶抱了一下外婆。

澤良用力握著外婆的手，說：「外婆，要身體健康，保重。」

外婆平靜了一會兒，又「啊啊」指著子悅。

子悅一愣，隨即靠近蹲下身體，綻開笑容說：「外婆再見，我會再來看您的！」

外婆朝子悅手心塞了一個東西。

阿慧說：「子悅你就收下吧，外婆覺得你也是他的孫子。」

子悅攤開掌心，是阿慧的那條嫁妝金手鍊。

阿慧大驚，「阿姆（媽）妳什麼時候偷拿的？」

詩盈盯著外婆，「外婆，妳認真?!」

子悅急忙想把金手鍊還回去，「外婆，這、這個太貴重，我不能收啊！」

外婆看著子悅，忽然笑咪咪地把澤良招來，將子悅與澤良兩人的手疊在一起。

詩盈一陣安靜，眼神在澤良跟子悅流轉，接著別過頭。

阿慧對母親突如其來的舉動驚愕不已，急道：「阿姆（媽），子悅是細倈仔（男生），毋係細妹仔（不是女生）！」

母親是不是又記錯人，把子悅認成那個女孩了？

然而母親異常固執，堅持不放手。

澤良忽然嚴肅地說：「外婆，恁仔細（謝謝妳）。」

子悅俊秀的臉慢慢漲紅，看著澤良，看看外婆又看看阿慧，不知該作何反應。

阿慧也是呆愣在旁，看著母親如此執著，只得跟著說：「阿姆（媽），恁仔細（謝謝妳）……」

到底在謝什麼，她也不清楚。

聽到晚輩乖巧道謝，外婆才一臉滿意地鬆手，回到平靜無波的慈愛面孔，方才的執拗彷彿沒有發生過。

眼前畫面讓阿慧的思緒飄到更久以前，自己結婚那一天，母親也是用如此溫暖的手，牢牢牽著自己與那時先生的手。

當時的母親，與三十年後的此刻慢慢疊合。眼神跟今日一樣溫柔啊。

溫暖的四月天，山裡的空氣中飽含潮溼的氣息，像是正在醞釀小小的雨季。

阿慧望著休旅車消失在山林間產業道路的彎道上。臨走前，小白小黑吵著要吃飯，在她身旁打鬧不休。她的思緒還在混沌之中，猛然一陣大夢初醒，就像是模糊的霧氣被風吹散了。慌慌張張地回屋，卻怎麼也止不住還在顫抖的手指。

車子發動前，駕駛座的澤良，深深地看著阿慧，說：「媽。」欲言又止，最後還是什麼都沒說，卻給她一個極淺的微笑。

不知為何，那眼神讓她想起澤良第一次叫自己媽媽的時候，很小聲，卻很清楚。

那一聲「媽媽」，讓心肝內好沉的愁慮，一下就被那雙黑亮而溫柔的眼神撫慰了。

心變得軟軟的、酸酸的，還讓眼眶紅紅的。

她聽見了，澤良的心裡話。

——番外3〈他朋友〉完

番外4　你的誰

假日返鄉的自強號車內太嘈雜，詩盈整路睡得不太安穩，感應到手機在震動，不用看也知道是老媽在問到哪了。

「我剛剛在睡覺啦，還要再一小時才會到。」

「那我叫哥哥去載妳，妳就不用等公車了。」

詩盈愣了一下，問：「哥回來了？他開車？」

哥何時買車了？

「對啊，他朋友開車跟他一起回來，他那個朋友很帥耶。」

喔，他朋友的車。

咦？等等。詩盈對著話筒說：「沒想到哥有朋友。」

「什麼話，你哥只是比較內向啦！」

說好聽是內向，難聽就是面癱邊緣人吧。詩盈腹誹，雖然哥哥長得人高馬大，但有時安靜到好像不在同個空間裡。

詩盈剛從剪票口出來，就看見出口道路上臨停一臺嶄新的進口銀白色休旅車。那個據說很帥的朋友，此刻正在副駕上朝她揮手，熱情地喊：「妳就是詩盈嗎？妳好！」

唔，梳乾淨兩側推平油頭，陽光下淺咖色短髮把肌膚襯得更加白皙，粉紅色襯衫袖口捲起露出一截手臂，肌肉線條若隱若現。一笑就露八顆亮白牙齒的完美笑容。

這個人類太閃耀了，跟她完全是不同次元的。

「妳好，我是鍾子悅。」

「嗨，子悅哥。」詩盈默默拉開後座的門，一屁股坐進去，把肩上的筆電包放在寬敞的後座上。

她看見澤良從後照鏡看了她一眼，問：「要喝飲料嗎？」

「要！」詩盈眼神發亮。

市區南邊的某間小飲料店，是兄妹倆對手搖飲的味覺啟蒙，他們從高中喝到出社會，每次回家鄉還是習慣去買那家手搖飲，喝個回憶。

澤良對子悅解釋：「我們要去買從小喝到大的手搖，便宜好喝。」

子悅興致高昂地說：「是不是你常講的方舟？我也要喝喝看！」

那間店夾在騎樓的拐彎處，就像一尾擱在建築之間的小船。不遠處新開了一間熱門連鎖手搖品牌，人潮不停。相襯下，方舟的生意清淡許多。

澤良將車停在路邊，吩咐詩盈下車買飲料。

「我要梅子綠半糖去冰。」

詩盈問：「子悅哥你呢？」

子悅興奮地說：「我跟妳一起去看看。」

詩盈帶著子悅走到店門，老闆娘立刻說：「妹妹好久不見耶！妳跟妳哥都很久沒來了。」

詩盈笑了笑，「我們都在外縣市念書工作啦，趁今天回家來捧場。」

老闆娘看見詩盈身後的子悅，「哎喲」了聲，誇張地喊著：「妹妹，他是妳男朋友嗎？豪帥喔！」

詩盈尷尬地說：「不是啦，他是我哥的朋友。」

子悅像是習慣受到注目，笑笑地問：「老闆娘有什麼推薦？」

老闆娘自信道：「梅子綠跟洛神花冰茶都是我們的招牌！」

在老闆娘力推下，子悅點了洛神花冰茶，詩盈點了冰淇淋紅茶，也幫澤良點梅子綠。最後老闆娘居然不跟他們收錢當作請客，甚至還多送了一杯桂花青茶。

在車上的澤良一臉不解地看著兩人提著四杯飲料回來。

詩盈非常激動，「哥你知道有多誇張嗎，老闆娘居然看子悅哥帥就不算我們錢！還多送一杯飲料耶！我們喝了十年都沒有這種待遇！」寡言的澤良只是酷酷地笑著，像是早就習慣了。

當澤良在開車時，子悅幫澤良插好吸管，遞到唇邊，澤良順勢喝了一口，點點頭，「沒變。」

子悅吸了一口梅子綠，浮誇地說：「也太好喝了吧～」

後座的詩盈縮在位置上，迫不及待大口吸冰淇淋紅茶，就怕冰淇淋溶化了。她看見子悅喝了洛神花冰茶，眉頭微皺一下，而後舒展開來。

澤良問：「好喝嗎？」

子悅點頭，「剛開始有被酸到，後面洛神花回甘有平衡掉酸味，餘韻很甘甜。」

他把吸管湊到澤良唇邊，澤良順勢就吸了一口，說：「不錯。」

這兩人之間隱隱道堅不可破的氛圍牆，把其他空氣隔絕在外。

可真是默契絕佳的好基友。一路在後座默默場邊觀察的詩盈，內心亂腐了一把。

子悅是一個看起來很溫柔細心的人，雖然總覺得藏著什麼。

詩盈觀察餐桌上跟媽媽談笑風生的子悅，明明第一次見面，卻好像已經融入他們家很久。

子悅貼心到，甚至會幫大家剝蝦。這種過分的細心，在子悅身上卻不矯揉造作。

當子悅問自己要不要吃蝦，詩盈只覺得尷尬，傲嬌地「哼」了一聲，說：「不用了謝謝，只有男朋友才可以幫我剝蝦。」

雖然她男友是很不體貼的臭宅，根本沒幫自己剝蝦過。

一旁的澤良冷嗆：「公主病。」

在詩盈聽來那根本是變相的炫耀，還用那張臉極其傲慢地吃著剝好的蝦肉。被刺激到的詩盈氣得跳腳，這頓飯雖然有帥哥養眼，但她吃得很不爽。

晚餐過後，終於空出一些時間可以跟男友講講電話。詩盈跑到自己房間，躺在床上跟對方分享今天的事。她傳了一張子悅的偷拍照，說：「我哥的朋友，有點危機感吧你！」

阿宅男友一驚，「太帥了吧，是藝人嗎？好帥，要戀愛了。」

阿宅男友過於激動的反應逗樂了她，原先不快心情瞬間一掃而空。

「他單身，可是已經有喜歡的人了，死心吧。」

「啊啊這種男神，要掰彎我輕而易舉啊！」

詩盈被誇張的言語逗得大笑，邊笑邊說：「那也是我哥先——」

笑聲停止。

一個隱約的預感，彷彿正從迷霧中慢慢成形，慢慢變得清晰。詩盈把模糊的臆測抽絲剝繭後，得出一個再明顯不過的事實。

詩盈想起剛剛在客廳，子悅與老媽的對話。

子悅說：「我沒有女朋友，但我有喜歡的人。」

「寶貝，怎麼了？怎麼不說話？」對方急著問。

等了良久，得到一個低落的回應：「沒事，我先休息了，明天再聊喔，晚安。」

房門敲了兩下，她聽見哥哥的聲音。

「妹，我有事要跟妳說。」

她隱約感覺這會是她剛剛揣測的那件事，下意識先逃避，「我要睡了喔，明天再跟我講啦！」

詩盈發現手機快沒電了，於是先在房門偷看哥哥還在否，然後悄悄地溜進老媽的房間充電。

老媽一邊擦乳液，一邊跟她閒聊：「澤良今天跟我說，他有交往對象。」

又一個講「對象」，不直接講「女朋友」的。

詩盈心不在焉「喔」了一聲，她早已習慣老媽各種煩惱傾訴。老媽繼續念叨：「他二十八歲，也差不多該結婚了，對方會不會嫌我們家鄉下又是單親……」

「吼媽，」詩盈說：「妳不要那麼愛腦補好不好。」

「妳哥什麼都不跟我講啊。」老媽委屈地說：「我連他分手都不知道……」

詩盈拿出棉花耳棒，慢慢掏著，說：「我是覺得，哥跟上次那個女同學只是普通朋友。」

「可是他都把女生帶回家了。」老媽強調，「帶回家裡給媽媽看。」

媽，那個叫做，煙霧彈。

詩盈回：「他也把子悅哥帶回家了呀。」一出口她就有點後悔了，自己實在太衝動。

老媽奇怪地看了她一眼，「說什麼，當然不一樣！子悅是男生欸。」

媽，一樣啦，一樣啦。

還是不要再節外生枝好了。她對陷入憂愁中的老媽說：「我要睡惹，妳不要想太多啦，船到橋頭自然直。」

雖然，哥哥應該是歪很久了。

第二天早晨，趁著等午餐的時候，詩盈推著外婆到家後方的果園走走。

經過外公外婆早年畢生心血經營的果園，外公早些年離開了，剩下病著失智中的外婆。老媽沒有怨言地一扇扛起果園，打理得整齊細心，年年碩果豐饒。

陽光散漫地篩落林間，小白追著小黑在不遠處相互嬉鬧著。空氣中有柚子花香的氣息，淡甜清雅。

詩盈說：「外婆，妳喜歡子悅哥嗎？」

「我感覺，哥很喜歡他喔。」

「哥雖然是面癱男，可是那一點情緒我還是看得出來啦。」

詩盈像是想起什麼，停下腳步，蹲在外婆身前與她平視，認真說：「外婆，這是我們之間的小祕密喔，妳不會跟老媽說吧？」

那波瀾不驚的眼神中，一如以往平靜，她鬆了一口氣，隨之心頭湧上酸軟。

「要是外婆還記得就好。」

「外婆，妳現在已經可以參加哥哥的婚禮囉。」

吃完午餐，他們一行人也差不多該走了。

詩盈搭子悅哥的順風車，省了車票錢，內心正竊喜。

向老媽與外婆道別時，外婆忽然「啊啊」地喊起來比劃著什麼。

澤良跟詩盈上前，外婆把十塊硬幣塞進他們各自手心。就像小學時，他們放學後央求著外婆讓他們去買糖果那樣。有些事情，老人家總不會忘。

詩盈紅著眼眶抱了一下外婆，澤良用力握著外婆的手，說：「外婆，要身體健康，保重。」

外婆平靜了一會兒，又「啊啊」指著子悅。

子悅一愣，隨即靠近蹲下身體，綻開笑容說：「外婆再見，我會再來看您的！」

外婆朝子悅手心塞了一個東西。

老媽說：「子悅你就收下吧，外婆覺得你也是他的孫子。」

子悅攤開掌心，不是十塊錢，是老媽要給媳婦的嫁妝金手鍊。

老媽大驚，「阿姆（媽）妳什麼時候偷拿的？」

外婆，到底何時準備好這一手？

詩盈腦中一瞬空白，而後想起早晨帶外婆散步時的對話。

她震驚地問：「外婆，妳認真?!」

子悅急忙地想把金手鍊還回去，「外婆，這、這個太貴重，我不能收啊！」

外婆看著子悅，忽然笑咪咪地把澤良招來，將子悅與澤良兩人的手疊在一起。

外婆，是認真的啊。

一股熱意泛上眼眶，詩盈悄悄別過頭，怕被老媽發現自己此刻神情有異。

老媽還在試圖對不肯放手的外婆解釋：「阿姆（媽），子悅是細倈仔（男生），毋係細妹仔（不是女生）！」

澤良忽然說：「外婆，恁仔細（謝謝妳）。」

只見子悅俊秀的臉漲紅，看著澤良，看看外婆又看看老媽，不知該作何反應。

外婆的手良久不肯鬆開，最後老媽像是無可奈何地妥協，也像是不明所以地跟著說：「阿姆（媽），恁、恁仔細（謝、謝謝妳）……」

雖然她看起來一點也不明白自己到底在謝謝什麼。

詩盈在後座看得很清楚，子悅小心翼翼把金手鍊收起來，捧著手鍊的手在微微發抖，極其小心地收進小盒子。後照鏡反射出子悅那帥氣的臉，那是快哭出來的表情，然後還戴起墨鏡遮住眼睛。

詩盈別過頭看窗外，她覺得自己再多看他們一秒，眼淚也要失守了。

她閉上眼裝睡，假裝自己什麼都不知道。車身以平穩的步調前行，沒多久她安逸地進入夢鄉。再度醒來時已經抵達臺北，正要下交流道，就快到詩盈的學校門口。

外面飄著雨，澤良讓子悅在車上等就好，自己下車從後座幫忙拿詩盈的行李。

詩盈接過行李，看著高大的哥哥，一時間不知道該說什麼。猶豫片刻，只是輕輕地說：「哥，我回學校囉。」

「回宿舍傳LINE給我跟媽。」

「好。」

澤良靜默片刻，詩盈能從那安靜的面容中，感應到他內心的波動，此刻正激昂地糾結著吧。

詩盈開口：「哥，你昨天要跟我說什麼？」

澤良沒想到詩盈會問起，他看著詩盈許久，才說：「妳知道了嗎？」

詩盈說：「我知道了，但我還是想聽你親口說。」她接續，「子悅哥是你的……」

澤良望著詩盈微笑的眼睛，像是在說：告訴我吧，說出來沒關係喔。

你是我的家人啊。

他伸出手摸摸詩盈的頭，像個哥哥那樣。

向來無表情的面容，在微微發顫的沙啞聲音中洩漏了真心。

「鍾子悅是妳的哥夫，也是我的先生，我們結婚了。」

——番外4〈你的誰〉完

番外5　我先生

登記那天，面癱男澤良看著身分證背後的配偶欄好久。

子悅對來觀禮的朋友們自豪宣布：「我，鍾子悅，現在是客家媳婦了！」

朋友們瘋狂吐槽：「你超不節儉，根本是客家天敵！」

「完蛋了，客家婆婆對媳婦超嚴厲的！」

「你先搞懂客家粽跟北部粽有什麼不一樣吧！」

「先學習省錢吧！」

子悅恍若未聞，沉浸在幸福小宇宙裡，「我這輩子沒想到會成為客家媳婦。」

澤良忽然說：「要不要跟我回老家？」

「啊？」子悅一愣。交往這些年，他從沒去過澤良老家。

澤良說：「都『娶』你了，也該看看『婆家』長怎樣了吧？」

一群損友發出崩潰笑聲。

「鍾子悅哈哈哈哈沒想到你也有今天！」

「哈哈哈哈醜媳婦見公婆！」

子悅沒生氣，反而燃起鬥志，用耀眼的笑容迎擊，「我超期待。」

澤良看著子悅在衣櫃面前挑挑揀揀，拿出一套放床上，又從床上放回衣櫃。拿出、放回這樣的動作循環好幾次。澤良已經餵完三隻貓並且清完三個貓砂盆與掃拖地，子悅還在衣服堆中唉聲嘆氣。

「隨便穿就好。」澤良說。

「不行啦！第一次跟你家人見面，要隆重一點。」

「不要太誇張。」澤良提醒：「他們還不知道我們的事。」

子悅拿起一件白襯衫，跟白色帽T，看起來左右為難。「我知道，但還是要給人家一個好印象。」

子悅忽然想起什麼，湊到身邊問：「你是第一次帶人回家嗎？」

「很久以前帶過一個同學。」

子悅挑眉，露出感興趣的神情，「當時的女友？」

「不是，只是煙霧彈而已。」

「喔～」子悅一臉無趣地繼續埋首衣服裡。

澤良安靜地看著他，然後說：「你穿什麼都好看。」

子悅拿了兩件衣服，在身上比劃，「你覺得穿這套粉色短袖襯衫好，還是海軍藍白條紋T好？」

澤良毫不猶豫指向襯衫。

「為什麼呀？」

「另外一件看起來太小件。」

子悅露出笑容，「是不是看起來會讓長輩血壓升高？」

澤良依舊面無表情，「就只是覺得看起來太緊，穿著會不舒服。」

那件可是連激凸都能看得一清二楚的緊身T，豈止血壓升高，根本邪魔歪道。

子悅笑嘻嘻地說：「聽老公的！」他哼著歌在整理行李。澤良也順手拿了幾件衣物放進行李箱。

子悅停止哼歌，因為想起一件事，「你的衣服放我這邊，你媽不會覺得奇怪嗎？」

澤良想想，又把衣服拿起來，放進自己的後背包。

子悅也把澤良的牙刷拿出來，澤良默默接過。子悅繼續檢查行李箱內是不是有其他澤良的東西，然後一一挑出來遞給他。

他們像是在布置天衣無縫的犯罪現場，湮滅所有證據，掩蓋既定事實，只為一場完美無缺的表演。

隔天一早，幫貓們補充飼料與水後。澤良開著子悅新買的休旅車一起南下。在車上，子悅還在糾結送的禮品會不會太便宜，滑著手機想找更高檔的品牌。

澤良說：「可以了。」

子悅嘆息，「我想要禮數更周到一點嘛～」

澤良看了他一眼，「只是回家一趟，不是提親。」

子悅一頓，微微一笑，「也是，我只是陪回你家。」

只是陪著回家，又不是一起回家。

澤良開著車，看看不說話的子悅，覺得這向來充滿聲音的空間過分安靜了。

他轉開電臺，想稀釋這分遲滯的氛圍，但都是些房地產廣告。此時子悅連上手機藍芽，音響傳出輕快的鼓點，簡單的和弦青春洋溢地響起，氣氛瞬間明亮。

「說不上為什麼　我變得很主動

若愛上一個人　什麼都會值得去做」[15]

子悅跟著經典的旋律哼起來，看著子悅哼起歌，澤良抿成直線的唇角也放鬆了。

唱到「我想帶妳，回我的外婆家，一起看著日落，一直到我們都睡著」[16]這句，子悅笑笑地轉過頭看澤良。

15 周杰倫〈簡單愛〉（2001）。
16 周杰倫〈簡單愛〉（2001）。

那些關於愛的微妙心情，就算經過快二十年的物換星移，從來都一樣。

子悅把另一半的珍貴笑容小心收藏，刻進腦海，還有那可愛的一對酒窩。這是看一輩子也不會膩的東西。

澤良從不表露情緒，如果他笑了，通常是因為子悅。當澤良嘴角微微揚起，有個小小的酒窩。

窗外風景慢慢擺脫水泥森林，灰暗的色階逐漸被明媚綠意主宰。穿過稻田與田野，到漸漸爬升的坡面，車窗被樹枝拍打——還真的穿入山林。

產業道路上彎彎繞繞，一黑一白的土狗忽然出現車前，對著他們吠叫。澤良搖下車窗，揚聲喊：「小白、小黑！」

兩隻狗立刻停止吠叫，豎起耳朵猛搖尾巴狂奔而來。車子拐彎爬坡，停在三合院寬闊的院子。正門上掛著「潁川堂」堂號招牌。一個矮小的短髮婦人擦著手走出。

子悅立刻下車，朝氣十足地打招呼：「阿姨好！」

陳媽媽看著他，有些害羞地說：「哎呀，你好你好……」

子悅掛起燦爛的笑容，熱情地說：「阿姨，這個滴雞精對身體很好喔，送給妳。」

陳媽媽看了看禮盒，有點猶豫的樣子。子悅緊張了起來。

此時澤良介紹，「他是鍾子悅，叫他子悅就好。」

原來只是不知道怎麼稱呼自己啊。子悅鬆了一口氣。

眼前矮小的婦人，神情盡是溫柔，笑笑地說了一句客語。聽不懂客語的子悅一臉困惑，澤良則面無表情說：「說你討人喜歡。」

子悅心情甜滋滋的，展開大大的笑容，一旁的澤良看起來想說什麼，但還是沉默地去把行李搬到客房。

澤良看著被打掃乾淨的客房，皺著眉頭。

子悅在一旁興奮地探頭探腦，「你家是傳統的三合院耶，好酷！」

忽然外頭有人敲了敲門，陳媽媽推開門說：「澤良，等等去火車站載你妹。」

澤良點點頭，環視很久沒用的客房，猶豫了一下後說：「媽，這客房很舊了，而且沒冷氣。我想讓子悅睡我房間。」

子悅一愣，聽見陳媽媽說：「我是覺得你那間很小又是單人床，最近也不太熱……」

子悅連忙說：「阿姨沒關係，你們方便就好……」

澤良看了看子悅，有些強硬地說：「我打地鋪，子悅睡我的床，這不就得了。」

陳媽媽納悶，「一人睡一間房不是比較寬敞嗎？幹嘛非得要同一間還打地鋪……」

子悅以眼神示意澤良，別太過火了。

澤良淡淡回看一眼，面無表情提起子悅的行李，往自己房間走去。

陳媽媽只好去倉庫拿出澤良大學時用過的宿舍床墊。

子悅跟在身後小小聲地問：「堅持睡一起，會不會被發現？」

澤良渾身散發著不容質疑的氣場，「不奇怪。」

子悅擔憂地看著沉默的澤良在房間整理行李。

陳媽媽準備非常豐盛的一桌客家菜：桔醬油雞、薑絲大腸、清蒸蝦、客家小炒與福菜湯。

子悅愛極了桔醬與鮮嫩土雞肉在嘴中的完美交融，新鮮的橘子氣味解肉味的膩，帶出清爽的風味。

他吃得油光嘴滑，先把每週健身菜單拋之腦後。

澤良依舊沉默，但都挑骨頭比較多的邊邊角角啃。

陳媽媽笑著說：「澤良，你就挑腿肉吧，特地買給你們吃的。」

澤良夾起最飽滿的腿肉，撕成一半，放進她碗裡，說：「我也差不多飽了。」

子悅被自家老公的孝心感動，開始卯起來剝蝦（雖然他平常也在剝），殷勤地夾給陳媽與澤良。

陳媽媽直說：「唉呀，怎麼讓客人剝蝦！」

子悅笑回：「沒事的阿姨，我是剝蝦小天才！」

當子悅問詩盈要不要吃蝦時，詩盈傲嬌地「哼」了一聲，說：「不用了謝謝，只有男朋友才可以幫我剝蝦。」

一旁的澤良冷冷開口：「公主病。」

詩盈反唇相譏，澤良恍如沒聽見般兀自吃著碗裡的蝦，讓詩盈氣得跳腳。

陳媽媽出聲緩頰，「哎呀，恬恬食飯（安靜吃飯）！」熱鬧的餐桌，每個人的心都暖暖的。

澤良的外婆微笑地看著他們，一粒米沾上嘴角，看起來格外可愛。

吃飽飯，子悅就被澤良趕到客廳看電視，洗碗好像是澤良的專屬工作。

子悅就在廚房後門的空地，拿一顆舊網球逗弄小白與小黑，這兩隻狗瘋起來根本是小屁孩，一邊甩著口水一邊互咬對方。球滾到廚房後門前，走過去撿時，他聽見陳媽媽跟澤良的對話。

「澤良，你上次帶回家那個女同學啊……」

「嗯？」

「下次也可以請她來鄉下這邊看螢火蟲啊……」

子悅屏住氣息，慢慢地蹲在牆下，標準偷聽人家牆角動作。

澤良回：「她不是我女朋友。」

陳媽媽久久才說：「喔。」

那兩人陷入沉默，水流與刷洗碗盤的聲音格外清楚。子悅單手支撐著下巴，出神著。

「媽，」澤良低沉的聲音出現，「妳不要胡思亂想。」

「沒有啦……」

「我有交往的對象了。」

澤良想做的，就是告訴媽媽，他的身分證配偶欄填上了另一個人的名字。一個合法伴侶。

就像那首歌唱的，想要大聲宣布對他的依依不捨，所有人都知道他現在的感受。

他想說，我已經有丈夫了。

他愛他。

澤良想起自己小時候都不講話，讓媽媽好心急，聽舅媽說必須去一趟市區的大醫院檢查。

那個下午，媽媽背著他，騎著菜籃機車，騎好遠好遠的路去市區的大醫院，等了好久好久。戴著金屬細邊鏡框的醫生只花了幾分鐘測試，就說這孩子沒問題啊。

媽媽頻頻問醫生這孩子真的沒問題嗎？怎麼都不會講話？

澤良從記憶中回過神，望著眼前的媽媽，微皺的眉頭，斑白的髮，長年搬運水果落下的背痛，繫在腰上老舊的護腰。

得知他有交往對象，高興的模樣，還說：「這、這樣啊……下次帶她回家看螢火蟲啊……」

澤良一句也說不出來，那些話堵在心口發疼。

夜涼如水，澤良與子悅從果園旁的坡道往下，走一條蟲鳴熱鬧的小路，那邊有一條小溪流。沿途沒有路燈，澤良卻熟門熟路地往前。子悅跟著澤良走，還是很矬地拿著手機手電筒照路，怕自己一個踩空直接滾進河裡。

幽暗的視野裡，澤良牽著子悅的手，一路牽到小河邊的賞螢祕境。接著示意子悅關掉手機燈光。黑暗中一條漂浮的螢河在眼前開展，那是子悅見過最充滿生命力的光亮。螢火蟲自草叢、水邊與涼涼的空氣中飛起，漫天飛舞的螢光，讓夜色充滿奇幻感。

鄉下沒有光害的夜空，同樣繁星如織，子悅仰頭可以辨識出春季大三角懸掛在夜幕上，彷彿伸手可觸。天上有星星，地面也有星星。兩人靜靜欣賞天上與人間的星光相互輝映。

他感覺身邊的人把頭慢慢靠在自己的肩上，轉頭親了親澤良的額頭。澤良抬起頭，眼神閃爍，比螢光還熱烈。

子悅微笑著吻上他的唇，輕輕地，柔軟溫熱的雙唇碰觸著，纏綿著，吻了很久。

子悅輕輕摸著澤良的臉，以肌膚熟悉肌膚，「你妹的眼神像你，你的鼻子像你媽。」

雖然看不清楚，他知道澤良此刻一定臉紅了。

過了許久，澤良說：「我想跟我媽坦白。」

子悅斂下目光，「我覺得，今天不是好時機。」

「沒有所謂的好時機。」澤良說：「她們遲早要知道的。」

子悅輕柔地說：「等你家人更習慣我的存在，再說也不遲，好嗎？」

澤良沒有說話。

子悅牽起澤良的手，「生氣了？」

「對，我在生氣。」

換子悅把頭放在澤良胸口，蹭了蹭，用裝可愛的語氣說：「對不起嘛～」

「我在氣我自己。」

「啊？」子悅抬頭看對方。

澤良說：「要是我更勇敢一點就好。」

子悅伸出手抱著澤良，心裡酸酸的，那酸疼的感覺，從心底蔓延到眼眶，這感覺他想起剛認識澤良的時候，當時他固執封閉，對感情心灰意冷，像一團冷火，誰都無法靠近。子悅花了好長一段時間，慢慢把澤良從自我否定的泥濘裡拉出來。

「你不需要更勇敢，」黑暗中，子悅的眼神柔光蕩漾。

「我們可以一起勇敢。」

回去的路上，子悅牽著澤良往前行。

感覺澤良的情緒一直低盪著，子悅能做的僅是陪伴，還得假裝沒事與陳媽應對。

陳媽媽的眼神，應該也察覺到澤良不太對勁，但她也同樣裝沒事，熱烈地與自己聊天。

「子悅，你跟澤良是怎麼認識的？」

「就，朋友的朋友介紹……」

其實是在麵攤一見鍾情啦……

「哥有一群朋友？」一旁玩手機的詩盈發出質疑的聲音。

「你哥只是內向。」陳媽媽看看詩盈一臉不感興趣的模樣，下一句居然問：「子悅啊，你有女朋友嗎？」

澤良終於有反應，「媽。」

子悅愣了一下，微笑說：「沒有喔。」他聞到一股自我推銷的味道。

「那你覺得我們家詩盈怎麼——」

子悅連忙截斷問題，「我有喜歡的人了，抱歉啦阿姨。」

詩盈翻了個大白眼，「媽，我有男朋友了！」

「哎喲問一下而已，你看子悅那麼帥……」

「尊重一下我好嗎？」詩盈氣呼呼地起身回房。

子悅瞄了一眼澤良，澤良幫外婆擦擦嘴，而後起身收拾桌面，逕自回房。

陳媽媽看起來完全不知道踩到兩個孩子的地雷，無措地看著孩子的背影。對子悅嘆息，「現在的小孩，講一句都不行。」

子悅只得微笑回：「他們不會放在心上的。」

才晚間九點，鄉下村落已是一片靜謐。子悅洗好澡後，躺在地板上的薄床墊，懷念道：「這個是大學宿舍用的床墊耶，你保存得很好！」

澤良靠在單人床上，一語不發。

子悅在地面的床墊上滾來滾去，還大力猛吸布料，「有澤良青春肉體的味道～真香～」

偷瞄一眼澤良，等等，他怎麼感覺比剛剛更生氣了。

子悅靠在他身邊，柔聲問：「怎麼啦？」

澤良不說話，躺下，背過身不看他，一副抗拒說話的樣子。

子悅趴在床邊，問：「生氣了？」

片刻，澤良才翻過身，生硬地說：「你要睡地上？」

子悅從那不悅的神情讀到一絲委屈，寫著「我就在這裡，你為什麼不過來？」

他立刻飛身撲上，手腳並用像八爪章魚那樣把人抱緊緊。窄小的單人床板因忽然增加的重量，發出負重的聲響。

子悅像吃了蜜糖止不住地甜笑，在澤良耳畔說：「你是不是在想壞壞的事？」

他把每一個字特意放輕，在澤良耳朵搔著癢。

澤良看著他，而後別開視線，子悅感覺到有隻手伸進自己的棉質睡褲，很熱。

「你家隔音好嗎？」

睡褲冷不防被褪下，對上澤良的眼眸，此刻熾熱地看著他。

「不好，所以我們要小聲點。」

他們沒做到最後，這也無妨。在家裡悶聲做愛如同偷情，而偷情是最好的春藥，兩人像血氣方剛的少年激動又得克制住聲音，這讓欲望的氣氛更血脈賁張。

半夜，澤良起身上廁所。家裡的廁所在沿廊的另一邊，他輕輕帶上門。

外婆站在走廊，可能半夜醒來又忘了自己在哪了吧？澤良走上前，發現外婆一臉迷惘地盯著門口。

澤良回房拿了件外套給外婆披上。「外婆，外面冷，回房睡吧。」

外婆看著他，一個字一個字緩慢地說：「阿良什麼時候回來？」

澤良握握外婆冰冷的手，說：「我就是阿良啊。」

外婆看著他，無措地問：「阿良什麼時候回來？」

澤良耐心地說：「外婆，我是阿良。」

外婆一臉茫然，開口時有些哽咽，「阿良……」

澤良一頓，語氣溫和回應：「外婆，阿良明天就回來了。」

外婆收起難過的表情，開心地笑了。

澤良靜靜擁抱外婆，把老人家披的外套更攏緊些。

外婆說：「阿良討心臼（娶媳婦）沒？」

澤良愣了一下，回：「討（娶）了。」

外婆微笑點頭說：「真好、真好。」說完，又回到平日恍惚狀態，就像一棵沉睡的大樹剛剛被風吹過，樹葉沙沙作響，又恢復往日的沉寂。

澤良的聲音很輕，就像對一個樹洞訴說。

「外婆，妳的外孫心臼（媳婦），他叫鍾子悅。」

「我們結婚了喔。」

難得是被鳥鳴聲喚醒，還有幾聲活力充沛的狗吠聲，隱約還有熟悉的說話聲。

澤良開門，一眼就看到正廳裡，子悅在跟自己母親聊天。

他梳洗後先去果園幫忙除草，沖個澡後剛好吃午飯。吃完後也差不多該北上了。

小白與小黑像是知道主人要離去，發出嗚咽聲。陳媽媽無奈地丟了根肉骨頭，兩隻狗立刻沒良心地搖著尾巴津津有味啃起來。

子悅真誠地說：「謝謝阿姨招待，阿姨再見喔～」

陳媽媽拍拍子悅肩膀，溫柔地笑，「有空多來玩，阿姨很喜歡你。」

子悅害羞地笑了笑。

這時外婆忽然「啊啊」地喊起來，眾人回頭，只見外婆比劃著什麼。

「媽？」陳媽媽困惑地上前，看見外婆指著孩子們。

澤良跟詩盈靠近，外婆把十塊硬幣塞進他們各自手心。就像小時候，外婆經常偷偷塞零錢要他們去買糖果那樣。有些事情，老人家總不會忘。

詩盈紅著眼眶抱了一下外婆。

澤良用力握著外婆的手，說：「外婆，要身體健康，保重。」

外婆平靜了一會兒，又「啊啊」指著子悅。

子悅一愣，隨即靠近蹲下身體，綻開笑容說：「外婆再見，我會再來看您的！」

外婆朝子悅手心塞了一個東西。

陳媽媽說：「子悅你就收下吧，外婆覺得你也是他的孫子。」

子悅攤開掌心，是一條樣式樸素的金手鍊。

澤良一愣，他認出那是媽媽之前常跟他說，將來要給媳婦的首飾。

陳媽媽大驚，「阿姆(媽)妳什麼時候偷拿的？」

詩盈盯著外婆，「外婆，妳認真?!」

子悅急忙地想把金手鍊還回去，「外婆，這、這個太貴重，我不能收啊！」

外婆看著子悅，忽然笑咪咪地把澤良招來，將子悅與澤良兩人的手疊在一起。

陳媽媽對外婆突如其來的舉動驚愕不已，急道：「阿姆(媽)，子悅是細倈仔(男生)，毋係細妹仔(不是女生)！」

這一刻，澤良好像聽見外婆說：「真好。」

他說：「外婆，佸仔細(謝謝妳)。」

子悅俊秀的臉漲紅，看著澤良，看看外婆又看看陳媽，不知該作何反應。

陳媽媽眼見外婆不放手，只得跟著說：「阿姆(媽)，佸、佸仔細(謝、謝謝妳)……」

雖然陳媽媽看起來也是一頭霧水，不知道在謝什麼。

聽到晚輩乖巧道謝，外婆才一臉滿意地鬆手，回到平靜無波的慈愛面孔，方才的執拗彷彿沒有發生過。

回程的路上，澤良注意到子悅捧著手鍊的手指微微發抖。然後子悅小心翼翼收起手鍊，戴起墨鏡。

澤良知道那是要遮住慢慢紅起來的眼睛。

送詩盈到校後，回到車上，兩人依舊沒有太多對話，等一個長長的紅綠燈時，澤良空出一隻手，與子悅十指交扣。

他們是彼此的先生，也是彼此的此生。

車內播起那首他們都很愛的歌，輕快的鼓點響起。

——番外5〈我先生〉完

——《麵攤的面癱男》全系列完

後記　願我們深信不疑

謝謝看到這裡的你，與我一起抵達鍾子悅與陳澤良的終點。

原本，這個故事差點寫不完。

2020的夏秋之際，鍾子悅與陳澤良來到我的面前。而後屬於他們的長篇故事一直擱在腦海一隅，那份草稿打開又關起，直到2022年初，終於開始寫了。

去年寫完短篇集後，有一陣子什麼都寫不出來，出完《小坐關東煮》後的低潮更是突如其來。想寫的事很多，卻力有未逮，《麵攤的面癱男》寫了兩萬字，然後又被卡住了。

這一卡就是五個月，寫了三個版本，怎麼都找不到正確的方式。在如此矛盾的情緒中糾結好久，某一天，我終於決定拋開原本預定的大綱，埋頭開始寫下去。

不能說從此以後就一路暢行到結局，只能從反覆的修改中，慢慢去了解這兩個人的真實性格樣貌；溫暖發光體鍾子悅與頑石面癱陳澤良，他們看似截然不同的性格，隨著劇情轉移，光與暗的面向也隨之轉換。

我想書寫出愛情「真實」的一面，無論是怯懦、嫉妒、悲傷、卑微、貪婪、後悔……這些看似醜陋的，卻也是感情最真實的樣子。因為在這些樣子裡，也存在著堅強、慈悲、溫柔、喜悅、無私、知足的高貴。

這些溫火慢燉的成長，是我最想在《麵攤的面癱男》中傳遞的。

再次感謝每天追更的讀者們，你們的推文與回饋，讓我充滿動力，每一個埋首字堆的深夜，我知道自己不孤單。感謝三日月&朧月出版的編輯邀稿，讓這個故事得以被成功催生，否則它可能還在硬碟深處。

鍾子悅與陳澤良的故事結束了，但人生還很長，也很無常，願我們都能深信不疑生命中所有相遇都不是偶然，不負每刻當下。

以此文紀念我的阿婆，我會一直想念您。

昨天KiNO 2022年初冬河岸

高寶書版集團
gobooks.com.tw

FH069
麵攤的面癱男

作　　者　昨天KiNO
繪　　者　左萱
編　　輯　薛怡冠
校　　對　賴芯葳
美術編輯　林鈞儀
排　　版　彭立瑋
企　　劃　李欣霓

發 行 人　朱凱蕾
出　　版　朧月書版股份有限公司
Hazy Moon Publishing Co., Ltd
地　　址　臺北市內湖區洲子街88號3樓
網　　址　www.gobooks.com.tw
電　　話　(02) 27992788
電　　郵　readers@gobooks.com.tw（讀者服務部）
傳　　真　出版部　(02) 27990909　行銷部 (02) 27993088
郵政劃撥　19394552
戶　　名　英屬維京群島商高寶國際有限公司台灣分公司
發　　行　英屬維京群島商高寶國際有限公司台灣分公司
初版日期　2023年7月

國家圖書館出版品預行編目(CIP)資料

麵攤的面癱男 / 昨天KiNO著.-- 初版. -- 臺北市：朧月書版股份有限公司出版：英屬維京群島商高寶國際有限公司臺灣分公司發行, 2023.07-
面；　公分. --

ISBN 978-626-7201-69-5 (平裝)

863.57　　112006244